名家讲经典

蒋凡讲世说新语

蒋凡 著

中国出版集团
東方出版中心

U0869951

目录

目录

目录

目录

目录

目录

目录

绪　论

一　读点经典　大有益

今天我们提倡国学，读点经典著作，并非发思古之幽情，而是为了给当代新的文化和思想建设提供有益的借鉴。读点经典，活学活用，既利人利国，又利于自我的知识和学识修养的提高，当然值得提倡。从利人利国方面讲，继承和发扬中华民族的优良传统，培养自觉的爱国主义精神，历史的经验教训，说明了这点很重要。就以20世纪三四十年代的抗日战争为例。在淞沪抗战中，日本侵略者的飞机，首先轰炸的就是位于上海闸北区的商务印书馆藏书楼，侵略者明知其中收藏了数以万计的宋元以来的善本书，是无价的文化瑰宝，可是侵略者却故意让它化为灰烬。珍贵图书是民族文化的象征，而非军事目标，日军飞机为什么首先炸它？后来日军大举轰炸云南昆明，又故伎重演，故意把目标对准了西南联合大学及云南大学的图书馆，这又是为什么？那是因为这些藏书经典，是中华民族精神植根寄托的地方。清代思想家龚自珍《古史钩沉二》对侵略者早有预言："灭人之国，必先去其史；隳人之枋，败人之纲纪，必先去其史……夷人之祖宗，必先去其史。"其所称"史"，实是中华经典文化的代名词。于此可见，日本侵略者故意毁我图书，其野心昭然若揭。这一历史事实教育了我们，作为中华民族的子孙，读点传统经史之类经典著作，对于树立民族自信和发扬爱国主义精神，是大有好处的。所以近代国学大师章太炎说："如我学人，废经不习，忘民族之大闲，则必沦胥以尽，终为奴虏而已矣。"又说："设或经学不废，国性不亡，万一不幸，蹈宋明之覆辙，而民心未死，终有祀夏配天之一日。"（《论读经有利而无弊》）在敌强我弱的困境中，可能会出现大片国土沦丧的败局，但只要能坚守优良传统，发扬爱国主义精神，而"民心未死"，则将有恢复中华的胜利一天。这里所说的"经"与"史"，应从广义去理解，指的是以传统经典著作为根据的中华民族的优良传统与精神。

而从"利己"的方面讲，读点经典，可以增长知识，提高个人的学识和文化修养，从而成就个人精神生活的新生，这一好处多多，不言自明。其实，如果善于读点经典，则"利人"爱国和"利己"自养，两者目标一致，是辩证统一的。一个以读书为乐而富有文化素养的人，思想境界高了，不做损人损己之类的坏事，不就是为社会的和谐贡献了自己的正能量了吗？

现在再来说《世说新语》这部书。在《四库全书》中，《世说新语》是"说部"经典之典范。我们学习魏晋六朝文学，有四部重要著作是必读之书：一是文学总集、梁昭明太子的《文选》，南朝齐梁以前的中国古典优秀作品，大多精选在内；一是古典文论名著刘勰《文心雕龙》和钟嵘《诗品》，读之可提高人们的理论思考能力；一是南朝刘宋时刘义庆《世说新语》。三者鼎足而立，于此可见其文学价值和历史地位。《世说新语》是一部优秀的古典笔记小说，从《德行》到《仇隙》，共分三十六门类，作者搜集了众多魏晋名士的遗闻轶事和文坛佳话，在历史的动态发展中，鲜活而形象地展现了魏晋时代的社会风情和时代精神，生动地刻画了士人形象及其内在的心灵世界，从而构成了一幅活动的魏晋社会人生的壮丽历史画卷。《世说新语》及刘孝标注，不仅因其记载具有史料价值，为历代史家所重视，其谈玄论道富理论思想价值，而且具有很高的艺术审美价值，当然成为我国古代笔记小说的精品。其描绘生动，形象如画，加以运用当时活泼的语言，妙语连珠，风趣隽永。它那幽邃的哲理思考和深沉的人生慨叹，常是含蓄蕴藉，意在言外，颇耐嚼味，给人以丰富的智慧启悟和无尽的艺术享受，从而提高了读者的精神境界。读读《世说新语》，大有助益，何乐而不为呢？

二 时代、作者及版本流传

《世说新语》，南朝刘宋时代临川王刘义庆著，原名是《世说》，见《南史》《隋书·经籍志》及两《唐书》所称。后来，在传抄流布及刊刻出版的过程中，为避免与汉代刘向所著《世说》相混淆，后人遂改成《世说新书》或是《世说新语》，唐时已然。直到宋代，人们才说了“今以《世说新语》为正”的话，沿称至今。今本《世说新语》，附有南朝梁代刘孝标注，因为刘注旁征博引，辩证是非，同样具有很高的学术参考价值，对于人们阅读《世说新语》（以下简称《世说》），大有帮助，因此，二刘之作，可说是珠联璧合，星月同辉。我们称引《世说》，包括了刘孝标注。

《世说》所写，虽然也偶然提到秦汉间的人和事，如《贤媛》门第一则所提到的陈婴及其母，陈婴原为项梁的楚将，后降汉，封为堂邑侯。又如第二则的王昭君故事是汉元帝时的故事。但数量很少，其所叙写，主要是魏晋以来士人的故事。俗话说，天下合久必分，分久必合，魏晋承汉大一统之后，正处于天下合久必分的分裂动荡的乱世之中，如晋初的统一三国，也不过是短暂的二三十年，如昙花一现；八王之乱，五胡乱华，经历永嘉大乱之后，中国始终是南北分裂，东晋衰弱，岂有力量北伐中原而再现祖宗的辉煌？南北征战，血流成河；篡弑相继，乱象无已。不仅是平民百姓遭殃，就是高门士族，同样也有朝不保夕的生命危险存在。魏晋时代，实行的是九品官人的中正制度，是高门士族统治的门阀社会。高门士族尚且有生死无常的慨叹，百姓的生活就更加可以想象了。因此，在天、地、人中，人处中心的地位，有关人与自然的关系、人的命运及其生死的思考，人是有情或无情的拷问，都成了士人的内心世界的重要思考。这样，伴随着魏晋玄学的出现，士人内在的心灵世界就有可能加以形象的演示和展现。

《世说》作者是刘宋时的临川王刘义庆（403—444）。《南史》卷十三《宋宗室及诸王传》明确记载刘义庆“所著《世说》十卷”。但严格地说，应是刘义庆召集了袁淑、陆展、何长瑜、鲍照等宾幕搜集撰写的著作，而由刘义庆主编成书。史称义庆“爱好文义”，宋文帝给他写信，“常加意斟酌”（见《南史》本传）。刘义庆著《世说》，有条件，有能力，并非偶然，而是寄托了自己的心血与认识，从而传之后世。他经历了宋文帝刘义隆的“元嘉之治”，在南朝百余年间，这是一个相对稳定繁荣的时代，史称当时“氓庶蕃息……凡百户之乡，有市之邑，歌谣舞蹈，触处成群，盖宋世之极盛也”（《宋书·良吏传》）。与以前篡弑相继的混乱相比，“元嘉之治”确是相对安定。加以宋文帝本人也爱好艺文，积极鼓励，曾在朝廷立儒、玄、史、文四学。因此，文化上出现了兼容并包而相对开放的时代，思想讨论也较为活跃。这就为刘义庆招徕宾幕编撰《世说》创造了有利的环境和条件。

《世说》在刘宋时成书后，颇有影响。因此，在几十年后的南齐时代，就有敬胤为之作注并加以“纠谬”，也就是说，就某些故事的真实与虚构问题提出了商榷。敬胤注今佚，但宋绍兴八年（1138）董棻刊本附汪藻《叙录》曾附录部分内容。大概因其征引芜杂，缺乏剪裁，其所议论，也较板实呆滞的缘故，后来被梁时刘孝标注所取代，于是渐趋亡佚。但失败乃成功之母，敬胤注论其开创注文，实是功不可没，为后来刘孝标注作了必要的铺垫与探索。刘孝标注（以下简称刘注），如周祖谟先生指出：“孝标博综群书，随文施注，所引经史杂著四百余种，可谓宏富；而且所引的书籍后代大都亡佚无存，所以清代的辑佚家莫不视为鸿宝。”（见周祖谟为余嘉锡《世说新语笺疏》所作前言）刘孝标《世说新语注》，与裴松之《三国志注》、郦道元《水经注》，以上三书成为中国古籍中最负盛名的注本，与原著并行而传之不朽。当然，今人在古人著作的基础上，踵事增华，新增多种笺注校释本，如余嘉锡《世说新语笺疏》（上海古籍出版社1993年版），徐震堮《世说新语校笺》（中华书局1984年版），朱铸禹《世说新语汇校集注》（上海古籍出版社2002年版），杨勇《世说新语校笺》（中华书局2009年版），赵西陆《世说新语校释》（北京图书馆出版社2006年版），蒋凡、李笑野、白振奎《全评新注世说新语》(人民文学出版社2009年版),张万起、刘念慈《世说新语译注》(中华书局2017年版)诸注本,各有自己的学术特点与贡献,可以参阅。

刘义庆《世说》成书后,以抄本流传于世。今日可见最早的是唐写本,可惜为残卷,只保存了《规箴》《捷悟》《夙惠》《豪爽》四门共51则故事。全书于今可见的当以南宋绍兴八年(1138)董棻刻本为最早。但此本在明清时失传,编《四库全书》时已不知其存在。直到晚清民初,方才从日本传回中国而加以影印出版,实是学界之幸。绍兴董刻本后,曾经有另外两部宋刻本流传:一是南宋淳熙十五年(1188)陆游刻本,一是淳熙十六年(1189)湘中刻本。这两部淳熙宋本,今也亡佚。所幸陆游刻本在明代有袁褧的嘉趣堂翻刻本得以保存基本面貌。到了晚清,又有王先谦翻刻的纷欣阁校刊本。宋本由于时代久远,留传者稀,因此按纸论价,很是宝贵。但从学术价值言,版本并非愈早愈好,也有后出转精之论。因此,《世说》的宋、明、清三种版本,应说是各有特点和价值。今人的笺校本,大多汲取古本的校刊成果,尽量还原了《世说》的原貌,既便阅读,又自具一定的学术参考价值。

(二) 阅读《世说》有四难

读《世说》,大有好处,但由于时代久远,加以语言隔阂,要真正读懂并消化吸收，也有一些困难。

首先，时有文字难解之处。这里除了时代语言隔阂的原因之外，版本刊刻过程中出现的讹误，也增添了许多困惑。比如《世说·品藻》第3则：

> 顾劭尝与庞士元宿语，问曰："闻子名知人，吾与足下孰愈？"曰："陶冶世俗，与时浮沉，吾不如子；论王霸之余策，览倚仗之要害，吾似有一日之长。"劭亦安其言。

按：今诸本"览倚仗之要害"一句，文义欠通。而余嘉锡《世说新语笺疏》（以下简称《笺疏》）出校文："'倚仗'，景宋本及沈本作'倚伏'，是也。"这是根据从日本金泽文库本回传我国的宋绍兴董刻本来纠正诸本的错误，"仗"是"伏"的形讹。"倚伏"一词，出典在《老子》："祸兮福之所倚，福兮祸之所伏。"作"览倚伏之要害"，则文义畅通，叙说的是庞统明晓事物祸福相反相生的利害关键之所在。诸如此类版本校刊上的文字问题，读时应稍加注意，汲收前人的校刊成果，而不可轻易放过，则自可文意疏通而读无窒碍。

其次，是对魏晋时方言口语等活语言的理解有困难。《世说》作者，很喜欢运用时贤的方言口语等活语言，以增加描绘的生动性，在当时是言文一致，人们自会产生妙趣横生之感。但时过境迁，时代久远的隔阻，就苦了后代的读者。这不是具有一般书面共同语知识的人所能读懂的，一般的训诂学者只在典籍中讨生活，面对方言口语也常是束手无策。因此，必须从语言、音韵学的历史方面来加以考察，而这样读书，很是辛苦，不知不觉又必须向语言学家请教了。不过，在这方面，前辈先贤及语言学者，也有不少成果可资借鉴，如陈寅恪、周一良、唐长孺诸贤以及现在有关中古语言的研究著作，如吴金华《世说新语考释》、王建设《世说新语选译新注》等，多在魏晋的活语言方面开垦，可为读者排除不少语言音韵的文字障碍。

再次，《世说》所涉及的生活知识范围很广，上至天文地理，下到鸡毛蒜皮，从天道自然、日月阴阳、政治治理、伦理纲常到文化教育、战争军事、文学艺术，甚至是游山玩水，都有很多令人难忘的赏心乐事。因此，视角不同，人们就会有各种不同的读法。哲学家从玄学清谈方面去做理论探索，政治家则从伦理教化看问题，而文学家则多从形象思维出发，把《世说》当作优秀的古典艺术品来作美学欣赏。这些不同角度的阅读和欣赏，对读者提出了无形的要求。现在，各个领域的专家学者正从不同角度对《世说》做专题考察，可为广大读者排除障碍而提高阅读的兴趣和能力。

第四，阅读《世说》最难之处，还在于把握故事背后所隐藏的言外之意及其精神实质。《世说》受魏晋谈玄风气的影响，其写作重在“得意忘言”，语言简约精练，文字隽永有味，作者的深邃思理意趣，常是意在言外，而尽得风流。

四 破解『四难』自有路

以上读书“四难”，并不是说《世说》难懂就不要读，而是强调一旦克服了“四难”，阅读的收获就会更大。孔子早就说过：“学而不思则罔。”如果勤读书而不去深入思考，死读书就会读书死；反之，则必大有收获。读《世说》也一样。如果读者能活读书，深入思考，就会有所发现，有所收获。这就叫活读书而读书活。我的阅读，大致贯彻以下三个原则，或者称为三个步骤来完成读《世说》之所“思”：

第一，尽量把故事安放在一定的历史文化背景中，力求还原或接近历史的真实面貌，让读者知其然，明白了原来“是什么”的问题。这是有点难度的。因为如果不熟悉历史及其所创作的具体条件和语境，就很难揭开作者写此故事的内心奥秘。而一旦跨进了作者的内心世界，和作者自然进行古与今的交流和对话，明白了作者的创作心理和历史背景，那么隐藏在故事背后的精神实质，自然显山露水，明白如画。

第二，必须让读者知其所以然，明白古人的良苦用心：他这样写，用意何在？这一步重在弄清“为什么”的问题。

第三，再进一步深入其中，还必须让读者明其所当然，即通过阅读《世说》故事得到启悟，来进一步思考我们的人生。我们为什么而读书？不断积淀知识当然重要，但更重要的是，在思想启迪中来努力开发自己的人生智慧，以便站在时代的高度来作现代的反思。回首往事是为了今后的前瞻，明白自己面对现实时应该如何行动与实践。这是在弄清楚应该“怎么想”“怎么办”的问题。

其实，不仅是读《世说》，阅读或研究一切古代经典作品，运用这三个原则，即知其然——知其所以然——明其所当然，我相信也是行之有效而大有收获的。

人物篇 / 不以成败论英雄

在魏晋文学的笔记小说中，志怪小说首推干宝《搜神记》，而志人小说则应以刘义庆《世说》为魁。也就是说，《世说》的写作重点不是鬼神，而是活生生的人。鲁迅先生曾说，魏晋是文学自觉的时代。所谓“自觉”，指的是人性的复苏，精神的觉醒，思想的解放。具有“自觉”精神的士人，不管他事业的成败与否，当时人大多视之为“英雄”。这些“英雄”，自然也成了《世说》的主角。他们身上可能有许多人性的弱点或缺陷，但只要他们是当时人性“自觉”的带头人，那么当时人们就仍然把他们当作“英雄”来看，津津乐道，而不问其成败。这和今天我们的认识是有较大不同的，是时代的原因造成的。比如王敦，他率师攻京师，敢把晋元帝拉下马，后人视为篡逆大奸。但他却成了《世说》的当然主角，东晋中期的大司马桓温，经过王敦墓时，就赞美王敦为“可人”——即可爱的人。《世说》中的英雄，有男有女，有老有少，形形色色，但似乎并没有什么人完全符合今天高、大、全的英雄标准。就是一代名相谢安，人们对他出仕也有“小草”之讥。魏晋时代对人对英雄的看法，和今人有别，从历史角度看，我们应是见怪不怪，抱理解之同情的宽容态度。

帝王篇

一 司马炎

晋朝的开国皇帝是司马炎，史称晋武帝。当然，《世说》也常提到宣帝（司马懿）、景帝（司马师）、文帝（司马昭），那都是司马炎的父祖，他们活着时并没有称帝，这是后来晋武帝篡魏开晋后追谥的，后人不必当真。帝王是封建国家的象征。因此，我们的“帝王篇”就从开国的晋武帝说起。

篡魏开晋承先业

《世说·言语》（以下称引只称门类）第19则曰：

> 晋武帝始登祚，探策得一。王者世数，系此多少。帝既不悦，群臣失色，莫能有言者。侍中裴楷进曰：“臣闻天得一以清，地得一以宁，侯王得一以为天下贞。”帝说，群臣叹服。

帝即指晋武帝司马炎（236—290），字安世。他于魏咸熙二年

（265）受禅，改晋泰始元年。河内温县（今属河南）人。祖懿，伯父师，父昭。都洛阳。于太康元年（280）继亡蜀之后而灭吴，统一中国，天下太平。在位二十六年，死后谥号武，故史称晋武帝。但由于主客观原因，他死不久，立即引发了八王之乱及五胡乱华，天下大乱，西晋灭亡。晋得国是司马炎，失天下也是司马炎，因为亡国的祸根是他种下的，又能怪谁呢？

现在再讲上述故事。探策，指用蓍草来进行《周易》演算的占卜算卦。侍中，官名，在皇帝身边备顾问的亲近大臣。裴楷是当时和王戎齐名的玄学家。曹魏时，司马氏集团的基业由司马懿开创，其子师、昭继之，在魏正始十年（249）发动了高平陵政变，诛杀辅政大臣曹爽及其党羽，一时天下名士减半，可见手段残酷。后来“司马昭之心，路人皆知”，司马篡魏野心毕露。司马昭虽受魏封九锡，立为晋王，但来不及篡魏就被阎王小鬼请去了。这样，昭长子炎，顺理成章嗣位晋王，不久公开篡魏开晋，登基称帝，完成了祖孙三代的心愿。“探策”指的就是登基典礼前后的故事。

晋武帝登基，时当三十而立之年，气血旺盛，野心勃勃，他本想因建国而大干一番，光宗耀祖。当时他是卑劣野心与雄心壮志集于一身。他原来想把好不容易杀人孤寡夺来的江山皇位传之子孙万代，如秦始皇那样，一世、二世……至万代而为君。《左传》成公十三年有“国之大事，在祀与戎”之语，新皇登基大典，何等隆重，所以要用《易》卦占筮来卜问吉凶，以明天命所授。但在占卦过程中，五十根蓍草经反复抽数，却也具很大的偶然性，出乎意料的是，晋武帝竟是“探策得一”，即《周易》六十四卦的第一《乾》卦的初九爻。按当时世数之问，似是凶兆。《乾》初九爻辞是“潜龙勿用”。占卜之时，司马炎已受禅登上皇帝宝座，成为“飞龙在天”的九五之尊。但占卜的爻辞，却说他是一条“潜龙”，不应该公然飞天得意，这不是讽刺戒辞又是什么？而且，他问卦的本意，是国祚世数，亦即能否把江山传之万代子孙的问题，但却占卜得“一”。按照汉代象数《易》学的观点，这“一”是个实数，预示的是一代而绝的意思。试想，司马氏祖先费尽心机，杀了多少名士，欺人孤寡而夺来的江山社稷，转眼又要拱手让人，这不是大凶之兆吗？于是武帝“不说”，勃然变色。古时龙颜震怒，动辄诛戮，所以朝臣个个噤若寒蝉，人人自危。在此关键时刻，裴楷一席绝妙好辞，引经据典，立马消解了一场严重危机。裴楷是一位正直且有学问的玄学清谈名士。他转换视角，脱出汉代象数《易》学的思维定式，改用当时新兴玄学的义理《易》学来解卦。

刘注引正始名士王弼《老子注》说：“一者，数之始，物之极也。各是一物，所以为主也。各以其一，致此清宁贞。”这是裴楷所熟悉的玄学理论。他所说的“一”，已经不是象数派所指的实数，而是一个充满了虚无本体理论精神的全新哲学概念，相当于老庄之“道”。“道”是“一”，“一”即“道”，是诞育万物的根本所在，它超越一切具体数字系列之上，是驾驭数字实体的非数之数。从汉象数《易》学，晋武帝占“一”为凶；但如从魏晋新兴玄学家的义理《易》学角度看，占卦得“一”，何其幸哉！裴楷头脑清醒，希望新晋之朝能在统一中国的过程中，顺应历史潮流来清明国家政治，守“一”致贞。贞者正也，即创造一个和平安定的社会环境，促进国家的健康发展。他对《易》卦的解释，寄托了他的政治理想。但司马炎并没有理解玄学家裴楷的苦心。他因裴楷的新解，除却心病，自以为已经化险为夷，就可以为所欲为了。于是正邪不分，是非莫辨，盲动胡作，终于在一统天下的同时，埋下了不久亡国的祸根。后来他那愚痴儿子晋惠帝，迅即把大好河山葬送。占“一”之卦，一世而终，又不幸言中，悲哉！

宽厚施政泯恩仇

《政事》第8则故事说：

> 嵇康被诛后，山公（按：山涛，字巨源）举康子绍为秘书丞。绍咨公出处，公曰：“为君思之久矣。天地四时，犹有消息，而况人乎？”

刘注引《山公启事》说：“诏选秘书丞。涛荐曰：‘绍平简温敏，有文思，又晓音，当成济也。犹宜先作秘书郎。’诏曰：‘绍如此，便可为丞，不足复为郎也。’”刘孝标又引王隐《晋书》加注说：“时以绍父康被法，选官不敢举。年二十八，山涛启用之，世祖（按：指晋武帝）发诏，以为秘书丞。”故事当发生在太康元年（280）平吴统一天下之际。绍是嵇康儿子。嵇绍二十八岁出仕，距父康被杀已十八年了。秘书丞，秘书监的属官，位在监下郎上，掌管文籍。出处，指出仕和退隐。消息，指天地自然消长更替的运动变化。嵇康因不与司马昭集团合作被杀，在史上是一件轰动的事，当时太学生数千人请愿，愿以嵇康为师，司马昭不允，坚决杀一儆百，以警告持不同政见者。于此可见，司马氏和嵇家是仇家。依传统之见，仇家必斩草除根，以防报复，嵇绍岂可为晋所用？但司马炎开国后，时过境迁，形势渐趋稳定。如果继续父祖辈那严酷镇压、大肆杀戮的政策，将会大失民心而难以为继。因此，晋武帝一上台，借助大好形势而思有改变，以便为国家振兴减少阻力。在这一思量下，他起用仇家之子嵇绍，并非偶然。前魏之时，太尉许允录尚书事，但他不与司马氏集团合作，被司马师所杀。许允两子奇和猛，也是司马仇家，但武帝开国后大胆起用而不生疑猜。据《贤媛》门第8则刘注引《晋诸公赞》:“(许)奇，泰始中为太常丞。世祖尝祠庙，奇应行事，朝廷以奇受害之门，不令接近，出为长史。世祖下诏，述允宿望，又称奇才，擢为尚书祠部郎。猛礼学儒博，加有才识，为幽州刺史。”可见晋开国后，武帝心胸豁然开朗，他敢于起用仇家之子，正说明他的宽容与自信，实际上对晋朝是大有益处的安定举措。晋武帝一笑泯恩仇的政策，起到了团结国人的作用。对普通百姓来说，只要天下太平，能过安康的小日子，就很好了，至于皇帝属哪家，都没关系。因此，司马炎篡魏开晋，是政治上水到渠成的事。开晋之后，晋武帝一改父祖辈的杀戮酷政，以宽宏理解之心，实行新政，而不是以暴力镇压异己，这就减少了尖锐的社会对抗，为和谐社会的出现创造了必要的条件。从这一意义上说，晋武帝虽然导演了一场虚构的“禅让”登基、改朝换代的大典，但和平过渡总比鲜血淋漓的屠杀要对人民、社会更有利一些。晋武帝一笑泯恩仇，大胆起用仇家之子，应作如是观。

争权夺位不手软

但是，我们不能因此就认为司马炎是个仁义之君。为了争权夺位而传之自家儿子，对亲兄弟极尽逼害，就很能说明问题。《规箴》第7则故事说：

> 晋武帝既不悟太子之愚，必有传后意，诸名臣亦多献直言。帝尝在陵云台上坐，卫瓘在侧，欲申其怀，因如醉，跪帝前，以手抚床曰："此坐可惜。"帝虽悟，因笑曰："公醉邪？"

太子，指司马衷，字正度，武帝第二子，泰始三年（267）立为皇太子，时九岁。永熙元年（290）武帝山陵崩，继位登基，史称惠帝。他是个有严重智力障碍的白痴皇帝，生理残疾与心理残疾兼而有之。传后，指的是传位给这个白痴儿子而置国家利益于不顾。陵云台，台名，在都城洛阳。卫瓘，三国时魏侍中，入晋后拜尚书令、司空，惠帝时加录尚书事，后来被惠帝贾后诛杀。床，坐榻。刘注引《晋阳秋》说："初，惠帝之为太子，咸谓不能亲政事。卫瓘每欲陈启废之而未敢也。后因会醉，遂跪床前曰：'臣欲有所启。'帝曰：'公所欲言者，何邪？'瓘欲言而复止者三，因以手抚床曰：'此座可惜。'帝意乃悟，因谬曰：'公真大醉也。'帝后悉召东宫官属大会，令左右赍尚书处事以示太子，令处决。太子不知所对。贾妃以问外人，代太子对，多引古词义。给使张弘曰：'太子不学，陛下所知，宜以见事断，不宜引书也。'妃从之。弘具草奏，令太子书呈。帝大说，以示瓘。于是贾充语妃曰：'卫瓘老奴，几败汝家。'妃由是怨瓘，后遂诛之。"对于太子衷，满朝文武都知道他的痴呆，不能过正常人的生活，更何况是处理国家大事呢？在封建时代，立太子是国本，国本动摇，则一国随之动摇。岂可因私情而不顾及贤愚呢？如果太子不好，将影响到今后国家前途和民族命运，与人民的生活安定与否息息相关。传位给谁，乃国之大事，岂可不负责任地为了一家私情而托付给白痴儿子？但晋武帝恰恰是为了一点私人感情，明知太子痴呆不堪大任，仍然是将江山社稷传到他手，终至国家很快灭亡。后来国之沦丧，武帝有难以推卸的罪责。他明知儿子白痴，但仍把国家江山当成个人私有财产一样，满脑子装的是让子孙万代而为君，而不管子孙是否白痴或不肖。这是对国家和人民的犯罪了。

其实，司马炎的帝位，不仅夺自曹魏，同时也是从自己的同母弟司马攸手中夺取的。司马昭认为，自己的儿子，弟攸比兄炎佳，几次想让攸接班。《晋书·齐王攸传》说："齐献王攸字大猷。少而岐嶷。及长，清和平允，亲贤好施，爱经籍，能属文……初，攸特为文帝（按：司马昭）所宠爱，每见攸，辄抚床呼其小字曰：'此桃符座也。'几为太子者数矣。"而《晋书·外戚·羊琇传》也说："初，帝（按：指司马炎）未立为太子，而声论不及弟攸，文帝素意重攸，恒有代宗之议。"以人才论，兄炎不及弟攸，司马昭多次想传位给攸，朝中文武也多有此想。后来由于司马炎勾结了奸佞重臣贾充、外戚羊琇等，帮炎争宠夺位，于是炎立为太子。而当炎登大宝之后，满朝文武因太子衷痴，而思齐王攸贤，想让攸接班。于是一场针对亲弟的阴谋之网，毫不留情地布下，立逼齐王攸出藩离开京城，攸在严重迫害下，忧愤不知所以而死。亲弟齐王攸之死，事出自乃兄晋武帝之手。这一点武帝生母王太后早有预料，她临终之时，最放心不下的就是齐王攸（桃符）的性命。死前，王太后"流涕谓帝（司马炎）曰：'桃符性急，而汝为兄不慈。我若不遂，恐必不能相容。以是属汝，勿忘我言。'"就是一代奸雄司马昭，他在临终前也为炎叙汉淮南王、魏陈思故事而泣，"临崩，执攸手以授帝"（见《晋书·文六王·齐王攸传》）。人之将死，其言亦哀且善。但是，父母临终遗命，终于无救爱子之命。连父母临终遗命都不顾，提倡“以孝治国”的晋武帝，又“孝”在何处呢？这不是对虚伪礼教的最大讽刺吗？司马攸贤于其兄，但偏生于帝王之家，他的存在，就是对于晋武帝大位江山的最大威胁。为免威胁，即使同母亲弟也必须去死。兄弟相残，亲情何在，悲乎！

斗富奢靡亡国恨

晋武帝在平定三国而统一天下的开国之初，与古代开国之君相似，颇有治国理政之志，希望有个新政新气象。泰始之初，举清能，拔寒素，去奢侈，返淳朴，“敦喻五教，劝务农功，勉励学者，思勤正典……扬清激浊，举善弹违”（见《晋书·武帝纪》），改革定制，社会安居乐业。比如立常平仓以利百姓，修新渠进行水利建设，轻刑重教，反对酷政，“诏书颁新法于天下，海内同轨，人甚安之，条纲虽设……下济民心”（见《晋书·刑法志》）。国家面貌一新，似乎大有可为。

但是，这美好的泰始之治，却因制度和司马炎本身的人性缺陷，成为昙花一现而迅即消亡。在平吴一统天下之后，国力空前强盛，武帝由胜生骄，以为天下业已太平，可以为所欲为，耽于安乐享受，上行而下效，国家夸豪斗富之风弥漫，这一歪风邪气，正与武帝及整个统治阶级的提倡密切相关。《晋书·杨骏传》就说：“帝自太康以后，天下无事，不复留心万机，惟耽酒色，始宠后党，请谒公行。”整个国家很快滑入了腐朽败丧的轨道而难以挽回。《世说》专立《汰侈》一门加以描绘揭露，如第8则说：

石崇与王恺争豪，并穷绮丽以饰舆服。武帝，恺之甥也，每助恺。尝以一珊瑚树高二尺许赐恺。枝柯扶疏，世罕其比。恺以示崇。崇视讫，以铁如意击之，应手而碎。恺既惋惜，又以为疾己之宝，声色甚厉。崇曰："不足恨，今还卿。"乃命左右悉取珊瑚树，有三尺、四尺，条干绝世，光彩溢目者六七枚，如恺许比甚众。恺惘然自失。

王恺是外戚，石崇是官二代的豪强权贵，他们两人是《汰侈》门的主角，有多次夸豪斗富的大比拼。曾几何时，武帝曾下制，明令"去雕琢之饰，制奢俗以变俭约，止浇风而反淳朴"（见《晋书·武帝纪》）。但武帝很快助其舅王恺去夸豪斗富，这是出于其"耽于安乐"的本性所致。王恺为人，极其荒唐，因而死后朝廷议谥为"丑"。王恺举行宴会，吹笛女乐一音不和，即令黄门棒杀而血溅当场。石崇也因美人行酒不饮而连杀几个妙龄少女。这批贵族豪富，是把少女的鲜血当作红花来欣赏，其嗜血之残忍，无以复加。但武帝非但不制止法办，反而以皇宫藏宝助舅王恺与石崇争胜，事虽小而性质严重，上有所好，下必成风。如晋丞相、太尉何曾及子劭，"衣裘服玩，新故巨积。食必尽四方珍异，一日之供以钱二万为限"（见《晋书·何曾传》）。又如"王恺、羊琇之俦，盛致声色，穷珍极丽。至元康中，夸恣成俗，转相高尚。石崇之侈，遂兼王、何而俪人主矣。崇既诛死，天下寻亦沦丧"（《晋书·五行志中》）。在武帝的统治下，门阀贵族的豪奢之风，衣钵相传，对百姓敲骨吸髓地剥削，早已积聚了巨额财富，因而有条件骄奢极欲。如武帝女婿王济，他吃的烤乳猪，是用人奶喂养出来的，连皇帝本人也没吃过而自叹不如。贵族一餐美食，又不知该有多少婴儿因失乳而夭折。如此奢靡荒淫，武帝却以为这是国家富庶安乐的象征，何其谬哉！后来，在武帝死后，西晋很快灭亡，究其亡国的原因，主要不在于“胡人”的强大，如匈奴刘元海、刘聪父子，羯人石勒，都是部族之民，称孤道寡，西晋之亡，主要在于武帝朝廷的腐败成风，朽木自摧而大厦倾覆。在武帝事业正盛时，他曾问大臣刘毅，说：“卿以朕汉何帝也？”对曰：“可方桓、灵。”帝曰：“吾虽德不及古人，然犹克己为政。又平吴会，混一天下。方之桓、灵，其已甚乎？”对曰：“桓、灵卖官，钱入官库；陛下卖官，钱入私门。”（《晋书·刘毅传》）因压榨敲剥百姓而私库膨胀，只图满足自我的奢靡生活享受，弃国家与人民于不顾，岂有不亡之理？因此，后来子孙之亡，祸根实是荒唐的太平天子晋武帝亲手种下的，这又能怪谁呢？

功过是非任评说

作为历史人物，盖棺可以论定，他有功，也有过，是个矛盾的综合体。在《世说》中，他有三四十则故事，给予了形象且全面的描绘。他的历史功绩主要表现在以下三方面：

一是及时把握时机，结束了三国分裂割据局面，重新统一了中国，晋武帝功不可没。

二是在篡魏斗争中，以武力作后盾，尽可能运用了“禅让”的和平手段来使政权平稳过渡，减少了父祖辈的杀戮，既利于国家的安定团结，又利于社会的恢复与发展。

三是在晋朝开国之后，进行了一些政治、经济及司法的改革和试验，如立常平仓、推平籴法、兴修水利、改革宪政等。但遗憾的是，武帝崩后，国家重新陷入一片混乱，统一后的新气象很快消失殆尽。

他的主要历史罪责或过错主要有以下四点：

一是因逼魏帝“禅让”，诏书不敢言“忠”而故意避开，因此而割裂传统儒家“忠孝”观念，只能片面提倡“以孝治国”，促使贵族士大夫缺少了“忠恪匪躬”而为国牺牲的精神。缺乏了这一道德底线，引发了篡弑相继以争天下的严重局面。

二是在开国的歌舞升平中，武帝作为始作俑者，大大地助长了夸豪斗富的奢靡腐败之风。卖官鬻爵，贪腐公行，弥漫成风，国将不国而无药可救。

三是承魏之制，大力推行并发展了九品中正官人法，把两晋门阀贵族的社会统治推向了极端，加剧士庶对立，引发了深刻的社会矛盾和斗争，严重消耗了国家力量。九品中正的门阀统治，造成了“上品无寒门，下品无势族”“天下汹汹，但争品位”“高下任意，荣辱在手。操人主之威福，夺天朝之权势”（《晋书·刘毅传》），刘毅之言，击中了门阀制度要害，可惜武帝不听，仍是我行我素。国乏贤才，奸佞当道，也加速了国家的灭亡。

四是违背了父母的临终遗言，丧失亲情，逼死了同母亲弟，即人称贤能的齐王攸，硬是传位给了自己那白痴的儿子司马衷，致使天下失望。传位是固国之本，并非小事。但晋武帝把国家社稷当作一己私财处置，全然不顾国家和民族的利益，其责任心安在哉？

总之，晋武帝史上有功有过，他始有揽辔澄清天下之志，想要治理国家以开新气象。但由于其固有的人性弱点，倒行逆施，很快天下大乱，国家沦丧，如唐太宗评说：“曾未数年，纲纪大乱，海内板荡，宗庙播迁……为天下笑。”（《晋书·武帝纪》“制曰”）作为唐代的一代明君，唐太宗所言符合实际，他的体会是深刻的。

(二) 司马昱

在两晋皇帝中，当然是开国的晋武帝司马炎最强势最威风。而东晋的元帝虽然号称中兴之主，实际上被琅琊王敦所逼，忧愤而死，自此以后，东晋皇帝几乎是幼弱孤单，一代不如一代。简文帝虽然颇好读书，喜欢清谈，人也随和，有点学问，但即位一年，又被权臣桓温所逼，抑郁而终。虽非亡国之君，但庶几不远了。

司马昱（320—372），字道万。元帝少子。先封琅琊，后封会稽王。成帝咸康六年（340）任抚军将军，领秘书监。穆帝永和元年（345），进抚军大将军、录尚书六条事，宰辅朝政。海西公太和元年（366），进位丞相、录尚书事。太和六年（371），亦即简文帝咸安元年，大司马桓温入朝废帝奕为海西公，立昱为帝，史称简文帝，登位不到一年即亡。东晋皇帝并不好当。东晋朝廷是司马皇族与势家望族共同专政的时代，先是与琅琊王家（如王导、王敦），有“王与马，治天下”之言；后又有“庾与马”“桓与马”“谢与马”共治天下之说。皇家权势，岌岌可危。当然，国家在皇族与诸势家大族的争斗中，严重内耗了国力，因此，在南北对峙中，南方处于弱势，东晋几次北伐，因诸势家大族相互掣肘，无不铩羽而归。简文帝司马昱，就是在权臣咄咄逼人的环境中，饱含血泪惊惶而亡，悲乎！

审美欣赏具文才

《赏誉》第144则故事说：

> 许掾尝诣简文，尔夜风恬月朗，乃共作曲室中语。襟情之咏，偏是许之所长，辞寄清婉，有逾平日。简文虽契素，此遇尤相咨嗟，不觉造膝，共叉手语，达于将旦。既而曰："玄度才情，故未易多有许。"

许掾，即许询。他虽未曾做官，但曾辟司徒掾不就，故称。询字玄度，高阳人。幼有神童之名，后隐山林，与王羲之、谢安、刘惔、支遁等共游会稽山水。其人善作玄理清谈，尤擅长五言玄言诗的创作，当时和孙绰齐名而并称"孙许"。《文学》第85则记载了司马昱的叹美，说："玄度五言诗，可谓妙绝时人。"对他的五言诗给予很高的文学评价。现对故事作点解释。诣，到……去，造访。曲室，清邃密室。辞寄，言辞兴寄。清婉，清朗委婉。契素，平素情投意合。咨嗟，赞叹。造膝，古时席地而坐，相靠近时，两膝前移。叉手，拱手以表敬意。既而，事后。按照故事描绘的人物心情闲雅和美，推测是发生在穆帝初年司马昱任抚军大将军、入朝辅政，当时桓温刚刚任荆州刺史，忙于西征蜀汉事，无暇东问朝政，因此朝廷相对安定，故而有此和美的环境。风清月明，一片清朗洁净的景象，谈诗论文，吟咏情怀而美其兴寄，把司马昱不同于一般政治家的另一面形象托出。当时司马昱约二十五岁，他并不以贵骄人，而是尊重对手，表现了年轻的天潢贵胄那富有审美诗意的文人本色，很是可爱。至于故事的另一主角许询，他虽一介布衣，在官本位的中国古代社会中，与抚军大将军地位悬殊。但在魏晋这个特殊时期，两人交流却全无障碍。简文视许询为大才，真心赏识佩服；许询视简文作平交知友，因而谈论风发，出自内心之自然，两人交流，平等相待，当然心情舒畅。故事不仅通过直接的语言表述，而且进一步通过一连串的细节动作，从“咨嗟”到“造膝”及至“叉手”，步步深入地揭示了人物内心的灵魂世界，形象极其生动可爱。许询作品，今虽大都亡佚，但在当时，却是盛行的玄言诗的领军人物，寓玄旨理趣于五言诗中，不论其艺术成败，自是一种新的文学尝试，富有文化素养的表现。而司马昱就是许询及其创作的知音。当时流行的玄言诗是一种哲理诗，能够欣赏，就必须富有审美眼光，更要有相当深厚的文化素养和理论思辨的能力。所以刘勰指出：“知音其难哉！音实难知，知实难逢，逢其知音，千载其一乎！”（《文心雕龙·知音》）在这个故事中，许询可爱，而司马昱更可爱。我相信，如果司马昱不是作为一个当政的亲王卷入政治斗争的话，那么他就有可能是玄学家或诗人，因为他是一个富有审美眼光的人。《言语》第61则记载了这样的故事：“简文入华林园，顾谓左右曰：‘会心处不必在远，翳然林水，便自有濠、濮间想也，觉鸟兽禽鱼自来亲人。’”华林园是皇家园林，假山胜水，林木参天，富丽可知。但简文所见所想，却是山隐之想的自然之美，是《庄子》中的“濠、濮间想”。濠、濮是水名。据《庄子》记载，庄子和惠子游于濠、濮水上，见游鱼而思高隐之士的自由之乐。在华林园中，简文不是贪图人生享受，而是具有丰富的联想，追求的是融入自然之美的自由人生。与朝廷政治的昏暗混浊和官场血腥厮杀相比，处于幽深葱郁的自然山水之中，鸟兽虫鱼等造化生灵自来亲人，这种感受，如此美妙，大自然是何等的纯洁可爱！自然禽鸟本无人的思想感情，人化的自然是观赏者移情的结果，反映了人的内在审美心理和亲切体悟。

清谈玄理重思辨

魏晋时代的玄风流行，作为一个帝王，司马昱也投身其中而乐此不疲。《文学》第51则故事描写说：

> 支道林、殷渊源俱在相王许。相王谓二人："可试一交言。而才性殆是渊源崤、函之固，君其慎焉！"支初作，改辙远之，数四交，不觉入其玄中。相王抚肩笑曰："此自是其胜场，安可争锋！"

支道林（314—366），名遁，东晋名僧。殷渊源，名浩，当时著名玄家，曾任建武将军、扬州刺史，率军北伐失败后废为庶人。相王，指会稽王司马昱，曾任丞相，故称相王。许，处所。交言，此特指清谈玄理。才性，魏晋清谈时的重大论题之一。魏朝钟会撰《四本论》，四本者：才性同、才性异、才性合、才性离。讨论的是才情与本性问题。持论立场不同，则视觉异而观点对立。崤、函之固，崤山和函谷关，形势险要的关中要塞。改辙，改变道路，比喻改变论题以避其锋。数四交，经过三四次的反复交谈论辩。玄中，玄理之中。胜场，论难争锋的擅长之处。

在司马昱辅政之时，朝政之暇，他常利用自己良好的生活环境，创造条件，在家召开玄家座谈会。于此可见司马昱那发自内心的对清谈玄理的热爱。《文学》第40则也记载了他召开的另一次清谈盛会："支道林、许掾诸人共在会稽王斋头（按：指书斋静室）。支为法师，许为都讲。支通一义，四坐莫不厌心（按：心满意足）；许送一难，众人莫不抃舞。但共嗟咏二家之美，不辨其理之所在。”故事形象地描绘了玄家论辩的过程，给人以很大的思想享受。所称“法师”“都讲”，原指佛门讲经发挥经义的人员，一人唱经问难，提出问题，称“都讲”；一人解释经卷或发挥佛家义理，回答提问，称为主讲“法师”。东晋时，玄学与佛学合流的趋势增强，玄家清谈受佛家讲经形式的影响，也有“法师”“都讲”的设置，不过佛、玄两家比较而言，当时玄家清谈的论辩意味似乎更为浓烈。梁慧皎《高僧传》记当时支、许论难时的情况说：“遁通一义，众人咸谓询无以厝难，询设一难，亦谓遁不复能通。如此至竟，两家不竭。”由此可想当时清谈盛会的热烈气氛。玄学家的论争，不仅重义理，同时也重在逻辑推理的严密，以及诵言时的清朗韶音，亦即声音韵调的抑扬顿挫，以铿锵的语音节律之美来打动听者，以求得共鸣互应的动人效果。此《世说》所称“但共嗟咏二家之美，不辨其理之所在”，从而给人在解悟思理时获得了美的享受。在司马昱家的玄家座谈会中，他虽贵为相王，但并不以势压人，而是平等相待而以理服人。这对于百家争鸣的思想自由发展，是有助益的。这一领导艺术，直到今日，仍有借鉴的价值。

无可奈何帝王悲

但可惜的是，司马昱无法做一个纯粹的玄学思想家，更无可能成为一个投入大自然怀抱的自由自在的文人。他生于帝王之家，本身就是一个最大的不幸。在《世说》中他有七十多则故事，可说是时人心目中当然的风流“英雄”人物，但故事最后却把他引入了无奈的悲剧之路，在他身上，显现的是血染的黄昏，令人慨叹。《言语》第59则故事说：

> 初，荧惑入太微，寻废海西。简文登祚，复入太微，帝恶之。时郗超为中书，在直。引超入，曰：“天命修短，故非所计，政当无复近日事不？”超曰：“大司马方将外固封疆，内镇社稷，必无若此之虑，臣为陛下以百口保之。”帝因诵庾仲初诗曰：“志士痛朝危，忠臣哀主辱。”声甚清厉。郗受假东还，帝曰：“致意尊公，家国之事，遂至于此！由是身不能以道匡卫，思患预防，愧叹之深，言何能喻！”因泣下流襟。

荧惑，古代星象学中火星的别名。太微，天上星座，位于北斗之南，其星有十，是五帝星座，人称天子庭也。古人用天上星象来占断人类的吉凶祸福，认为火星侵入了太微，对天子帝王不祥。海西公，即废帝司马奕，于太和六年（371）被权臣桓温所废，降为海西公。郗超，桓温政治集团的智囊谋主。直，同“值”，指值班。大司马，指桓温。庾仲初，名阐，东晋作家，以《扬都赋》著名于世，官散骑常侍、领大著作。尊公，对谈话人父亲的尊称，这里指郗愔，曾官司空，他的政治立场与儿子超不同，是桓温的反对派。刘注引《续晋阳秋》点明了故事的主旨，说是“帝外压强臣，忧愤不得志，在位二年而崩”。司马昱被桓温推上皇帝的宝座，在海西公太和六年，也即简文帝的咸安元年（371）十一月登基，第二年秋七月崩，实际只做了八个多月的皇帝。他承受了巨大的政治压力，造成了精神“忧愤”的巨痛，由心理失衡而引发了生理上的阴阳失衡而致命。

从外貌看，司马昱是“美风姿，举止端详”（《容止》第34则刘注引《续晋阳秋》），性冲虚简静，宅心仁厚，是个心性平和的谦谦君子。据载，他府中白日见鼠，身边参军以手版批杀之，他立刻“意色不说”，以为过于残忍，官吏因此要弹劾参军，他给了人性的回答：“鼠被害，尚不能忘怀，今复以鼠损人，无乃不可乎？”（《德行》第37则）如果作为普通人，他道德高尚，加以富有学识文才，可能成为玄、佛双修的成功名人；但作为政治家，他却是个失败者。在政治上，人们原指望他是周公一类的人物[1]；但史家却尖锐地批评说：“帝虽神识恬畅，而无济世大略，故谢安称为惠帝之流，清谈差胜也。”（《晋书·简文帝纪》）西晋之亡，惠帝开其先河，人或譬之惠帝，实与亡国之君相差无几了。

晋时行九品中正官人法，是个典型的门阀社会，司马皇族与世家望族共享政权。西晋初的武帝时期，国家安定富庶，当然是皇权占据了矛盾的主要方面。但时过境迁，惠帝后的永嘉之乱把国家推入了亡国的深渊。至于东晋，世家望族南渡，为国家的新生和重建付出了许多辛劳和奉献。因此，东晋成为皇室与世家望族共同执政的朝代，矛盾的主要方面，逐渐转移到世家望族的身上，当然皇权也就日渐削弱。东晋初，民谣有“王与马，共天下”之言，后来虽然又有“庾与马”“谢与马”“桓与马”共天下之变，但万变不离其宗，皇权的失落，已成不可逆转之势。大司马桓温掌控了全国兵马，于是枪杆子里出政权，政治上的低能儿司马昱，又岂是对手？桓温废立自专，诛杀皇族，绝不手软。这一暴

1　见《言语》第54则刘注引《晋阳秋》刘遐对褚裒说：“会稽王（指司马昱）令德，国之周公也，足下宜以大政付之。”

力，令简文帝内心滴血，却又无可奈何，只能对郗超掩面而泣。但是，眼泪救不了自己，更救不了国家。这才有了简文吟诵庾仲初诗“志士痛朝危，忠臣哀主辱”的无限悲痛。在严酷的政治战场上，司马皇室和桓温集团的力量对比，严重失衡，任你司马昱再聪明能干，也难以逃脱“泣下流襟”的悲剧命运。桓温曾当简文帝面，要求诛杀昱兄武陵王父子，简文帝则求桓温赦免保全，说得很可怜：“若晋室灵长，明公便宜奉行此诏；如大运去矣，请避贤路！”（《黜免》第7则）表示了退位让桓之意。做这样的傀儡皇帝，还有什么意思，实在可悲可叹。简文帝即位一年之内忧愤而崩，既是解脱，亦实属无奈。

名相篇

在魏晋门阀社会中，皇权在混乱黑暗的政争中，日趋衰弱，而势家豪门的大士族势力日渐膨胀，国家政权不再是皇族一家所独专，而是皇族与士族的联合专政。当然，在魏晋两百来年的历史发展中，皇族与士族的联合专政也是一种动态的平衡，有时是皇权压士族，有时是士族盖过皇权，但总的说来，除了西晋初年开国之君晋武帝的“强盛”抬头外，皇权式微的总体趋势已是难以逆转。而以王、庾、桓、谢四大士族为代表，在社会动荡中及时把握了机会，正一步步地走上历史的中心舞台。民谣所称“王与马，共天下”，应扩大到东晋的王、庾、桓、谢四大士族。这四大士族所控制的国家权力，大多是通过其家族精英担任三公、丞相官职来实现的。丞相地位特殊，在朝廷中，处于“一人之下，万人之上”的地位，在皇权相对衰弱时，以其杰出的才能，仍然可以干出一番经天纬地的轰轰烈烈的事业来，为国家作贡献，从而留名青史。以下所选王导、谢安，正是高门士族之翘楚，是一代的人望。至于张华，虽原出非士族的庶族寒门，但他竭力要打破门阀社会中那严格推行的士庶之别，为国选贤用贤，但却不幸遇害而为国牺牲，当然也值得一提。

一 张华

张华（232—300），字茂先，范阳方城（今河北省固安县）人，博学多才，通贯古今，以诗赋文章称世，是当时文学界的领军文物，著《博物志》《张茂先集》等。官至中书监、司空，死于“八王之乱”中，因此，其治国理想破灭，举贤授能转眼成空如幻。

博学卓识功勋著

在西晋初，张华是个不可多得的人才。有其材必有其识。张华器宇宏通，识见深远，洞见未来以作预测，在朝多有功勋。《德行》第12则故事说：

> 王朗每以识度推华歆。歆蜡日，尝集子侄燕饮，王亦学之。有人向张华说此事，张曰：“王之学华，皆是形骸之外，去之所以更远。”

从对华歆、王朗两人行事的比较中，可见张华的器识非同一般。识度，见识器度。王朗与华歆，俱是三国时人。王朗，东海郯（今山东郯城）人。史称其以通经拜郎中，迁会稽太守，居郡惠爱于民。被东吴孙策所逐，北归曹操。入魏官至司空。曾上《劝育民省刑疏》，著《易》《春秋》《孝经》《周官》诸传。华歆，平原高唐（今山东禹城）人。汉末官豫章太守。为政清静不烦，受人欢迎。北归曹操，代荀彧为尚书令。入魏后任司徒。蜡日，古代岁末祭百神的重要节日，时有会饮风俗。燕饮，饮酒宴会。“燕”通“宴”。形骸，指人的形体躯壳。形骸之外，比喻外在的行踪，而不见内在的精神气质。

魏晋之际，士人的道德观念发生颇多变化。华歆之徒，在当时曾威逼旧主，结欢新朝，但士人清议，不以为异，仍然是人们口中津津乐道的风流人物。史称华歆“议论持平，终不毁伤人”（见《三国志·华歆传》），这与汉末党人的直言极谏、杀身成仁异其旨趣，从而成为向魏晋时代“不臧否人物”的清谈之风过渡的人物。当时贤如曹植，著《辅臣论》，叹美华歆“志存太虚，安心玄妙。处平则以和养德，遭变则以义断事”，就认为华歆是德义双修的典范。史称华氏“素清贫，禄赐以振施亲戚故人，家无担石之储，公卿尝并赐没入生口，唯华歆出而嫁之”（《三国志·华歆传》）。以相国之尊，清廉助人如此，所以进入了《世说》的《德行》门。至于王朗，亦非等闲人物，《三国志·王郎传》裴松之注说他是高才博雅，严整慷慨，“常讥世俗有好施之名，而不体恤穷贱，故用财以周急为先”。王朗为人，廉己济困，与贪官污吏异路，其道德岂可轻诋？因此，张华对王、华两人的比较认识，并不是观念先行的道德评判，而是从其为人行事的见识气度方面着眼。王朗羡美华歆识度，但他亦步亦趋，学的只是华歆宴饮之类的外在仪式，因此而招来了张华的批评，说王朗学到的只是华氏“形骸之外”的皮毛，距其内在精神实质非常遥远。这话有一定根据。《世说》另一故事有助于证明张华见解的正确。《德行》第13则故事说：“华歆、王朗俱乘船避难，有一人欲依附，歆则难之。朗曰：‘幸尚宽，何为不可？’后贼追至，王欲舍所携人。歆曰：‘本所以疑，正为此耳。既已纳其自托，宁可以急相弃邪？’遂携拯如初。世以此定华、王之优劣。”孔夫子说“言必信，行必果”（《论语·子路》），这是人们行事大义之所在。华歆阅历丰富，见多识广，思考深远而早见事机。他做事具忧患意识，能预先估计困难和特殊情况，如果条件不许可，就不会轻易许诺。此非存心不善而故意刁难，而是见微知著的洞明事机。而一旦应允让人上船，则言出如山而不可动摇，绝对不会因危险而抛下难友，即使为此丧命，也将坚守诺言而义无反顾。但小人反之。和平环境中浪言相许，以取声誉；而危急险境中则弃如敝履，言而无信，仁义不存。这就是君子小人见识的根本区别。古人有“疾风知劲草”之言，信哉。只有在大灾大难降临的时刻，则君子小人各见其庐山真面目。这就是张华所称之“识度”，形骸内外之分，即皮毛与本质之别。

从这个故事可以看出张华看问题，由表及里，深刻而具远见。他是一位具有独立思考能力而不人云亦云的人物，个性坚强，又富有开拓精神。这与他平日的努力学习而具博学卓识密切相关。史称张华“父平，魏渔阳郡守。华少孤贫，自牧羊……学业优博，辞藻温丽，朗赡多通，图纬方伎之书莫不详览。少自修谨，造次必以礼度。勇于赴义，笃于周急。器识弘旷，时人罕能测之”（《晋书·张华传》）。

《言语》第23则记有西晋太平时“诸名士共至洛水戏”的故事，当时王衍（按：《晋书》作王济）评说：“张茂先（华）论《史》《汉》，靡靡可听。”可见张华精于《史记》《汉书》诸历史典籍，勤读精攻，娓娓道来，其所借鉴，令人不倦。刘注引《晋阳秋》说：“华博览洽闻，无不综贯。世祖（按：晋武帝）尝问汉事，及建章千门万户，华画地成图，应对如流，张安士不能过也。”书不仅要勤读，更要善读，博闻强记，学而后思。所以他的博识，卓荦不群，能为治国安邦事业提供必要的历史借鉴。他虽官至台辅，但一生清廉自洁，“雅爱书籍，身死之日，家无余财，惟有文史溢于机箧。尝徙居，载书三十乘。秘书监挚虞定官书，皆资华之本以取正焉。天下奇秘，世所希有者，悉在华所。由是博物洽闻，世无与比。”（见《晋书·张华传》）

又如统一中国的伐吴战役，是张华在庙堂之上，力排众议，以其只眼卓识，深刻分析了敌我双方的主客观形势，帮助朝廷下决心，最后终于完成了统一大业，谋福人民，功高盖世，而彪炳史册。据《晋书·张华传》记载：“初，帝潜与羊祜谋伐吴，而群臣多以为不可，唯华赞成其计……及将大举，以华为度支尚书，乃量计运漕，决定庙算。众军既进，而未有克获……华独坚执以为必克。及吴灭，诏曰：‘尚书、关内侯张华，前与故太傅羊祜共创大计，遂典掌军事，部分诸方，算定权略，运筹决胜，有谋谟之勋。’”羊祜死后，杜预代祜都督荆州，杜是熟读《左传》的儒将，堪与张华的精研《史》《汉》相伯仲。为了捕捉伐吴战机，他曾上表要求朝廷统一意志，下定决心，不要动摇。这时，张华在朝大力支持杜预计划的方略。史称：“时帝与中书令张华围棋，而预表适至。华推枰敛手曰：‘陛下圣明神武，朝野清晏，国富兵强，号令如一。吴主（孙皓）荒淫骄虐，诛杀贤能，当今讨之，可不劳而定。’帝乃许之。”（《晋书·杜预传》）于此可见，杜预精通《左传》，张华精研《史》《汉》，他们能从历史中汲取经验教训，以资现代反思和借鉴，有此博学卓识，想人之不敢想，谋人之未能谋，超越世俗，建功立业而名垂青史。

赏拔贤才反遭害

张华出身于中下层官吏家庭，父平早死，张华幼而失怙，因此而孤贫牧羊以自活。可见他是出于孤门寒族之家。在门阀社会，他的低贱出身，永远为高门士族、世家豪强所鄙视，这是张华心中之痛。他当政时，就曾经下决心来举贤任才，从而泯灭门第士庶之别，士族南北之见。但这一努力化为泡影，他随即因此遇害。悲哉！《排调》第9则故事：

荀鸣鹤、陆士龙二人未相识，俱会张茂先坐。张令共语，以其并有大才，可勿作常语。陆举手曰："云间陆士龙。"荀答曰："日下荀鸣鹤。"陆曰："既开青云睹白雉，何不张尔弓、布尔矢？"荀答曰："本谓云龙骙骙，定是山鹿野麋。兽弱弩强，是以发迟。"张乃抚掌大笑。

荀鸣鹤，名隐，父岳，是朝廷的中书郎。他出于颍川荀氏望族。陆士龙，名云，与兄机并称"二陆"，是当时著名的文学家。祖逊，吴丞相。父抗，吴大司马。出于江东望族。云间，华亭古称，今上海松江。日下，指京畿地区。白雉，白色野鸡。骙骙，强壮貌。麋，四不像一类的麋鹿。抚掌，拍手。

这个故事，巧用语言修辞艺术，形象鲜明生动，其声吻跃然于纸上。晋武帝太康元年（280）平吴而统一中国，十年（289），陆机、云兄弟自吴入洛以谋出路，这才有机会在张华家见到荀隐。当时二陆与荀隐，都是血气方刚的青年人。当时一伙颇富文学才华的青年聚于张家沙龙。张华对这群文学才子很是欣赏，因此气氛热烈，争强斗胜而各逞其能。因此而各有绝妙好辞，既刻画了自尊自信，同时又不亢不卑地嘲讽了对手。张华一句"勿作常语"的片头语，引发了一场精彩的文学表演。荀隐是中原士族之杰，陆云是江南士族之英，南北士人，旗鼓相当而各不相让。在魏晋门阀社会中，统治者不仅严于士庶之别，抹杀了广大寒门士人的才华，同时在武帝统一中国后，中原士人又视江南之人为亡国之人而加歧视，这就又形成了士族的南北对抗，消耗了国家力量。因此，以陆云为代表的江南士人和以荀隐为代表的中原士人，才会在开玩笑的场合竟然有如此激烈的言辞对抗。陆云讥荀隐为白色野鸡，荀隐则讽陆云是四不像的麋鹿。为此争嘴斗气，岂不伤了和气。这有违于张华的本意。作为一个寒门出身的政治家，他更重视的是贤才为国家所用。因此，他不想扩大事态，而是以“抚掌大笑”的一个细节动作，来弥合两人的斗嘴，使文学沙龙重新回归正题。为了国家的发展，就必须任用贤能而造福于民。广大寒士及江东士人，自有国之贤才，但他们却被高门士族所压制而视为粪土无异。这一不正常的现象，张华本想加以纠偏，但最后却导致了自己的悲剧。平吴之时，他是“名重一世，众所推服”，但权倖贾充等结党营私，“奏诛华以谢天下”。平吴胜利，张华功最大，但武帝很快弃用，史称“终武帝之世，以列侯朝见”（见《晋书·张华传》），也就是说，张华因功而无形免职。为什么？出身寒素而为权倖轻贱，也是原因之一。兔死狗烹，鸟尽弓藏，古人之言，令人思之心寒。

悲痛的人生经历，张华感慨系之，但仍想在力量所及的范围内加以改变。《晋书》本传说他是“性好人物，诱进不倦，至于穷贱候门之士有一介善者，便咨嗟称咏，为之延誉”。他对于南北士族对抗的情况，也很了解。力量内耗，相互抵消，又将如何团结对敌以建设国家呢？于是他邀请南北之士聚会，为他们创造握手言欢的和好机会，此所以他会“抚掌大笑”，站在中间立场，加以调和折中，从而造成皆大欢喜的局面。他所提拔的南士、寒素，不一而足，仅以《世说》故事为例，如《言语》第26则刘注引《晋阳秋》称，张华见陆机陆云而大为赏识，说是“平吴之利，在获二俊”。又《言语》第47则刘注引《陶氏录》说，陶侃“少有远概纲维宇宙之志”，陶氏察孝廉入洛，张华很是赏识，说：“后来匡主宁民，君其人也。”陶侃出身于南方贫寒庶族，人或斥为“小人”，但张华却一反高门士族偏见，誉之为国家栋梁。在《赏誉》第19则中，又叹美褚陶、顾荣等南士为“东南之宝”，给以很高的评价。

但一人誉之，众人毁之。在固有的门阀制度下，士庶之别如天渊之隔，南北之士别抱偏见，国家岂能不亡？张华只能发出声声长叹而无可奈何。晋武帝时，他虽然对国家统一及诸多制度改革作出贡献，但因他出身寒士，身份低贱，功勋再大，也是徒然。加以他秉正直好贤之性，当然就得罪了诸多低能嫉贤的执持政柄的高门权贵，以此而形同罢官。他晚年登台，辅任宰相，是在白痴的晋惠帝及疯狂的贾后统治时期。在极度黑暗的乱世中，一个偶然的机会，把张华推上了“一人之下”的相位，但同时也是在一步步滑向了断头台。据《晋书》本传，当时“贾谧与（贾）后共谋，以华庶族，儒雅有筹略，进无逼上之嫌，退为众望所依，欲倚以朝纲，访以政事”，因此短暂任相。在昏君悍后的乱朝，张华仍对国家负责，“尽忠匡辅，弥缝补阙，虽当闇主虐后之朝，而海内晏然，华之功也”。但这一时间曾不以一瞬，很快“八王乱起”，朝中大乱，诛戮相继而血流成河。张华为赵王伦所杀，他的鲜血也在这道汹涌的血河中翻腾。临刑之时，张华叹道：“臣先帝老臣，中心如丹。臣不爱死，惧王室之难，祸不可测也。”他做丞相，很是窝囊，但他担心的不是自己的生命，而是国家和民族的命运和前途。在血色黄昏中，其铮铮誓言，掷地有声，而催人泪下。后来陆机作《咏德赋》来纪念他。

儿女情多温丽篇

作为寒素出身的台辅丞相，张华悲剧，虽死犹荣；但作为一个文学家，张华文采则流誉人口，而播于史册。刘勰《文心雕龙·时序》篇于晋代文学，首称“茂先摇笔而散珠”，说是“人才实盛”而不让古人。而钟嵘《诗品序》称晋太康中，“亦文章之中兴也”，太康之英的文坛领袖人物，就是张华。这可从他的批评赏拔及个人创作两方面来说。《文学》第84则刘注引《文章志》:

> （陆）机善属文，司空张华见其文章，篇篇称善，犹讥其作文大治，谓曰:“人之作文，患于不才；至子为文，乃患太多也。”

大治，余嘉锡《笺疏》引李详云:“案大治谓推阐尽致。”作文大治，就是创作文章酣畅淋漓而尽其极致。

由于张华富于深厚的文化素养和文学创作水平，他的理论思想指导了他的批评和创作，因此他的批评和赏拔，为晋朝太康文学的发展与繁荣注入了一股新的血液。对于陆机陆云兄弟，张华早有“平吴之利，在获二俊”（《言语》第26则刘注引《晋阳秋》）之言，对作为太康之英的二陆予很高的文学评价。“篇篇称善”之赞，说明了张华对二陆作品的阅读和欣赏，非常认真，是其真正的知音。今存《陆士龙集》卷八有《与兄弟平原书》，曾多次称引张公（华）之言以定诗文的优劣得失。如称："往日论文，先辞而后情，尚势而不取悦泽。尝忆兄道，张公父子论文，实自欲得，今日便欲宗其言。"意思是说，自己过去的创作，先铺排辞藻，后考虑情志的表述。张华与此相反，是先情感而后文辞，强调文学创作的清省自然之妙。这促使陆机陆云兄弟改变了先文后情的倾向，因而文学大有启迪和进步。古人云知音难逢。在二陆入洛的困难时刻，张华伸出了援手，为之延誉，从而共同创造了太康时代的文学繁荣。因此，张华死后，陆机写了《咏德赋》加以悼念，情真意挚，何其沉痛，出自内心。

张华所批评赏拔的，何止是二陆。比如对沉沦下位的左思，也是一见拍案，大加赞颂。《文学》第68则记载："左太冲（思）作《三都赋》初成，时人互有讥訾，思意不惬，后示张公（华），张曰：'此二《京》可三。然君文未重于世，宜以经高名之士。'"左思按照张华的意见，求当时高士皇甫谧作序，于是名声大噪而洛阳纸贵。张华赏识左思，认为他创作的《三都赋》，可以媲美汉代张衡的《西京赋》《东京赋》。方比古人，这在当时是很高的文学评价。左思出自寒门，曾作诗抨击了门阀社会的黑暗，反映了志士仁人报国无门的沉痛感情。他创作了《咏史》《招隐》《杂诗》《娇女诗》等优秀诗章，发出了"世胄蹑高位，英俊沉下僚……冯公岂不伟，白首不见招"（《咏史》第二首），"何世无奇才，遗之在草泽"（《咏史》第七首）的愤怒呐喊，因而被张华引为同调。

在创作方面，张华自己也颇有成就。作为太康文坛的当然领袖，其艺术实践虽不及潘（安）陆（机、云）左思诸人，但也是一代诗人，而见录于钟嵘《诗品》。他年轻时，作《鹪鹩赋》，竹林七贤中的阮籍见而叹之，说他是"王佐之才也"（《晋书·张华传》），于是而知名于世。

他的诗作被钟嵘收入在《诗品》中的中品，并有评论说："晋司空张华，其源出于王粲。其体华艳，兴托多奇。巧用文字，务为妍冶。虽名高曩代，而疏亮之士，犹恨其儿女情多，风云气少。谢康乐（灵运）云：'张公虽复千篇，犹一体耳。'今置之甲科，疑弱；抑之中品，恨少，在季、孟之间耳。"刘勰《文心雕龙·时序》有"张华短章，奕奕清畅"之评。今曹旭教授也说："钟嵘以'情多'二字评张华，亦不啻品评西晋诗风。'风云气少，儿女情多'，为建安向西晋转变之关键。张华源出王粲，晋之诗风，遂华艳绮靡，顾盼情多。"（《诗品笺注》，人民文学出版社2009年版）曹评很到位。但其《情诗》（五首之五）说："游目四野外，逍遥独延伫。兰蕙缘清渠，繁华荫绿渚。佳人不在兹，取此欲谁与？巢居知风寒，穴处识阴雨。不曾远别离，安知慕俦侣！"写远游之士对家中贤妻的思念，情深意挚，感人至深，超越了"华艳""妍冶"的诗境，又隐约寄托了正直政治家的忠贞之志。

总之，作为一名政治家，他身死而犹荣，有以下的历史贡献：一是推动了晋武帝制定平吴的统一大计；二是被贬出朝廷而任边疆将帅时，稳固了北方防线，促进了民族团结，史称"远夷宾服，四境无虞"的局面；三是企望突破门阀统治，强调任人唯贤，赏拔寒庶士人，力争地不分南北，人不分士庶，各尽其才，而团结兴国，这犹如今天的"统一战线"政策，强调社会的安定和谐，但他的理想很快被高门权贵击得粉碎；四是与时俱进地修订了若干"仪礼宪章"，改革制度，以合新时代的需要。而作为文学家，他是太康文坛公认的领袖。西晋文学的发展，他有功劳。他的诗文创作，也在中国文学发展中留下了自己的足迹。张华德才兼备，颇富文才，却惨遭杀害，真是历史的悲剧。

二 王导

晋之丞相，当以王导和谢安最为优秀。东晋开国江南，号称“中兴”，王导草创于初，谢安踵武于后，延续了东晋的百年历史，王谢两人及其家族的贡献，是有功劳的。但功高则震主，或为其他世家望族所嫉，因而王导和谢安，虽有丞相的光环，但到了老年，仍然不免为人所逼而忧愤以终。这也可见当时皇族与高门士族在共享政权时的复杂性，政治是无情的，并不会因你的功勋而照顾你一辈子。在《世说》中，王导的故事多至百则，谢安故事更是多至一百二十余则，可见是当时人心目中英雄中的英雄。

将相之器少年郎

《德行》第27则刘注引《(王)丞相别传》说：

王导字茂弘，琅琊人。祖览，以德行称。父裁，侍御史。导少知名，家世贫约，恬畅乐道，未尝以风尘经怀也。

王导（276—339），出身于琅琊王氏家族，导与族兄敦，都是王览的孙子。王览是魏晋时三公之一的太保王祥的弟弟。魏文帝时，徐州刺史吕虔赠宝刀给王祥，据说此刀珍贵，只有官居三公的人才堪佩戴。王祥就是今传二十四孝图中卧冰求鲤的著名孝子。司马氏集团建晋国，因篡弑魏朝的原因，羞于言“忠”，而改提“以孝治国”。这样，“孝子”王祥适逢其时，名声大振而高升三公之位，实际上却无所贡献。他临终有遗嘱，说是“扬名显亲，孝之至也；兄弟怡怡，宗族欣欣，悌之至也”（《晋书·王祥传》），把三公宝刀赠予弟弟王览，可见他对琅琊王氏高门士族的利益关心备至；至于国家政权的更迭动荡，他并不放在心上。以王览一支为代表的琅琊王氏，就被人称为“宝刀家族”（见肖华荣《簪缨世家》，生活·读书·新知三联书店1995年版）。在当时门阀社会中，琅琊王氏视家族利益为重，而不是以忠于皇室为最高道德标准。后来琅琊王家对司马皇权，或支持拥护，或反目成仇，关系复杂，家族中也有不同态度，不可一概而论。如因晋元帝重用刘隗、刁协，疏远王家，王敦错误估计形势，两次举兵犯阙，兵败身死；而敦败的直接原因，竟然是族弟王导的反对。王导在维护琅琊王氏家族利益的同时，又重视国家利益，求得了和司马皇权的平衡。

王导年少时，父裁只担任“镇军司马”一类的幕僚，王导自己也只担任秘书郎一类小官，《丞相别传》说他是“家世贫约”，应该是可信的。这与王敦尚公主做驸马，刺史青州，早称显贵，情况不同。王敦、王衍、王戎这些族中显贵那骄奢淫逸的恶习，王导少有沾染。他在贫约困境中，刻苦发奋，学习上进，因而早称名士。当时陈留高士张公见而奇之，对人说：“此儿容貌志气，将相之器也。”（《晋书·王导传》）年轻人在政治上颇有远见卓识。永嘉之时，知天下将乱，弃朝官尚书郎不做，去担任琅琊王司马睿的安东司马。《晋书》王导本传称“时元帝为琅琊王，与导素相亲善，导知天下已乱，遂倾心推奉，潜有兴复之志。帝亦雅相器重，契同友执。帝之在洛阳也，导每劝令之国。会帝出镇下邳，请导为安东司马。军谋密策，知无不为”。《晋书》卷六《元帝纪》也说：“永嘉初，用王导计，始镇建邺（按：后改建康，东晋京师，今在南京），以顾荣为军司马，贺循为参佐，王敦、王导、周顗、刁协并为腹心股肱，宾礼名贤，存问风俗，江东归心焉。”这就为后来的东晋建国，奠定了基础。司马渡江，东晋“中兴”，王导是立了大功的。琅琊王司马睿，属于皇族远支，又缺乏能力政绩，到江东时，为人所轻。

《王导传》称“及徙镇建康，吴人不附……导患之。会（王）敦来朝，导谓之曰：‘琅琊王仁德虽厚，而名论犹轻。兄威风已振，宜有以匡济者。’会三月上巳，帝亲观禊，乘肩舆，具威仪，敦、导及诸名胜皆骑从。吴人纪瞻、顾荣，皆江南之望，欲觇之，见其如此，咸惊惧，乃相率拜于道左。”团结中原南迁士人和江东固有望族，共赴国难以建新朝，王导为晋元帝制订了“中兴”国策，可说是功不可没。没有琅琊王氏家族的王导、王敦，又哪有司马氏的东晋朝廷呢？以此，东晋民谣说是“王与马，共天下”，是当时真实情况的反映。当时王敦任大将军带兵在外，王导在朝掌机枢政权，琅琊王家子弟，在朝多任高官显职。《宠礼》第一则记载：“元帝正会，引王丞相登御床（皇帝宝座），王公固辞，中宗（即元帝）引之弥苦。王公曰：‘使太阳与万物同晖，臣下何以瞻仰？’”元帝以皇族远支，因风云际会，开国江东，骤获大宝，连他自己也是如梦似幻，半信半疑。但王导却有本事变梦为真。由于王导等士族的共同经营拥戴，司马氏才得以偏安江南而安身立命。这帝位是怎么来的？元帝自己心知肚明。因此，为了测试百官的真诚，他半真半假地邀请王导共登御床以临百官，但皇帝与辅臣并坐，古无此礼。若是王敦，可能因其兵权在握而无所顾忌，就会直上御床，就位而呈其野心；但王导却不会，他明白自己的身份和作用，无视皇权之尊，又哪来的国家安定呢？世家大族很多，为什么偏是琅琊王家可以上坐呢？以此，王导谦抑自损，回答得体，明心迹以安众心。在现实中，王导没有因为一时的殊荣风光而冲昏了头脑。这才是一位高明而清醒的政治家。王导从小练就了一对敏锐的政治触角，早已洞悉元帝及文武百官的心思，他像优秀的演员那样，力争把凶险的政治斗争玩于股掌之中，圆滑熟练，用心辛苦，却也好看有效。

赏歌舞儒道双修

王导治国之政，有其思想理论作支撑。而在公务之暇，他也不忘其轻歌曼舞的艺术享受，他并不在乎物欲横流的物质享受，而重视精神生活的质量。可以说他是个真正懂得生活享受的趣人。《文学》第21则故事说：

> 旧云：王丞相过江左，止道《声无哀乐》《养生》《言尽意》三理而已。然宛转关生，无所不入。

王丞相，王导。江左，又称江东，指长江下游以东的地区，亦可泛称江南。古人方位以东为左，以西为右。止，同“只”。《言尽意》，西晋欧阳建为反驳当时流行的玄理“言不尽意”论而著。《声无哀乐论》和《养生论》都是嵇康提出的玄理命题。以上三论，是魏晋玄学家清谈时的重要命题。宛转关生，即辗转委曲而相互关联，具有无尽的乐趣。王导虽然只谈论他所熟悉的三个玄学论题，但他学养丰富深厚，能够此和彼应，声东击西，相互联系，而看透复杂事物中的内在联系，因此在清谈中，他能得心应手而宛转相生，道理说来是娓娓不尽，令人叹赏。如《文学》第22则故事记载："殷中军为庾公长史，下都，王丞相为之集，桓公、王长史、王蓝田、谢镇西并在。丞相自起解帐带麈尾，语殷曰：'身今日当与君共谈析理。'既共清言，遂达三更。丞相与殷共相往反，其余诸贤，略无所关。既彼我相尽，丞相乃叹曰：'向来语，乃竟未知理源所归，至于辞喻不相负。正始之音，正当尔耳！'"殷中军，指殷浩（？—356），字渊源，陈郡长平（今河南西华）人。东晋时，与刘惔并称于世的清谈名家。曾官中军将军，参与朝政，用来抗衡桓温集团的势力。庾公，指庾亮（289—340），字元规，颍川鄢陵（今属河南）人。他的妹妹是晋明帝皇后，明帝早崩，庾亮作为外戚，与王导一起辅助小皇帝，在当时的门阀政争中逐渐崛起，鄢陵庾氏渐萌取代琅琊王氏之势。他在平定苏峻，祖约之乱后，因陶侃死，代陶任江、荆、豫三州刺史，征西将军，开府武昌，掌控长江中上游雄兵。当时殷浩作为庾亮的幕僚，有事进京，因而有机会在京与王导诸贤集会清谈。桓公，指桓温，是后来谯国桓氏政治集团的核心领导，详参本书"桓温"篇。王长史，指王濛（309—347），字仲祖，太原晋阳（今山西太原）人。少放纵不拘，后砥砺节行，善清谈，与刘惔并称"刘王"。王蓝田，指王述（303—368），承父爵为蓝田侯，故称。王述曾任扬州刺史，是王羲之的上司，因两人意气不同，羲之誓墓辞官。但王述居官讲究实际，行政清简，受职不让，辞必不受，因而颇著官声。谢镇西，指谢尚（308—357），字仁祖，陈郡阳夏（今河南太康）人。曾任镇西将军，故称。上述诸贤都是朝廷精英，同时也是清谈玄理的名家。下都，指从武昌顺流至京师建康。麈尾，魏晋名士手中所执之物，饰仪容以助清谈。身，当时口语，如"我"。共相往反，即反复辩难，认真推敲。正始之音，指魏齐王芳正始年间何晏、王弼所开创的谈玄理的风气。

成帝咸和九年（334），荆州刺史陶侃卒，庾亮代之。咸康五年(339)，王导卒。因此，这次王导家中的清谈沙龙，应当发生在咸康初年。受邀参加座谈会的，都是有头有脸的一代之选。但其中最突出的角色，就是王导和殷浩，其他名士只能作为陪衬存在。当时殷、王两人反复辩难，“共谈析理”，通宵达旦，让人忘记了疲劳。为了追求“理源所归”的真理之所在，名士们全身心地投入了这场讨论，其学术热情，令人感动。后来桓温回忆说：“昨夜听殷、王清言甚佳。”你看，连听众也乐此不疲，可见其吸引力之强。正始玄学的思想高潮之后，王导等又在东晋时代掀起了另一次高潮。在建国江东而作为台鼎宰辅的过程中，王导推行了随顺自然、无为而治的治国方略，为国家的稳定和发展作出了自己的贡献，这和他那道家无为而治的玄学思想的理论指导密切相关。

王导的思想，实际上是儒、道、释三家兼容并包，而以接近道家的玄学为主。过江之初，战争不息，教育残破，学校废坠。因此，王导以儒者的责任为己任，提倡“设庠序”而恢复学校，重教育而育人才。他曾上书晋元帝，说：“夫风化之本在于正人伦，人伦之正存乎设庠序……蒙以正之，少而教职，使化霑肌骨，习以成性，迁善远罪而不自知……其取才用士，咸先本之于学。”（《晋书·王导传》）在王导的积极争取下，史官之设，也逐渐恢复，可见他在建国时不忘以复兴孔孟之道、儒家礼教为己任。他对释家，也颇喜好，曾主动欢迎和接近许多高僧大德，彼此“悟言神解”，会心交流思想体悟。王导从已中国化、玄学化的佛学中，汲取了谈玄的理论营养。事实说明，王导在新时代、新形势中，形成了自己那以道玄之学为主，同时吸纳儒、佛而三位一体的大的思想格局，视野开阔，兼容并包，而心胸宽广，这有助于他经邦纬政的政治思考。

在生活上，王导反对奢华，提倡俭朴。如《俭啬》第7则故事记载："王丞相俭节，帐下甘果，盈溢不散。"他不仅自己俭约，而且成为家风以教育子女，甚至推广到治政方面。后来李义山《咏史》诗有"历览前贤国与家，成由勤俭败由奢"之句，总结历史的经验教训。而晋武帝时代那夸豪斗富竞为奢靡风气，也是亡国原因之一，所以《世说》专立《汰侈》一门来加以批判。据《晋书·食货志》称："王君夫（恺）、武子（济）、石崇等更相夸尚，舆服鼎俎之盛，连衡帝室，布金埒之泉，粉珊瑚之树。物盛则衰，固其宜也。"曾几何时，王师覆败，"百官饥甚，比屋不见火烟，饥人自相啖食……君臣相顾，莫不挥涕"。王导少年"贫约"，勤俭出于本性，执政时"简素寡欲，仓无储谷，衣不重帛"（《晋书·王导传》），其清素如此。此时又与时俱进，提倡勤俭治国，也属建国的需要和时代的必然。

但王导并非吝啬的守财奴，他虽俭节自律，但并不意味他不懂生活，不过，他的生活重在精神方面的享受，玄学清谈的思理境界，琴棋书画的艺术享受，都是他的自觉追求。他富文艺素养，文学水平不错，也很喜欢围棋。在西京洛阳的年轻时代，他就以妙解音律的佳子弟出名，直到他功成名就的东晋时代，他也常在家中"作女伎"[1]——即请女艺人作歌舞表演，以艺术表演来让主客欣赏。王导的幕僚谢尚善鸲鹆舞，他看谢表演后很是欣赏，说："使人思安丰（王戎）。"王戎乃昔日与嵇康、阮籍共游的竹林七贤之一，因睹谢尚舞而见竹林风度，是个很高的赞赏。《晋书·谢尚传》也有记载："（尚）善音乐，博综众艺。司徒

1 《方正》第40则："王丞相作女伎，施设床席。"

王导深器之，比之王戎，常呼为‘小安丰’，辟为掾……始到府通谒，导以其有胜会，谓曰：‘闻君能作鸲鹆舞，一坐倾想，宁有此理不？’尚曰：‘佳。’便著衣帻而舞。导令坐者抚掌击节，尚俯仰在中，旁若无人，其率诣如此。”在审美艺术享受中，主客率性而尽欢。其中，谢尚形象鲜明生动，王导的形象也很可爱。

至于文学方面，今不见王导诗歌，但其文章，简洁生动，情理相资，颇见激情，值得一观。如《淳化阁帖》卷二记载其书信："导白：改朔情增伤感，湿蒸事何如？颇小觉损不？帖有应足下，悬耿，连哀劳，满闷不具。王导。”因气候“湿蒸”逼人，“情增伤感”，慰问友朋，情真意挚。其《麈尾铭》说："道无常贵，所适惟理。谁谓质卑？御于君子。拂秽清暑，虚心以俟。”虽是辑佚而非全璧，但理趣跃动，见其道玄修养。“道无常贵，所适惟理”，又隐约透露出他那治国理政的人生智慧。

皆大欢喜说王导

王导辅政，强调随顺自然，无为而无不为，奇招妙招甚多。如《政事》第12则记载：

> 王丞相拜扬州，宾客数百人并加霑接，人人有说色。唯有临海一客姓任，及数胡人为未洽。公因使还到过任边，云："君出，临海便无复人。”任大喜说。因过胡人前，弹指云："兰阇，兰阇！”群胡同笑，四坐并欢。

故事简短，初看无奇，但若细加嚼味，则如食橄榄，回味无穷。王丞相，琅琊王家的王导，出身于东晋第一贵族之家，身份尊贵。他又是东晋的开国元勋，一代名相。像他这样的名人，为什么要在宴会中与数百宾客一一周旋应酬呢？一加追究，其中大有学问。永嘉之乱后，西晋覆灭。当时的中原有识之士如王导者，力保司马渡江，开国江南。是为东晋。故事发生在东晋草创之际。作为晋元帝的心腹股肱，王导拜右将军、扬州刺史、监江南诸军事，位高权重。扬州下辖丹阳、吴郡、会稽、临海等十余郡。作为扬州刺史，王导实是京畿地区的军政长官，责任很重，北御胡骑，内卫京师，安定国家，繁荣经济，集于一身。但当时国家草创，偏安江左，立脚未稳，可说是内忧外患，困难重重。外是民族危机，胡马窥江；内有士庶争斗，南北士族内讧不和，消耗国力。这又将如何稳定国家呢？在此国家危急的存亡之秋，为了生存和发展，当务之急是在江南站稳脚跟，然后再图恢复。作为东晋国策的总设计师王导，主张尽可能多地团结江南士人及广大民众，同心建国，才能共御外敌。在这一建国方略的指导下，王导不能不一改昔日高门士族的传统陋习，地不分南北，人不论贵贱，都应共御强敌、团结建国。这就逐渐适应时势，形成了无形的犹如今天的“统一战线”的策略和思考。

两晋门阀社会，严士庶之贵贱，重南北的优劣。如琅琊王献之不愿与史学家、文学家习凿齿同坐一条席子，事见《忿狷》第6则记载，是因习氏不是出于士族名门；范阳卢志在大庭广众之下直问陆机说：“陆逊、陆抗是君何物？”见《方正》第18则记载。中原士族侮辱江南士人，当人面直呼其父祖名讳，羞辱无以复加。而王导的社会地位，处于一人之下，身份何等尊贵，但他却敢于打破陈规陋习，数百宾客，不问南北士庶，“并加霑接，人人有说色”。实际上，这是经历了一场深刻的“思想革命”。作为一个成熟的政治家，王导善于揣摩人的心理。在热闹的应酬中，并未晕头转向，自然地走到任某身边，说“君出，临海便无复人”，意思是你任某人是临海的杰出精英，令人歆羡。听了这样的赞美，任某怎能不笑呢？又，王导与胡人，虽然“非我族类”，更无亲故，但他一样没有忘记，因便来到他们身边，放下士人高官的架子，沿用胡人习惯，弹指说话，这就自然拉近了和他们的距离。所谓“胡人”，实际是从西域一带过来的僧人。兰阇，佛译“阿练若”或“兰若”，也即清心寂静，以修禅定的意思。王导借生动的弹指细节，说众位高僧大德喜欢清静修习，因此不敢随便过来打扰。这就说到了胡僧的心坎里了，以此而皆大欢喜，欢声笑语发自内心。百忙之中，不忘细务，可见王导不仅是个胸襟开阔的政治家，更是一个聪明的心理专家。洞人肺腑，以诚相接，别人自然报以会心的微笑，对王导加以支持和拥护。能获士心民心，则何事不竟其功？王导的“统一战线”经验，值得后人玩味。

钢丝共舞王与马

东晋初民谣，有“王与马，共天下”（《晋书·王敦传》）的话，也就是说，以琅琊王氏家族为代表的诸多高门士族，打破了昔日皇权一统的局面，士族与皇族共享国家政权利益。其间两者分分合合，实际发展过程也很复杂。今肖华荣先生在《簪缨世家》有具体的描述，即经历了“王与马，定天下”“王与马，争天下”“王助马，治天下”三个发展阶段。这一概括是准确的，可以参阅。《言语》第37则记载：

王敦兄含为光禄勋。敦既谋逆，屯据南州。含委职奔姑孰，王丞相诣阙谢。司徒、丞相、扬州官僚问讯，仓卒不知何辞。顾司空时为扬州别驾，援翰曰："王光禄远避流言，明公蒙尘路次，群下不宁，不审尊体起居何如？"

王敦(266—324)，字处仲，小字阿黑，琅琊临沂人。曾与族弟导共同拥戴司马睿渡江南来，建立东晋，任大将军、荆州牧，掌控雄师。王光禄，指王含（？—324），字处弘，敦兄，累官南中郎将、许州刺史、光禄勋，也是位高权重的人物。后因助理王敦叛逆被诛。委职，丢弃官职。南州与姑孰，同地异称，故地在今安徽当涂，长江下游重镇，捍卫京师建康的西南门户。诣阙，主动到皇宫门前请罪。顾司空，指顾和，死赠司空，故称。别驾，官名，州刺史的重要幕僚，蒙尘路次，在路上蒙受风尘之苦，此指王导赴阙谢罪事。

故事发生在晋元帝永昌元年（322）。东晋初年，琅琊王导辅政于朝，王敦掌兵在外，其群从兄弟子侄，高官甚多，他们因拥戴之功，成开国勋臣，占据要津。晋元帝袭封琅琊王，原是司马懿的曾孙，是皇室远支疏亲，晋惠帝后，只能"恭俭退让，以免于祸"(《晋书·元帝纪》)。他做个普通人都为难，哪还会去想什么有朝一日会做皇帝呢？如前所述，正是由于王导的设计，劝他南下建邺（后改建康），在西晋亡于胡骑后，登基称帝，从而割据江东，形成南北中国分裂对抗的大格局。这才有了因琅琊王家帮助司马南渡而开创东晋之功，形成了"王与马，共天下"的局势。司马睿当然知道他的宝座是怎么得来的，如果没有琅琊王氏及诸世家望族的拥护，能有他的今天吗？因此，在"王助马，定天下"的第一阶段，高门士族与皇族，双方相互利用，开拓了新江山。如果没有借助司马氏皇族旗号，高门士族也难有作为；司马皇族如果缺乏琅琊王氏及诸士族的拥戴，岂非光杆司令一个？因此，双方互助，出于形势需要，共享政治利益，也属正常。这才有了“王与马，共天下”的民谣的出现。这是东晋初年特殊时期政治博弈的产物。但随着时间的流逝，皇家岂愿与琅琊王氏永远并坐来接受百官朝贺？而且，其他世家望族也乘机浑水摸鱼，想在“王与马”的矛盾斗争中，夺取更多的利益。这就出现了“王与马，争天下”的局面，形势更加混乱。为了皇帝独专、制约琅琊王氏势力，晋元帝在刘隗、刁协等心腹的鼓励下，一步步剥夺王敦、王导的兵权政柄，终于把王敦逼上了暴力对抗的道路。刘隗、刁协，对琅琊王敦、王导“劾奏文致甚苦”（《晋书·刘隗传》），逼得王导引咎辞职。这还不够，刘隗、刁协又“劝帝悉诛王氏，论者为之危心”（《晋书·王导传》）。为了争夺政权的最大股份，王与马在政治钢丝上共舞，演出了一幕惊心动魄的杂技。王敦兵发武昌，与司马皇族大战两场。一是在元帝永昌元年（322），一是在明帝太宁二年（324）。第一场琅琊王氏大获全胜，第二场却以王敦败亡收场。不过因王导的巧妙处理，琅琊王氏势力虽受压制而有所后退，但其权益并未伤筋动骨，仍然保持东晋第一贵族那簪缨世家的面貌。在第二阶段“王与马，争天下”的过程中，双方都很受伤，但各自反思，痛定思痛，终于重新走上合作双赢的“王与马，治天下”之路。东晋建国，虽仍经历许多坎坷艰难，但总算大劫已过，重新获得了百年的历程。

魏晋的高门士人，非常重视家族的利益，甚至可以和皇族所代表的国家兵戎相见。如王敦兴师犯阙，大败王师，晋元帝“忧愤告谢”，死于非命。但在政治上是否维护国家利益的大是大非问题上，琅琊王氏家族并非铁板一块，如王导、王舒及王允之等，就在王敦第二次进驻姑孰而准备进攻京师时，坚决维护“王与马”的合作，从安定国家的根本利益出发，反对王敦的叛逆。王导在明帝时，都督诸军，讨伐叛军，致王敦“寝疾”而终，东晋国家走向稳定与发展。作为圆熟的一代政治家，王导所采取的“王助马，治天下”的策略，功不可没。于此可见，“王与马，共天下”是既斗争又联合的形势，是东晋主弱臣强特殊时代的产物。田余庆先生在《东晋门阀政治》中说：“西晋尚属皇权政治，东晋则已演变为门阀政治。东晋皇权既然从属于门阀政治，皇帝也只是士族利用的工具而非士族效忠的对象。”“王与马，共天下”，王导带了头，以后鄢陵庾氏取代琅琊王氏，谯国桓氏又取代庾氏、陈郡谢氏再取代桓氏，辅政更迭如走马灯，但都离不开与“马”共天下的门阀政治格局。其中，除谯国桓温及其子桓玄集团谋篡失败外，其余诸家，皆走王导模式。

一代名相贡献多

《言语》第31则记载：

> 过江诸人，每至美日，辄相邀新亭，藉卉饮宴。周侯中坐而曰：“风景不殊，正自有山河（一作“江山”）之异！”皆相视流泪。唯王丞相愀然变色，曰：“当共勠力王室，克复神州，何至作楚囚相对？”

江，长江。美日，风和日丽的好日子。新亭，亭名，故址在今南京市郊。藉卉，坐卧草地上。周侯，指周顗(269—322)，字伯仁，汝南安成（今河南平舆）人，官至尚书左仆射，后被王敦所害。勠力，努力。神州，指中原地区。楚囚，《左传》成公九年载，晋俘楚伶人钟仪，为晋侯鼓琴，犹作楚声，人称其“乐操风土，不忘旧也”，借指处境困窘。

故事发生在永嘉五年(311)，西晋将亡而大量中原士族南迁之际。周顗是名家子，虽好酒贪杯，但人怀忠义，清高自负。他对王导也多调侃，如《排调》第18则记载:“王丞相枕周伯仁膝，指其腹曰:‘卿此中何所有?’答曰:‘此中空洞无物，然容卿辈数百人。’”他虽酒德不佳，但临危赴难，视死如归，大节凛然。面对长江美景，周顗触景生情，兴发了风景不异而江山变色的故国之悲，从而引起了诸名士的感情共鸣，座中一片唏嘘。当时八王乱起，五胡乱华，中原板荡，势将亡国，中原名士，遽丧家国，而徒唤奈何。他们寄身江南，纷纷举家向南，面对美景，回想昔日京洛风流，自有山河破碎而寄人篱下之痛。因而周顗一语，激起了诸同仁“相视流泪”，泪眼人对泪眼人相对而泣，何其可悲可叹。但作为仁人志士，王导绝不做楚囚对泣，眼泪又岂能救国家于沦丧?王导比一般士人站得更高，想得更深，他没有忘记士人报效国家与民族的历史使命。因而强忍悲痛，发誓挽狂澜于既倒而报国雪耻。他曾上书元帝说:“方今戎虏扇炽，国耻未雪，忠臣义夫所以扼腕拊心。”(《晋书·王导传》)东晋能在江南复国，正与王导等诸多志士仁人的奋斗牺牲有关。王导在新亭的一席话，掷地铿然有声，激发了爱国正气，震醒了许多彷徨无计的泪眼士人。王导用自己的疾呼呐喊，唤醒了军心、民心，擂响了救国的战鼓。《言语》第36则记载，温峤南来，满目疮痍，兴故国黍离之悲，情绪近于无望。但见过王导以后，他欢然言曰:“江左自有管夷吾，此复何忧?”把王导比作帮助齐桓公九合诸侯、一匡天下的名相管仲，复国新生在望。唤醒民心、士心和军心，团结救国，共御外侮，以图恢复，是王导的第一个贡献。

其次，作为一位有远见的政治家，他为晋元帝司马睿出谋划策，成为东晋开国江东的总设计师。昔日西京将破未亡之时，琅琊王衍以宰辅之尊，为琅琊王氏家族利益计，设下狡兔三窟之策，即王衍在朝主政，弟王澄任荆州刺史，族弟王敦任青州刺史。无论中央权益或地方势力，都能加以掌控操纵，以尽最大可能维护琅琊王氏的政治利益。这是王衍那超越于国家民族利益之上的自私之计，最后在胡族铁骑蹂躏下，国家已亡，三窟狡兔岂不一一破灭就烹？琅琊王衍聪明反被聪明误。而作为琅琊王氏的年轻人王导，他棋高一着，苦心孤诣地辅助皇族疏宗司马睿，慧眼卓识，谋定后动，又能公私兼顾，不仅为中华民族生存和国家发展在江南另辟洞天，同时又为琅琊王氏成长为东晋第一簪缨贵族建立了新生之窟。《晋书》本传称："导知天下已乱，遂倾心推奉，潜有兴复之志。(元)帝亦雅相器重，契同友执……俄而洛京倾覆，中州士女避乱江左者十六七，导劝帝收其贤人君子，与之图事。时荆、扬晏安，户口殷实。导……每劝帝克己励节，匡主宁邦。"王导早已超越了一家一姓的私利，从更高、更大、更远的国家民族利益着眼，同时也自觉不自觉地在新生国家的羽翼下，维护并发展了琅琊王氏的家族利益。"王助马，治天下"，比王衍的狡兔三窟之计，性质发生了根本的变化。王导获得了东晋开国第一功臣的美称，当之无愧。

第三，王导是位儒、道、释三教兼容而视野开阔的政治家和清谈名士，但他首重魏晋新道家的玄学之旨，推行的是黄老道家的无为之治。他常对手下官吏说："欲与主簿周旋，无为知人几案间事。"(《雅量》第14则）不要搞特务行动，鬼鬼祟祟，专门刺探人们隐私，令人心神不安。这一施政纲领，适应了东晋初的形势需要。当时晋元帝刚登基不久，在刘隗、刁协等的鼓励下，企图中央集权，大搞"苛碎之政"，下令“互相检察，不得顾私亏公”，搞得人人自危，一时刑杀风盛，京师街头血流成河。这就影响了新兴国家的和谐安定，大伤百姓之心。为免形势的动荡，王导大力推行无为之治，实是一种有效的纠偏措施，随顺天心民意，放手让百官、百姓自然而为，而以发展经济及恢复相互信任为第一要务，从而为稳定开国江南的大局做出了贡献。

第四，在希望北伐收复中原故国和稳定江南以巩固新生国家两个方面，王导是个讲究实际的政治家，他明显感到两者是鱼与熊掌不可得兼的关系。北伐以恢复中原故国，理想远大，合乎民族大义，但在当时并不现实。当时的南北双方，实力差距很大，无论国土、人口、经济、军事，南方的东晋都是处于劣势，争取割据偏安，已属不易，更何况是北伐复国之梦呢？开国之初，人心惶惶不定，这时如果举全国之力以北伐，则最大的可能是鸡飞蛋打，国家沦丧，岂有新兴之望？王导是个成熟的政治家，他对形势有全面而深刻的判断。他虽然不会放弃北伐恢复中原这面正义大旗以资号召民众；但实际上工作重点放在内部的“统一战线”方面，团结士庶，调和南北，以共御外侮。这就为东晋的开国和恢复生机，保存了一定实力和元气。王导对祖逖的北伐，并没有全面支持，这是原因之一。

第五，重视生产，发展经济，克勤克俭，增强国家财政实力。《言语》第102则刘注引《晋阳秋》曰：“苏峻既诛，大事克平之后，都邑残破。温峤议徙都豫章（今江西南昌），以即丰全。朝士及三吴豪杰，谓可迁都会稽（今浙江绍兴）。王导独谓：‘不宜迁都……今虽凋残，宜修劳来旋定之道，镇定群情。且百堵皆作，何患不克复乎！’终至康宁，导之策也。”迁都是国之大事，许多高官贵族都想迁到自己领地以便控制，见其私心。但王导坚决反对，刚开国不久，又连遭王敦、苏峻两次攻破京师之难，国家经济处于崩溃边缘，怎有力量大举迁都呢？王导以此号召上自皇帝贵要、下至平头百姓在经济上都要克勤克俭，在废墟之上，重建家园。为了克服国家的财政困难，高官贵族岂可再过奢侈生活？在上的肉食者能与百姓同甘共苦，国家才有希望。至于从政治上考虑，在南北对抗的严峻形势下，守江必防淮，定都建康，前可支援淮上兵家必争之地，退可划江而守，进退自如，示敌不屈以激扬斗志，这才是一种积极的战略布局。如果退守会稽或豫章，自动放弃长江天险，示敌以弱，则将军心不振，民心涣散，形同逃跑，不战而降，离亡国就不远了。而王导坚持以残破的建康为都，历史说明，很快克服了经济困难。史称“导善于因事，虽无日用之益，而岁计有余”(《晋书·王导传》)。这说明王导还是个理财能手，为东晋复国打下了一定的经济基础。

第六，关怀士人，注意听取不同意见。据《尤悔》第7则记载，晋明帝问王导，前辈祖宗“所以得天下之由”，于是导“乃具叙宣王（按：司马懿）创业之始，诛夷名族，宠树同己，及文王（按：司马昭）之末高贵乡公事。明帝闻之，覆面著床曰：‘若如公言，祚安得长！’”王导以辅政大臣身份，当皇帝的面，批判了他的祖宗缺德，胆子真够大的。他明确要求年轻的皇帝反思历史：一是再也不能像他的祖先那样，为了篡国夺权而诛戮异己，像司马懿那样诛杀何晏等正始名士，以致出现了天下名士减半的恶果；像司马昭弑杀皇帝高贵乡公，更是大逆不道；一是要求皇帝要重视人才，爱惜仁爱，臣下有发言说话的权利，要集思广益，而不要党同伐异，这样才能清明朝廷政治。在这里，王导真是明帝的忠臣诤友，具有一定的古代“民主”意识。在这方面，他也严于律己。比如他辟王述为掾，“常集聚，王公每发言，众人竞赞之。述于末坐曰：‘主非尧舜，何得事事皆是！’丞相甚相叹赏”（《赞誉》第62则）。当时太原王氏出身的王述，既年轻又官卑职微，在丞相府的沙龙聚会中，只能“末坐”就位。但他却看不惯众人争相拍上司的马屁，发言惊人，说是王导又不是尧舜圣贤，又岂能是事事都英明正确，一下子把一群马屁精拍了回去，同时也实事求是地点中了王导爱听颂美好话的软肋。王述个性鲜明，非常率真，但王导听了，并没有感到王述在大庭广众中折了自己的威风而大发雷霆，相反，“丞相甚相叹赏”，对一大群马屁精甚为不屑，而唯独欣赏年轻人对自己的批评。你看，王导“民主”意识再度闪现，形象也很可爱。

第七，重视文教建设，在乱世中仍坚持恢复被毁坏了的学校。重视教育，为国家的新生培养人才。对于史官制度，也大力促进，以便总结历史的经验教训，为国家的“中兴”提供必要的历史借鉴。具体可参读《晋书》本传。

不过，王导是人，同样也会犯错误。他有的缺点，甚至是一生灵魂抹不去的污点，让其终生悔恨不已。如《尤悔》第6则记载，王敦第一次兴兵犯阙之时，王导曾率琅琊王氏家族的子侄诣阙请罪：“周侯（顗）深忧诸王，始入，甚有忧色。丞相呼周侯曰：‘百口委卿！’周直过不应。既入，苦相存救。既释，周大说，饮酒。及出，诸王故在门。周曰：‘今年杀诸贼奴，当取金印如斗大系肘后。’大将军（王敦）至石头，问丞相曰：‘周侯可为三公不？’丞相不答。又问：‘可为尚书令不？’又不应。因云：‘如此，唯当杀之耳！’复默然。逮周侯被害，丞相后知周侯救己，叹曰：‘我不杀周侯，周侯由我而死。幽冥中负此人！’”王导的“默然”，实际上是一种不言之言，可谓杀人不见血的态度，于此可见其虚伪丑恶的一面。后来明代杨慎就此批评了王导，说："是借剑于敦而杀顗也。"

另外，为了维护东晋门阀政治的平衡，对于诸多高门的世家望族，多行无为之政，保护其特权，而任其横行乡里，这就容易姑息养奸，也是弊政之一端。

当然，金无足赤，人非完人。王导作为东晋开国名相，应是功大于过，这是无可怀疑的。

㊁ 谢安

唐诗有"旧时王谢堂前燕"的名句，王指琅琊临沂王氏，谢指陈郡阳夏谢氏，诗人以王谢两家族来代表魏晋风流。东晋初的第一簪缨世家，当然是琅琊王氏家族；发展到中后期陈郡谢家迅速上升为华丽家族，其中最杰出的代表，就是一代名相谢安。

仁心聪慧美少年

《文学》第24则记载道：

谢安年少时，请阮光禄道白马论，为论以示谢。于时谢不即解阮语，重相咨尽。阮乃叹曰："非但能言人不可得，正索解人亦不可得!”

谢安(320—385),字安石,陈郡阳夏人。《德行》第34则刘注引《文字志》:“世有学行,安弘粹通远,温雅融畅。桓彝见其四岁时,称之曰:‘此儿风神秀彻,当继踪王东海。’善行书,累迁太保,录尚书事,赠太傅。”他生时虽未进位丞相,但“录尚书事”,行宰相事任,卒又赠太傅,故称宰相。阮光禄,即阮裕,他是陈留阮家的名士。裕一生潜思好学,尤精玄家“四本”之论及古代名家之学。《白马论》,春秋战国时公孙龙创白马非马之论,重在逻辑思辨。索,寻求。解人,能够思索理解的人。这个故事,讲的是少年谢安如何自觉学习的故事。读书有不同方式,有的是填鸭式,有的是启悟式。谢安小小年纪,但却重在弄通道理所在的启悟式。孔子有“学而不思则罔,思而不学则殆”(《论语·为政》)之言。殆,险;罔,迷茫,糊涂。不读书不学习,胡思乱想,人生危险,自不必说。但是学而不思,只是一味生搬硬灌地填鸭,这是读死书,死读书,读书死。读书不讲方法,不去追问“为什么”的道理,同样也很危险。读书能“思”,则重悟,一点就通而一通百通,这才是读活书,活读书,读书活。这样学习,才能真正合乎形势需要而成为一代人才。公孙龙的《白马论》,在哲学界、逻辑界很有名,理论思辨精深。“马”的概念外延比具体的“白马”广泛得多,其中可以包括红马、黄马、黑马……这说明“马”与“白马”两个概念所指示的范围大小之别,并以此揭示了事物与概念、个体与一般之间的差异。于此可见,公孙龙“白马非马”之论,并非纯粹诡辩,而是一个非常重要的名理逻辑命题。今天的大学生来读也感头痛,但昔日的少年谢安,却偏要纠缠阮裕,一直追问“为什么”,直到明白为止。这种学习热情，很不容易。这是“明知山有虎，偏向虎山行”，迎困难而上的精神。有了这种精神，什么事办不成呢？从小看八十，少年谢安，必然是前途远大，星光灿烂。他四十岁前，一直隐居东山，实际是在享受生活的同时，长期在家努力读书学习，思考将来有关治国安邦的大略及人生的各种重大学问，为一代名相的出场做必要铺垫。

当年谢安，同时是个很有仁义同情之心的少年。他兄长谢奕作剡令时，在处置一犯法老翁时，不断罚以醇酒，令老人过醉而十分痛苦。这时，少年谢安谏兄曰：“阿兄，老翁可念，何可作此！”（《德行》第33则）这一批评令谢奕改容住手，放了老翁。于此可见谢安虽然出身于华丽家族，对普通百姓却具有人道的同情心，这对他后来的治国安邦也是一个积极的准备。

风流清谈论诗文

由于少年时就好学多思，因此他青年时代就有资本热衷玄学清谈，后来出仕后，虽政务之暇，也不忘清谈之好。当时王羲之曾劝诫于他，为《言语》第70则记载：“王右军（羲之）与谢太傅（安）共登冶城。谢悠然远想，有高世之志。王谓谢曰：‘夏禹勤王，手足胼胝；文王旰食，日不暇给。今四郊多垒，宜人人自效。而虚谈废务，浮文妨要，恐非当今所宜。’谢答曰：‘秦任商鞅，二世而亡，岂清言致患邪？’”对于知友王羲之对清谈误国的批评，谢安并不接受，秦时任法酷政，当时并无清谈，但却二世而亡，其历史反思，很有说服力。谢安仍然和王导一样，坚持其玄学清谈的爱好。《文学》第55则记载：

支道林、许、谢盛德，共集王家。谢顾谓诸人：“今日可谓彦会，时既不可留，此集固亦难常。当共言咏，以写其怀。”许便问主人有《庄子》不？正得《渔父》一篇。谢看题，便各使四坐通。支道林先通，作七百许语，叙致精丽，才藻奇拔，众咸称善。于是四坐各言怀毕。谢问曰：“卿等尽不？”皆曰：“今日之言，少不自竭。”谢后粗难，因自叙其意，作万余语，才峰秀逸。既自难干，加意气拟托，萧然自得，四坐莫不厌心。支谓谢曰：“君一往奔诣，故复自佳耳。”

支道林（314—366），名遁，东晋名僧，人称支公，或林公。曾注《庄子·逍遥游》，于向秀、郭象义外，别具一家之言。许，许询，字玄度，高阳人。幼有神童之名，是当时玄言诗名家，与孙绰齐名。谢，谢安。王，王濛，其善清言，与刘惔齐名。盛德，有德望盛名之人。彦会，俊彦名士之会。写，泻，抒发。《渔父》，《庄子》中名篇。通，陈述，阐释。难干，难以冒犯。厌心，心满意足。奔诣，抵达高妙境界。故复自，确实是。

故事发生在谢安隐居会稽东山的穆帝永和年间，谢安正当盛年。当时此次王濛家沙龙集会者，无不是一时名家，故称“彦会”。其中支遁，读《庄》体会尤深，“拔理于郭（象）向（秀）之外”，“卓然标新理于二家之表，立异义于众贤之外，皆是诸名贤寻味之所不得”（《文学》第32则）。由他来讲《庄子·渔父》，“叙致精丽”而获一致好评。其他各家，也各有心得体会。众家讲完，谢安则后发制人，他一气讲了一万多言，实际是即兴作了几个小时的报告。其才华锋芒毕现，其潇洒自得之态，又充分展现内心的真实和深刻的理论思考，因此获轰动效应而“四坐莫不厌心”，支遁发出了“君一往奔诣”的叹美，谢安当之无愧。于此可见其玄学造诣及理论思辨修养之深厚。

如果说清谈近于理性思考，那么在形象思维方面，他一样颇富文采风流的艺术修养。他和画家戴逵“论琴书”，经常一起讨论琴棋书画一类的艺术。戴是当时著名画家，戴氏“谈琴书愈妙，谢悠然知其量”，谢安对戴的艺术审美很是佩服。他对画圣顾恺之更是钦佩，说是“顾长康画，有苍生来所无”（《巧艺》第7则）。他也常和王献之一起讨论书法艺术，认为献之艺术不及乃父王羲之，可说是“书圣”的知音，见《品藻》第75则记载。《识鉴》第21则又说“谢公在东山畜伎”。所谓“伎”，并非“妓”，而是指从事音乐歌舞的女艺术家。史称谢安“性好音乐……及登台辅，期丧不废乐”（《晋书·谢安传》）。他是个性情中人，感情率真，是以和艺术结下了不解之缘。他的书帖，艺术也颇有造诣，今传《宋淳化阁帖》收录谢安多通法帖。这一艺术爱好及审美能力，又为他的文学修养打下了坚实的基础。《世说》中有许多则故事，记载了谢安谈诗赋文章。诸多谢氏家族文学集会，都是由他带领子侄辈完成的。这在后面另谈，此略。他的文学创作也值得一观。如《与支遁书》曰：“人生如寄耳，顷风流得意之事，殆为都尽。终日戚戚，触事惆怅。唯迟君来，以晤言消之，一日当千载耳。”慨叹人生，呼朋消愁，情绪率真，言简而意永。又逯钦立辑《先秦汉魏晋南北朝诗》，也收录了谢安《与王胡之诗》六章、《兰亭诗》三首，亦清新可诵。如《与王胡之诗》第六曰：“朝乐朗日，啸歌丘林。夕玩望舒，入室鸣琴。五弦清激，南风披襟。醇醪淬虑，微言洗心。幽畅者谁，在我赏音。”朗日清风，啸歌山林，玄言微旨，以涤心胸，和盘托出了诗人的高洁品格与志向。综上所述，称谢安为风流宰相，名实相符。

芝兰玉树谢家学

陈郡阳夏谢氏家族，在长兄奕、二兄据死后，老三谢安成了家族的带头人。在东晋国家教育欠缺的条件下，士族家学成了教育子女的重要阵地。但谢安的教育理念及方法与常人异，他不取知识填鸭式，而重在言传身教的启悟教育。后来谢家芝兰玉树多生庭下，正与谢氏家学的教育方式有关。如《德行》第36则记载：

谢公夫人教儿，问太傅（谢安）："那得初不见君教儿？"答曰："我常自教儿。"

谢公夫人埋怨丈夫，说他不关心孩子的教育。但谢安反驳说，我是在用自己独特的方式来教育子女，只是别人囿于传统偏见，不明白这层道理而已。谢安是清谈玄家，所以他取的不是儒家经学的填鸭式教育，而是用玄学家的不言之教来启悟儿女。方法不同，自然收效异趣。谢安的家学教育，的确开辟出成功的新洞天，培养出谢玄、谢道韫这样优秀的杰出人才。《言语》第92则故事记载，谢安在一次家族集会中问子侄们："子弟亦何预人事，而正欲使其佳？"玄回答说："譬如芝兰玉树，欲使其生于阶庭耳。"谢家子侄中如封、胡、遏、末，个个上进出色，自有其成功的家学教育原因。谢安的教育，重在启悟，举一反三，追问"为什么"；同时他又强调师德，老师要先充实好自身，才能作榜样来教学生。这一教育方法，至今仍有启发借鉴价值。

为君谈笑静胡沙

谢安的能力是全面的，确实是个优秀的宰相。宰相是文官，但谢安可称是文武兼备，在军事上也有其贡献。当然，谢安并不是战场之上搴旗斩将的一介武夫，而是运筹帷幄之中而决胜于千里之外的战略家。详参后面《淝水之战谢家军》一篇，此略。

智斗权奸保国家

东晋司马皇朝，历经三次大危机，第一次是东晋初王敦、苏峻之乱；第二次是中期废立自专、求加九锡以代晋的桓温之乱；第三次是末期桓温之子桓玄篡晋，司马亡国。王敦、苏峻之乱，王导平定；桓温之谋，谢安抑之而未能实现。陈郡阳夏谢安，又为东晋国家延寿数十年，可称功在社稷。《雅量》第29则曰：

> 恒公伏甲设馔，广延朝士，因此欲诛谢安、王坦之，王甚遽，问谢曰："当作何计？"谢神意不变，谓文度曰："晋祚存亡，在此一行。"相与俱前。王之恐状，转见于色。谢之宽容，愈表于貌。望阶趋席，方作洛生咏，讽"浩浩洪流"。桓惮其旷远，乃趣解兵。王、谢旧齐名，于此始判优劣。

设馔，安排饮宴活动。王坦之（330—375），字文度，太原晋阳人，王述子。遽，慌乱。晋祚，指晋朝国统。洛生咏，西晋京洛间书生咏歌声音重浊，东晋士人南下，但仍旧传京洛之音，故仿其吟以自高。谢安因有鼻疾，声增重浊，故善洛生咏。后南方士人掩鼻仿安，不能近似。浩浩洪流，嵇康《兄秀才穆入军赠诗》（十九首之第十四）有“浩浩洪流，带我邦畿”之句。旷远，胸怀旷达高远。趣，通“促”，急忙。解兵，撤掉伏兵。判，分辨。

刘注引《晋安帝纪》曰：“简文晏驾，遗诏桓温依诸葛亮、王导故事。温大怒，以为黜其权，谢安、王坦之所建也。”以此兴动诛杀谢、王念头而设馔伏甲。当时桓温止新亭，大陈兵卫，呼两人前。王坦之惊慌失措，倒执手版而汗流沾衣；而谢安则安详镇静而无异于常。前责桓温曰：“安闻诸侯有道，守在四邻，明公何有壁间著阿堵辈？”温笑曰：“正自不能不尔。”见刘注引宋文帝《文章志》载。故事发生在简文帝崩的咸安二年（372），太子司马曜即位，史称孝武帝。桓温率兵入京，原指望简文遗诏禅让于他。但谢安、王坦之拖延不许，遗诏桓温只是辅臣之位，不合桓温野心，以此动无名火而欲加诛戮，首当其冲者正是谢安、王坦之。这是一场事关晋室国家命运的严重斗争。王坦之面对死亡而惊恐发汗，能救得性命和国家吗？谢安则反之，在桓温举起屠刀的刹那间，仍然镇静以对，据理力争。在刀光剑影下从容讽洛生咏，表示了至死无悔的决心。古人云：民不畏死，奈何以死惧之？经过思想斗争，桓温全面计较利害得失，终于撤了伏兵，放谢、王一条生路，这实是被谢安的凛然正气所震慑，其气短理亏的失败已露先兆。后桓温“讽朝廷加九锡”，这是篡国禅让的奏鸣曲，让谢安与王坦之采取拖字诀加以推挡，适逢桓温老疾加重，直拖到死，“锡命遂寝”（《晋书·谢安传》）。终于化解了一场严重的政治危机。

桓温死后，谢安位登宰辅，顺理成章。但他为人处事，多从大处着眼，而非小肚鸡肠。在淝水之战前后，他妥善地处理了与谯国桓氏家族的关系。桓温是他的政敌，但他一上台，并未对谯国桓氏家族实施报复。相反，为国家前途计，荆州刺史的重任，他并未用功高贤能的子侄谢玄一辈，以扩大陈郡谢氏家族的利益，而是在桓冲死后，仍然重用桓氏诸人，如桓石民任江州刺史、桓石虔任豫州刺史，任人唯贤，而彼此无怨言。这在一场严重危机之后，重新维护了国家的平衡，又延长了数十年的国祚。

在淝水战胜之后，谢安原想乘胜北伐中原以图恢复，他出镇于外，朝中会稽王司马道子执政专权，时过境迁，亡国危机已过，谢安成了他执政的障碍，因而嫉恨相加而大加排斥。谢安抑郁，不久身亡，年六十六。他原想功成身退回东山，但北伐未成，赍志以殁。当谢安在朝受排压的困难时刻，是桓伊当孝武帝面，吹笛抚琴而歌《怨诗》曰："为君既不易，为臣良独难。忠信事不显，乃有见疑患。周旦佐文武，《金縢》功不刊。推心辅王政，二叔反流言。"（《晋书·桓伊传》）时谢安陪坐，越席而捋其须曰："使君于此不凡。"帝有愧色。救谢安的正是桓氏家族的一代贤者桓伊。于此可见谢安继王导之后，推行平衡士庶及世家大族利益的"统一战线"政策，是行之有效的措施。但朝廷不作此想，谢安死后，在司马道子等的嫉恨排斥下，"赠礼有同异之议"，也就是说，朝中文武之臣，多有趋炎附势者，借司马皇室之势，打压谢安来排斥陈郡谢氏家族，以致忠诚国家的谢安，郁抑赍志，忠心事国、拼杀疆场的谢玄，也折于盛壮之年，朝廷之刻薄寡恩如此，以安之智、玄之勇，却折于小人之手。自摧国家栋梁，晋祚也就不长了，悲乎！

名将篇

一 祖逖

闻鸡起舞出英雄

北伐中原，恢复神州，是东晋士人的理想。但限于主客观条件，大多失败，无功而返。如桓温及刘裕北伐，虽曾一度进入洛阳、关中，但最后仍然功败垂成，铩羽败归。在北伐中，最为壮烈的，当数祖逖。《赏誉》第43则曰："刘琨称祖车骑为朗诣。"刘注引《晋阳秋》补充说："逖与司空刘琨俱以雄豪著名。年二十四，与琨同辟司州主簿，情好绸缪，共被而寝。中夜闻鸡鸣，俱起，曰：'此非恶声也。'每语世事，则中宵起坐，相谓曰：'若四海鼎沸，豪杰共起，吾与足下相避中原耳！'"《晋书·祖逖传》据此记载，但"非恶声也"后增"因起舞"三字，更为完整。这就是闻鸡起舞、思报祖国的出典。刘琨后来在北方并州一带兴师抗击胡骑，后被鲜卑族的段匹磾所害。祖车骑，祖逖卒赠车骑将军，故称。祖逖（266—321），范阳遒（今河北涞水县）人。父、祖曾官太守，但非高门士族，而只是地方豪强地主出身，常被高品贵胄士人所轻。但救国岂能论出身？祖逖、刘琨这两位英雄，在国家大乱将起之时，早已预感“四海鼎沸”的灾难即将降临，因此怀抱报效国家的宏伟理想抱负，闻鸡起舞，既锻炼健康体魄，更锤炼战斗意志。此所谓“疾风知劲草，乱世见忠臣”也。

祖逖小时，并非优秀，史称“逖性豁荡，不修仪检，年十四五犹未知书”，好玩闹而不喜读书，如今天的“问题少年”。但他性格中又有“轻财好侠，慷慨有节尚，每至田舍，辄称兄意散谷帛以赒贫乏”的另一面。他慷慨任侠，散财济困，关心穷人，又见其仁者爱人的初心，本质是优秀的。后来，他接受生活教训，努力学习，“博览书记，该涉古今”，被人称有“赞世才具”（《晋书·祖逖传》），将来前途美好。祖逖后来成为一代名将，既是天性使然，同时也有赖后天在艰苦斗争生活中跌打滚爬的学习和锻炼，两者缺一不可。其英雄本色，绝非偶然。

怒斥奸雄保朝廷

《豪爽》第6则记载：

> 王大将军始欲下都，更处分树置，先遣参军告朝廷，讽旨时贤。祖车骑尚未镇寿春，瞋目厉声语使人曰：“卿语阿黑（王敦小名），何敢不逊！催摄面去，须臾不尔，我将三千兵槊脚令上。”王闻之而止。

王大将军，指王敦。下都，王敦开府武昌，沿江顺流到京师建康。更处分树置，更动变置，另作安排。不逊，放肆无礼。催摄面，魏晋口语，即赶快收起张狂脸孔。须臾不尔，稍有犹豫。将，率领。槊，兵器，似长矛，这里作动词用，即以槊刺脚。上，溯江而上，滚回老家。

故事发生在东晋刚开国的元帝大兴初年。时祖逖任奋威将军、豫州刺史，正在北伐前线。当时琅琊王氏因拥戴开国之功，有“王与马，共天下”的民谣，王敦掌控雄师在外，王导则辅政在朝。因此王敦野心勃勃，对于与司马皇族共享政权犹嫌不足，而想入都“更处分树置”，按照自己的意志来对朝政另作处分安排，架空皇室和其他世家大族。时朝廷怯懦，进退维谷，大多闭嘴而不敢稍有声息。这时，唯独在前线的祖逖，听到了消息，“瞋目厉声”，拍案奋起。他看穿了王敦的野心异志，直斥其“何敢不逊”，慷慨作色，凛然正义，掷地有声，一个活生生的爱国将军形象，跃然纸上。谁敢对朝廷“不逊”，反叛新建的国家，我祖逖坚决不答应。如果你不收起反心，我立刻率三千精兵，以长槊戳脚溯江而上，送你回老家。在这里，祖逖声喝震天，动作劲健，一个忠心爱国而力摧强暴的军人形象，义薄云天，可敬可爱。他是个深明大义之人，而不是仅凭血气之勇来对抗权奸。他誓师北伐前，曾上书元帝，曰：“晋室之乱，非上无道而下怨叛也。由藩王争权，自相诛灭，遂使戎狄乘隙，毒流中原。”（《晋书·祖逖传》）西晋中原沦丧，并不是胡骑强大，而是自己内斗内耗，无力御侮。现在王敦还想重蹈覆辙吗？王敦是大将军，是祖逖的顶头上司，论地位权势，论军队数量战力，祖逖都相距甚远。但面对新建国家危亡的大是大非问题，祖逖却敢挺身而出，痛骂奸雄，而不计后果，这就更加难能可贵了。

击楫中流誓北伐

《赏誉》第43则刘注引《晋阳秋》记载：

（逖）为汝南太守，值京师倾覆，率流民数百家南度（渡），行达泗口，安东（按：指晋元帝，即位前曾任安东将军）板（手板诏书，此作动词任命）为徐州刺史。逖既有豪才，常慷慨以中原为己任，乃说中宗雪复神州之计，拜为豫州刺史，使自招募。逖遂率部曲百余家北度（渡）江，誓曰："祖逖若不清中原而复济此者，有如大江！"攻城略地，招怀义士，屡摧石虎，虎不敢复窥河南，石勒为逖母墓置守吏。刘琨与亲旧书曰："吾枕戈待旦，志枭逆虏，常恐祖生著吾先鞭耳！"会其病卒。先有妖星见豫州分，逖曰："此必为我也，天未欲灭寇故耳！"赠车骑将军。

豫州，主要辖境在长江以西的淮河南岸地区，敌我必争之地。部曲，原为家仆农夫，或经主人放免的平民家庭，但对主人仍有一定的依附关系。先著吾鞭，以挥鞭策马比喻努力前行，常恐祖逖先行建功，以益自奋励。妖星，古代占星术概念，以天上星象与九州分野来附会人生命运。

故事发生在西京沦丧的两晋之际。国破家亡，中原百姓，扶老携幼，拖家带口，大量南迁，一路上流离失所，成了任人宰割的羔羊。这时，勇于任事的祖逖挺身而出，率流民数百家南渡，成为当时著名的流民帅。长途跋涉，祖逖与众同甘共苦，想的不是自己逃生或发"国难财"，而是如何竭诚维护难民的生活和安全。史称逖"以所乘车马载同行老疾，躬自徒步，药物衣粮与众共之，又多权略，是以少长咸宗之，推逖为行主"（《晋书·祖逖传》）。这说明祖逖以其关心劳苦大众仁爱之心，受到百姓拥戴，其流民帅的身份，是在艰苦环境的生活实践中自然形成的。这就为他以后的统兵征战，奠定了深厚的群众基础，他也因此形成了深邃的政治远见。这一点与高门士族出身的官僚，大不相同。有政治头脑的将军，才是真正的军人儒将。祖逖被任为徐州刺史后，“常怀振复之志”，而以恢复神州中原为己任。他上书晋元帝，献北伐大计，说：“今遗黎既被残酷，人有奋击之志。大王诚能发威命将，使若逖等为之统主，则郡国豪杰必因风向赴，沈溺之士欣于来苏，庶几国耻可雪。愿大王图之。”（《晋书·祖逖传》）他因此被任为豫州刺史，赐千人廪，布三千匹，但不给铠仗，让他自行招募，自己筹粮，统兵北伐。实际上，当时司马睿在王导建议下，先行开拓江东，安定后方，而无暇北顾，王导所谓北伐，只是以资号召的口号，他是知其不可为而不为。而祖逖则不同，他是知其不可为而为之，是迎着困难上。如果说王导未曾大力支持祖逖北伐，还是出于政略战略决策的思考；而大将军王敦，则让祖逖孤军奋进，不为他建立侧翼，另派部队犄角支援，这是在置北伐的祖军于死地，还不给武器和兵马粮草，所有的兵员、人口、土地，都必须向敌人夺取。为此打击报复，实是置国家利益和民族大义于不顾。

但在这样内忧外患极端艰难的条件下，祖逖的北伐中原，还是取得了一定的进展，为保卫在江南新建东晋国家的积极防御，作出了贡献。他那击楫中流、誓师北伐的故事，激发了人民的斗志，成为千百年来中华民族爱国精神的生动展现。祖逖刚建军时，仅“率部曲百余家”，渡长江开始北伐。作为军人，他很清楚，他的数百名将士，缺武器粮秣，饿着肚子，却要直接面对数以千万如狼似虎的胡骑，这是何其残酷的局面。但志士仁人，一旦渡过长江，跨出了北伐征途的第一步，就准备杀身成仁，义无反顾。面对滔滔江水，击楫发出铮铮誓言，“辞色壮烈，众皆慨叹”，无不为之动容。榜样就是力量，鼓舞了中华民族的优秀儿女，不做亡国奴，永远向前，向前！

渡江后，祖逖驻军淮阴，招兵买马，自铸兵器。部队从几百人扩编为两千余人。面对强虏，祖逖首先是收拾流人坞主的武装。在敌我犬牙交错的千里战区，许多流人坞主，建堡垒以自保。他们多取骑墙之态。这不利于抗战大局。对于铁杆事胡的坞主，祖军绝不手软，予以消灭。而对中间骑墙坞主，则做细致工作，加以一一“统战”，“遂受逖节度”，以为己用而共同对敌。于是北伐军迅速壮大，可与胡骑周旋作战。后赵石勒派侄石虎与祖逖对垒。经过数年征战，北伐军终于收复了黄河以南的大片失土，令人看到了恢复故国的一丝希望。连石勒也对祖逖由畏生敬，派人对祖逖母亲的坟墓加以保护。这也从侧面说明了祖逖北伐取得了巨大的胜利。

祖家军北伐，从无到有，从弱到强，胜不骄，败不馁，屡屈屡战，屡战屡胜，从而取得了阶段性的胜利。这当然与全军将士的英勇献身有关，更与其统帅祖逖的正确领导指挥有关。首先，祖逖不是一介莽夫，而是通晓兵书战策、深明大义的爱国名将。他超越了具体的战斗，把打仗提高到为正义、为国家而战的政略战略高度来认识。他那击楫中流、誓师北伐，就是最好的战斗动员，让全军明白了为谁而战。有了精神武装的军队，才能坚持长期抗战。其次，祖逖智勇双全，正确指挥，斗智不斗力，经常出奇制胜，给敌以致命打击，因此使“石勒不敢窥兵河南”。第三，北伐经历诸多险难，但祖逖临危不乱，镇定指挥，化解了一次又一次的危机。第四，严明军纪，面对缴获的大量财富，决不贪心自享，而是“皆令归本，军无私焉”，把原来被敌抢劫的百姓财产，归还人民，以此获得了人民的支持与拥护。第五，夺取谯郡战略要地，营筑武牢要塞，建立了相对稳定的根据地，鼓励根据地百姓发展经济，祖家军“克己务施，不畜资产”，全力支援百姓生产，因而“百姓感悦”，流涕歌颂曰：“幸哉遗黎免俘虏，三辰既朗遇慈父（按：指祖逖）。玄酒忘劳甘瓠脯，何以咏恩歌且舞。”（《晋书·祖逖传》）第六，成功地运用了“统一战线”策略，争取了大量骑墙的中间力量，让许多坞主作为自己的“双重间谍”，“胡中有异谋，辄密以闻”，在信息战情报战中又赢得了先机预判，以此而胜多败少。

但遗憾的是，随着祖逖病逝，北伐半途夭折，功败垂成。虽有客观大形势上南北力量悬殊的问题，但更重要的是东晋国家内部人祸的问题。祖逖为什么天不假年呢？史称他“闻王敦与刘隗等构隙，虑有内难，大功不遂”，因而“感激发病”，忧愤而终。也就是说，是国家内斗内耗，令他感觉日月无光，心理遭挫，引发了生理上阴阳失衡混乱而卒。另外，祖逖出身于庶族豪强，在门阀社会中，一贯为掌权的高门士族所歧视，朝中权贵，不支持祖家军北伐，更不希望看到祖逖成功，如大将军王敦的具体打压，就是严重的对抗与内耗。一个没有后方国家支援的北伐，仗又该怎么打呢？当石勒大军围攻寿春之时，祖家军处危困中，但朝廷始终不予支援，如当时虞预尖锐指出：“寿春无镇，祖逖孤立，前有劲虏，后无系援，虽有智力，非可持久。”（《晋书·虞预传》）还有，祖逖原是流民领袖，东晋朝廷对流民帅一直不甚放心，认为他们是无形的不稳定因素，因此暗中对祖逖北伐掣肘牵制。这样，祖逖北伐，又岂有成功之望？祖逖是英雄，他战胜了胡虏；但却为国家内部的“领导”所败。祖逖北伐胜利在外，权贵自毁长城于内，能有成功的希望吗？恢复中原、克复神州的理想破灭，才是祖逖真正“感激发病”而卒的深层原因，惜乎，悲哉！

二 谢玄

芝兰玉树谢家栽

这里说的是陈郡阳夏谢氏家族的家学教育及培养人才的问题。《言语》第92则故事记载：

> 谢太傅（安）问诸子侄："子弟亦何预人事，而正欲使其佳？"诸人莫有言者，车骑答曰："譬如芝兰玉树，欲使其生于阶庭耳。"

车骑，指谢玄，卒赠车骑将军，故称。预，关涉，干系。人事，指自己的事。正，必，一定。谢玄（343—388），字幼度，小字遏。东晋的一代名将。父奕，安西将军、豫州刺史。他是谢安之侄。因奕早卒，从小随侍叔父谢安生活，受其教育熏染。在谢氏大家族中，谢安在长兄奕、二兄据死后，自然成为谢氏家长。他经常召集子侄辈聚会，或清言玄理，或谈诗论文，家庭沙龙，其乐融融。芝兰玉树，香草仙树，比喻优秀人才。陈郡阳夏谢氏，如果不能培养出一批优秀子弟，又怎么能与其他世家望族竞争，而称东晋与琅琊王氏齐名的华丽家族呢？少年谢玄，似乎也是一个"问题少年"。如《假谲》第14则记载："谢遏（玄）年少时，好著紫罗香囊，垂覆手。太傅（安）患之，而不欲伤其意，乃谲与赌，得即烧之。”魏晋时的贵族青年，有佩香囊、饰手巾的习惯，以示优裕生活。但谢安是要把谢玄培养成一个国家的栋梁之材。如果小男生贪图生活的安乐享受，缺乏阳刚果毅气概，犹如温室里的花朵，经不起风霜考验，又怎么能健康成长呢？作为家长，谢安没有正面严词呵斥，这样会严重挫伤孩子的自尊心。他用“赌”的方法，巧妙地解除了小谢玄的思想武装，使他重归正途。教育还是要讲方式方法的。在谢氏家学教育中，谢安更多的用言传身教的启悟方式教育子侄。“桃李不言，下自成蹊”，是谢安把年轻的谢玄，一步步推向了历史舞台，作了有声有色的表演。青年谢玄能够作独立思考而不人云亦云，与谢安的启悟教育分不开。比如有一次谢安称赞弟弟谢万，说是“中郎（按：谢万曾任中郎将）始是独有千载”，但玄当面反驳，说是四叔谢万“衿抱未虚，复那得独有？”（见《轻诋》第23则）批评小叔喜自炫耀，虽早有时誉，但求名傲慢，而名不副实。后来谢万北伐大败，岂是千百年来独一无二的人物？谢安听了侄玄的批评，也该惭愧反省。后来谢安执政，迅速提拔谢玄，并非出于私心，而是举贤不避亲，是公忠体国的表现。

玄趣文学情理兼

在谢家的精心培养下，如谢道韫、谢玄姐弟，都具有深厚的文化修养和审美能力。《文学》第41则记载：

谢车骑在安西（按：指玄父奕）艰中，支道林往就语，将夕乃退。有人道上见者，问云：“公何处来？”答云：“今日与谢孝（按：父奕死，玄守孝）剧谈一出来。”

一出，一番，一阵。来，魏晋口语，作语末助词，表语气。故事发生在穆帝升平二年（358），当时玄父奕卒于安西将军、豫州刺史任上。玄生于康帝建元元年（343），时年十五岁，还是少年。古时儒家礼制，守丧期间，不外出参加社会活动。清谈玄学，是当时名士的重要活动。谢玄守父丧不便外出，但名僧支遁却主动找上门去清言，此故事称“支道林往就语”也，他在谢玄家中，一直到傍晚才出来，所以说是“剧谈一出来”，双方就有关玄学论题，畅所欲言，苦相诘难，各不相让，激烈论辩。须知，支遁是名动江东的一代名僧，是大谢玄二三十岁的长辈，连谢安、王羲之、刘惔、王濛诸人，都对他礼敬有加。但他能在少年谢玄遵制守丧期间，主动找上门去和他“剧谈”——即就玄学问题激烈争辩，说明他们两人是忘年交，谢玄如果没有一定的玄学修养和水平，支遁会这么兴奋吗？“剧谈一出来”，“将夕乃退”，思深味永，描绘了宾主两人清谈时的热烈气氛和生动形象。刘注引《（谢）玄别传》，说“玄能清言，善名理”，并非浪言。《品藻》第71则称“谢遏诸人共道竹林优劣”，“竹林”指以阮籍、嵇康为首的竹林七贤。对玄学理论思考的嵇、阮，成为谢玄的学习榜样。

玄理哲学，属理性思考；文学艺术，则属形象思维，谢玄还是一个很重感情而富有文学修养的人。情理双胜，见其文采风流。《文学》第52则曰：“谢公（安）因子弟集聚，问《毛诗》何句最佳，遏（玄）称曰：‘昔我往矣，杨柳依依；今我来思，雨雪霏霏。’公曰：‘订谟定命，远猷辰告。’谓此句偏有雅人深致。”谢安所提“何句最佳”的问题，本是一个难以回答的问题，视角不同，标准不一，加以各人的修养不同，其欣赏水平、审美能力也不同，因此会有不同的答案。《诗经》艺术，见仁见智，难有固定的框框。谢玄所称是《小雅·采薇》之句，从艺术审美角度着眼；谢安所称是《大雅·抑》之句，是从政治家经邦纬政的角度着眼，各有各的道理。在汉以前，人们多依从汉儒来对《诗经》作经学解释，谢安称引合乎传统的经学模式需要；而谢玄年轻，大胆突破传统规范，把《诗经》当作文学作品来阅读和欣赏，他在尝试着开拓一条审美的新思路。谢玄的散文写作，也颇富激情而感动人心。比如他晚年受皇室权贵司马道子猜忌，上疏辞官，有句曰："臣同生七人，凋落相继，惟臣一己，孑然独存。在生荼酷，无如臣比。所以含哀忍痛，希延视息者，欲报之德，实怀罔极，庶蒙一瘳，申其此志。且臣孤遗满目，顾之恻然，为欲极其求生之心，未能自分于灰土。慺慺之情，可哀可愍。伏愿陛下矜其所诉，霈然垂恕，不令微臣衔恨泉壤。"（《晋书·谢玄传》）文章善于刻画内心，情真意挚，凄怆动人。为东晋延数十年国祚的一代名将，兔死狗烹，鸟尽弓藏。朝廷之刻薄寡恩，令志士心寒。玄疏文中，无一字直斥朝廷，却字字呕心沥血，见其含蓄蕴藉艺术之妙。

淝水之战建奇功

《识鉴》第22则故事记载：

郗超与谢玄不善。苻坚将问晋鼎，既已狼噬梁、岐，又虎视淮阴矣。于时朝议遣玄北讨，人间颇有异同之论。唯超曰："是必济事。吾昔尝与共在桓宣武府，见使才皆尽，虽履屐之间，亦得其任。以此推之，容必能立勋。"元功既毕，时人咸叹超之先觉，又重其不以爱憎匿善。

故事发生在太元二年（377）。郗超原是桓温政治集团的谋主、军师，曾劝桓温废立自专，以树威权，因此与维护国家朝廷的陈郡谢氏家族处在敌对的地位上。前秦皇帝苻坚大军大举南侵时，东晋派何人率师北上抵抗，成为国之大事。当时许多世家大族及司马皇室，对陈郡谢安辅政，多有猜忌，因此出于私心而生“异同之论”，实际是重在“异”字，对谢安派子侄谢玄辈率师对敌，多有不满和异词。就是西线统帅桓冲，也有同感。在这一国家存亡的关键时刻，是陈郡谢氏的政敌郗超，站出来力挺谢玄，为他站台说好话。他曾与谢玄共事，知道玄的能力和心志，即使是“履屐”一般的小事，谢玄也很认真，更何况是面临大事呢？大事小事，谢玄都是处理有条有理，“使才皆尽”，以竟其功。由他带兵抗敌，一定考虑周详，战无不胜。郗超当时任中书侍郎，权位甚重，因而一言而决，帮助了辅相谢安，完成了派玄率师北伐大计。郗超在这里，“不以爱憎匿善”，而是出于共御外侮的公心，这就是真正的举贤不避仇了。谢玄难得，郗超也很可爱。

又据《识鉴》第23则记载：“韩康伯与谢玄亦无深好。玄北征后，巷议疑其不振。康伯曰：‘此人好名，必能战。’玄闻之甚忿，常于众中厉色曰：‘丈夫提千兵，入死地，以事君亲，故发，不得复云为名。’”韩康伯是当时著名的《易》学家，号称知人，他虽称谢玄“必能战”，可以胜任统帅之任，但却认为玄是为名而战。这就有点以小人看君子了。谢玄知道后很生气，他当众宣布，自己提千兵入死地而战，是为了“事君亲”，即为保卫国家社稷而战，耿耿此心，忠贯日月，何来的名与利？其言掷地作金石声，激励了三军将士，细节生动，个性鲜明，一个青年将领的英雄形象，跃动于字里行间。

从孝武帝太元二年（377），至太元八年（383），秦晋攻防转换，多有战争。当时前秦取东西两线、战略进攻之策，西线陷晋梁、益、襄阳诸地，从长江上游威胁晋之京师腹地；另调重兵，聚军淮上，直接威胁晋京畿地区。自谢玄率北府兵北上后，双方互有征战胜负，但东晋的积极防御也颇为有效，暂时遏制了秦师的淮上攻势。这时，前秦苻坚不顾廷臣反对，不计条件尚未成熟，兴全国之师步骑八十七万人马，号称百万雄师，主力南下淮上，于晋太元八年，寻求主力决战。东晋谢玄等率八万北府兵，坚决予以抵抗。于是发生了决定国家命运和民族前途的淝水之战。当时秦晋两军夹淝水对峙，谢玄用计，要求秦军后撤，以让晋军渡河决战。苻坚急于求战，想在晋军半渡之时，“以铁骑蹙而杀之”，于是轻率答应，麾师后撤。为什么秦军不进反退？数十万秦军并不知道。就在秦国大军移阵后撤之时，晋国间谍在军中大呼：“秦军败矣！”于是全军心理崩溃，众遂大奔，不可抑止。谢玄、琰及桓伊迅速率晋北府兵主力，全线出击，奋勇杀敌。秦军统帅苻融被杀，皇帝苻坚受伤，秦军全线崩盘，直杀得天昏地暗，八公山上，草木皆兵，秦军尸积，淝水为之不流。后来不久，苻坚为苻苌所杀，前秦一蹶不振。而东晋以少胜多，战绩辉煌，在中国军事史上，写下了浓墨重彩的一笔。

淝水之战后，谢安上疏自求北征，决心恢复故国，开拓中原。于是于太元九年（384），命谢玄为前锋都督，率师北伐。开始进展颇为顺利，后因朝中权奸司马道子等猜忌掣肘，北进邺城之后，互有胜负，得而复失。不久，谢安病逝，谢玄又郁然有疾，上疏自请解职，朝廷解除谢玄兵权，移会稽内史，于太元十三年（388），将星陨落于远离前线的会稽，谢家精锐北府兵的北伐大旗，悄然收卷，从此晋兵再也无望北窥河北故土了。兵败垂成，功亏一篑，重蹈祖逖北伐的覆辙，悲乎！

作为一位军事家，谢玄是智勇双全的一代名将，贡献卓著，他在淝水之战中的成功表现，并非偶然。我们将在《军事篇》中另作交代，此略。

玄士篇

如果说两汉是儒家经学的时代，魏晋则是突破经学模式的玄学思维时代，一时玄学名家辈出，口谈三玄，即《易》《老》《庄》，各领风流。创始的是魏正始名士何晏、王弼；魏末有竹林七贤，以阮籍、嵇康为核心；西晋有乐广、王衍诸人；东晋则刘惔、殷浩诸名士，其思想多取儒、道、释兼容并包，而以新道家为主，对世界作出了自己的新解释。

㊀ 何晏

个性倔强驸马郎

《言语》第14则刘注引《魏略》曰：

> 何晏，字平叔，南阳宛人，汉大将军何进孙也……尚主，又好色，故黄初时无所事任。正始中，曹爽用为中书，主选举，宿旧者多得济拔。为司马宣王（按：指司马懿）所诛。

汉末，大将军何进谋诛宦官集团失败遇害，不久，曹操娶何晏母亲尹氏为夫人，晏随母进曹府为曹操养子。但以太子曹丕为首，曹氏兄弟特憎何晏，蔑称他是“假子”——即这个养子是个冒牌的水货。虽然曹操喜欢他聪明隽秀，把自己的女儿（按：后称金乡公主）嫁他为妻，但何晏和曹氏兄弟的关系始终是紧张的。因此，在曹丕做皇帝的黄初时代，他一直被弃置不用而“无所事任”。直到丕子魏明帝死后的齐王芳正始时代，他因干才被曹爽重用为吏部尚书。何晏大半生“无所事任”，但他是个真正的读书人，时间多了，就读书、治学并作深入的思考，这才有了开创正始玄学的机会。老子称祸福相因，很有道理。政治上的废置，造就了他后来的玄学成就。

何晏外貌柔美，但内在个性却颇为倔强。如《夙惠》第2则记载，他七岁随母尹氏侍奉曹操，曹操喜欢他，“欲以为子”，这在别人是求之不得，但七龄童坚决不干，这时何晏“乃画地令方，自处其中。人问其故，答曰：‘何氏之庐也。’”坚持姓何而不改为曹。他与曹家兄弟同游观时，也是“坐则专席，止则独立。人问其故，答曰：‘礼，异族不相贯坐位。’”（见《太平御览》卷三九三引《何晏别传》）在曹府，他寄人篱下，受曹丕兄弟歧视，内心反弹，小小年纪，个性倔强而独立。但何晏不仅个性鲜明，而且从小聪颖，“慧心大悟”，而令人称赏。有一次，“魏武帝（曹操）读兵书，有所未解，试以问晏，晏分散所疑，无不冰释”（见《太平御览》卷三八五引《何晏别传》）。虽不免夸大成分，但其善于思考，却说明了年轻何晏的内在资质甚佳。后来，何晏与王弼齐名，成为正始玄家公认的精神领袖。

事实说明，无论外貌还是内质，何晏才华堪称一流。加以他是曹操养子，金乡公主的丈夫，应是个没有王子称号的货真价实的“白马王子”。

党争牺牲有遗恨

《规箴》第6则记载：

何晏、邓飏令管辂作卦，云："不知位至三公不？"卦成，辂称引古义，深以戒之。飏曰："此老生之常谈。"晏曰："知几其神乎，古人以为难。交疏吐诚，今人以为难。今君一面尽二难之道，可谓'明德唯馨'。《诗》不云乎：'中心藏之，何日忘之！'"

邓飏，字玄茂，南阳人。官至侍中、尚书。后与何晏等为司马懿所诛。管辂，魏时《易》卦术数师，据传精于命卦。三公，汉时以太尉、司徒、司空为三公，领袖朝廷百官，其权位相当后代宰相。故事发生在魏齐王芳正始年间，时何晏任吏部尚书。如前所述，何晏身为驸马，但在文帝和明帝两朝，"无所事任"，或为冗官，虽然满腹《诗》《书》经纶，但却形同废物，其内心痛苦可想而知。魏明帝更是下诏，提倡经学而黜浮华，"其浮华不务道本（按：指儒家仁义之道）者，皆罢退之"（见《三国志·魏书·明帝纪》）。所黜"浮华之徒"，具体所指就是何晏一类的正始清谈玄家。汉儒以纲常名教为指归，具很强的现实操作性。而何晏等玄学清谈家，则重在老庄之道。《易》学本体的探讨，属抽象哲学的理论思辨，并不一定直接作用于社会，因而一时不具有直接的可操性，以此被魏明帝的"最高指示"斥为"浮华"而罢退。因此，像何晏这样的理论家，壮志难申而郁郁寡欢，亦在意料中。发展到齐王芳正始年间，大将军曹爽与司马懿共同辅政，曹魏之党与司马集团明争暗斗。何晏党曹魏，被曹爽重用，任吏部尚书，掌握了用人之权。为了正始改革，何晏调和儒、玄，认为自然与名教可以统一，这就在玄学清谈中，批判一味依附于旧经学的名教，提出了新的玄学思考作改革的理论根据。这与司马集团大力提倡名教纲常，大相径庭。以此，一旦司马懿发动政变得手，何晏必死无疑。何晏思想，开始作出冲破儒家经学模式的尝试，这对保守思想的权威性，是一次冲击。在政治方面，他主吏部时，建议朝廷改革选举制度，对九品中正官的品目，只作参考，他坚持朝廷任人唯贤的主动性和权威性。与何晏同调的夏侯玄也建议说："夫官统不一，则职业不修；职业不修，则事何得而简？事之不简，则民何得而静？民之不静，则邪恶并兴，而奸伪滋矣。"何晏、夏侯玄等，希望通过正始改革，初步达到"和羹之美，在于合异，上下之益，在能相济"的安定和谐局面。（见《三国志·夏侯玄传》）但改革之议，被司马懿驳回。接着，何晏、夏侯玄等较有思想而开明的改革派，很快死于司马氏集团的屠刀之下。武器的直接批判，比批判的武器更有效，正始改革胎死腹中，于历史上销声匿迹了。何晏请管辂作卦时，确是感到危机重重，因此他与邓飏不同，对于管辂称引古义之戒，有感于心，而不以为是老生常谈。他说管氏交疏吐诚、见几而神，正是"尽二难之道"，心中以为是而不敢稍忘。何晏是曹魏驸马，政治上试求翻身一搏，以求实现改革的理想。但正始十年（249），司马集团与曹魏党争已趋白热化，何晏已预感到死神阴影的笼罩。其实，何晏一直想有所作为，正始八年（247）尚书何晏上奏曰："善为国者必先治其身，治其身者慎其所习。所习正则其身正，其身正则不令而行；所习不正则其身不正，其身不正则虽令不从。"（《三国志·魏本·三少帝纪》）所论治国用贤之道，岂有半分"浮华"无用之言？但他最后被杀，夷其三族，赍志以殁，遗恨终身，区区个人，又何力回天！

正始玄学构想者

《文学》第6则记载：

> 何晏为吏部尚书，有位望，时谈客盈坐。王弼未弱冠，往见之。晏闻弼名，因条向者胜理语弼曰："此理仆以为极，可得复难不？"弼便作难，一坐人便以为屈，于是弼自为客主数番，皆一坐所不及。

谈客，指参加清谈的客人。古时二十成年行加冠礼。未弱冠，即未到二十岁。条，陈述。胜理，精妙玄理。极，极致，完美。客主，清谈时，辩论有客、主双方，主提出问题，陈述观点，客则问难。自为客主，即王弼一人自充主客双方，反复陈述问难。

故事发生在正始七年（246）前，因王弼死于正始十年，年二十四。正始七年时年未二十。当时司马懿称病，党争尚未达公开化、白热化，所以何晏有闲组织清谈集会，专请青年王弼做一番表现。在正始年间，何、王齐名。但论年资，则何晏高王弼一辈，是位高权重的吏部尚书，而王弼二十岁不到，尚未出仕。两人身份地位相差悬殊。但两人的忘年交是平等的。何因王的学问而特别尊重；王对何也非仰望而畏缩不前，而是及时把握时机，充分展现自己的才华。在这场清谈会中，何晏表现了尊重知识、尊重学问、尊重年轻人的学术度量，形象可爱；而王弼在展示学问时，几乎忘乎所以，而自为主客，自说自扫，而让满坐叹服，形象也很可爱。在这场清谈沙龙中，何晏无疑是当时开创正始玄学的精神领袖。刘注引《文章叙录》说："晏能清言，而当时权势、天下谈士多宗尚之。"又引《魏氏春秋》曰："晏少有异才，善谈《易》《老》。"而《文学》第85则刘注引《续晋阳秋》曰："正始中，王弼、何晏好《庄》《老》玄胜之谈，而世遂贵焉。"作为提倡正始玄学的学者，何晏一代宗师的地位不可动摇。当时为了配合政治改革需要，何晏有意识冲破儒学名教樊篱，汲取并改造了《老》《庄》思想，提倡"天地万物皆以无为本"的学说，为新玄学提出了基本构想，认为"有之为有，恃无以生。事而为事，由无以成"（见《列子·天瑞》篇张湛注引何晏《道论》）。这就超越了儒学，上升到有关有无、本末、虚实、动静、言意之辩诸重要哲学命题的探讨。何晏虽开其端，但深入钻研，还有待王弼这个后起之秀的天才努力。何晏发现天才，又不以权威自居，他具有自叹不如的宽大度量，正可见他作为正始玄学灵魂的重要。《北堂书钞》卷九八称引《何晏别传》记载："曹爽常大集名德，长幼莫不预会，晏清谈雅论，纷纷不竭。曹羲叹曰：'妙哉，平叔之论，尽其理矣！'"正始清谈始倡玄风，主要有三个途径：一是通过清谈直接交流；一是为经典如《易》《老》《庄》作注；一是直接著书立说（见卢盛江《魏晋玄学与文学思想》）。何晏、王弼，三种途径并重，大倡玄风，终于把中国学术思想界的理论思辨，推到了一个区别于汉儒实用经学的抽象思考的时代。这是思想和哲学的一大进步。何晏曾注《周易》，著作虽佚，但唐李鼎祚《周易集解》多有称引。他又曾以玄家之旨来重新阐释儒学，取儒、玄双修之态，见于他著的《论语集解》。又著《道论》《德论》两篇，认为老子"与圣人同"，发挥玄理颇为精妙。他的学术特点，是在提倡老庄自然之道，同时又调和儒家名教与自然的矛盾。后来玄家那“越名教而任自然”之论，就有待竹林七贤嵇（康）阮（籍）的努力了。

㈡ 王弼

青年天才惊四座

我们前面曾谈到何晏作为位高权重的名流长辈，是如何被年未二十的王弼思辨所折服。年轻人甫一出场，立即语惊四座而光彩照人。他是理论天才，文章高手，学界的当红新星；但在仕途政治上，即使不说他是低能，也可说是一窍不通，他于官场的潜规则几乎一无所知。很快，学界新星因不谙政治，迅即陨落，实在可惜可叹。《文学》第6则刘注引《（王）弼别传》记载：

弼字辅嗣，山阳高平人。少而察惠，十余岁便好《庄》《老》。通辩能言，为傅嘏所知。吏部尚书甚奇之，题之曰："后生可畏。若斯人者，可与言天人之际矣！"以弼补台郎。弼事功雅非所长，益不留意，颇以所长笑人，故为时士所嫉。又为人浅而不识物情。初与王黎、荀融善，黎夺其黄门郎，于是恨黎，与融亦不终好。正始中以公事免。其秋遇疠疾亡，时年二十四。弼之卒也，晋景帝嗟叹累日，曰："天丧予！"其为高识悼惜如此。

晋景帝，指司马师，他并未称帝，是其侄司马炎称帝后追封。天丧予，见《论语·先进》篇："颜渊死，子曰：'噫！天丧予！天丧予！'"

在思想与理论建树方面，玄家祖师爷何晏及何晏政敌司马师，都对王弼的天才佩服不已。王弼英年早逝，司马师称引孔子"天丧予"之言，以颜渊之死来比喻王弼，认为是学界一个难以弥补的损失，可见他对王弼的理论贡献评价极高。至于何晏，评价更为具体。长江后浪推前浪，他说王弼是"后生可畏"，合乎实际，又说"可与言天人之际矣"，天即天道自然，人即社会人事，言天人之际，就是深入探讨自然与社会。这就从一般具体的伦理学、政治学，升华到思辨哲学的理论高度，这岂是一般人所能为？年纪轻轻，却令名士前辈叹为观止，不是天才又是什么？

但王弼虽是理论天才，却偏又是一个很有个性的书呆子，糊涂人，一心读书而不识世务。在学术方面，他是"颇以所长笑人"，只要他认为别人议论不正确，他就不问尊卑贤否，常是公开批驳嘲讽，让人难堪。所以何劭著《弼别传》，就说他"为人浅而不识物情"，心胸和气量都偏狭窄，这就很难与人相处，如入仕途，定会动辄有碍，甚至祸咎随之。他的官职被人夺去，与王黎、荀融交恶，与此有关。因为他从不留心于世务"事功"，心胸又并不宽阔，以此常是心情郁愤，终于因心理崩溃，导致英年早逝。如论魏时九品中正的门阀，王弼出身也算华贵，其祖父凯是荆州刘表的女婿，父业又是叔父王粲的嗣人，王粲追侍曹操，是建安七子之英。后来王弼家的图书，大多来自刘表与王粲，很有点南方荆州学派传人的架势。而荆州学派，不仅重儒，同时也重黄老之道。如对《易》学研究，已由汉儒的象数《易》，悄然向义理《易》学的转移。如刘表、宋衷注《易》，虽不脱汉儒经学章句模式，但已渐呈明释义理的新探索。在此良好家学环境中，又恰逢正始时期何晏、夏侯玄等正始名士的提倡，于是年轻王弼把父祖之业发扬光大，以其天纵英才，终于成为正始玄学理论体系的奠基人。

正始玄学奠基人

《文学》第7则故事记载：

> 何平叔（晏）注《老子》始成，诣王辅嗣（弼）。见王注精奇，乃神伏曰："若斯人，可与论天人之际矣！"因以所注为《道》《德》二论。

从何晏这个学术前辈的虚心求教而不耻下问的故事可以看到，在正始玄学清谈中，只问学术真理之是非，而不问政治权位的高低，讨论中不论尊卑老小，态度是平等相待。这一学风，给后世以有益的启迪，并形成了良好的学术传统。有关何晏《道》《德》两论，《新唐书·艺文志》载有其《道德问》两卷，疑即是上述两论之合称，其书已佚，但其部分内容保存在《列子·天瑞》篇张湛注称引其《道论》中，曰："有之为有，恃无以生；事而为事，由无以成。夫道之而无语，名之而无名，视之而无形，听之而无声，则道之全焉……"强调以无为体为本，以世界万有为用为末。这一理论经王弼发扬光大，不仅影响了魏晋，而且在中国玄学史上有重要的地位。

王弼与正始玄学，主要通过以下几方面来宣传思想、构建理论，广为流播：一是频繁的清谈活动，扩大了社会影响；一是注释经典，如《老子注》《周易注》；一是直接著论以发挥义理，如《周易略例》《老子指略》。在这三方面，虽然何晏提倡在先，但王弼后出转精，其思想构建却更丰富全面而精深细致，理论更具体系性，因此王弼成了正始玄学当之无愧的奠基人。比如和他同时的钟会，“论议以校练（名理）为家”，是玄学“四本论”的创始人之一，出身名门名家，心高气傲，岂能轻易服人？但他却偏是“每服弼之高致”（见《三国志·魏书·钟会传》裴松之注称引）。

时代发展到了东晋，清谈家仍以王弼为典范，如《文学》第85则刘注引《续晋阳秋》曰：“正始中，王弼、何晏好《庄》《老》玄胜之谈，而世遂贵焉。”《赏誉》第51则刘注引《（卫）玠别传》，称卫玠过江见大将军王敦清谈，敦大叹赏曰：“昔王辅嗣吐金声于中朝，此子今复玉振于江表，微言之绪，绝而复续，不悟永嘉之中，复闻正始之音。”因此，史称“弼天才卓出，当得其所，莫能夺也”（见《三国志·魏书·钟会传》裴松之注称引）。正始之音典型，当然非王弼莫属了。

但在魏正始十年（249）元月，发生了高平陵政变，司马懿集团镇压曹魏集团，诛杀了曹爽、何晏等，一时天下名士减半。王弼虽非政界人物，但因是何晏清谈沙龙座上客，有了牵连罢官，大概因此受惊吓而惶惶不可终日，心理崩溃，引发了生理崩溃，不久即因“疠疾”而亡，年仅二十四，一代天才，就此消亡。政治之残酷，连年轻学人也不放过。但所幸王弼著作传世，思想不朽。王弼才华横溢，少享高名，他合道、儒两家之论，《易》和《庄》《老》之学，侃侃清谈，辩才无碍，人罕其匹。他突破了汉儒繁琐的传统章句经学模式，重在思想义理的发挥，使玄学讨论转向了适时应变的现代思考，一时学风为之一变。他著有《周易注》《老子注》《周易略例》《老子指略》，还有已佚的《论语释疑》诸著，为当时及后世玄家准备了丰富的新鲜课题及思想资料，给人以有益启迪。后来玄学清谈中的一些重要命题，如无与有，本与末，体与用，虚与实，动与静，圣人有情或无情，得意忘言、言不尽意诸论，大多从王弼哲学中加以发掘。简言之，有以下五方面。

一、以无为本的本体论。中国汉以前的哲学，大多讨论宇宙生成论，用阴阳五行来附会天道人事，此所谓天人合一，甚或是天人感应之论，所论具体，大多在伦理道德的实用层面来展开思维。但王、何正始玄学则不然，他们超越具体而作抽象思辨，寻根探源，追究世界存在的根本之道。这个至高无尚的道，又称为“无”，它无影无形，无名无迹，凌驾于世界万有而无所不在，是世界万物生存、发展的根据。这个“无”，有时又称为“理”。如其《周易略例·明象》所说：“物无妄然，必有其理。”但一般是用“无”来概括，如其《老子注》第四十章说：“天下之物，皆以有为生。有之所始，以无为本。将欲全有，必反于无也。”这是对先秦道家理论的继承和发展。因此，魏晋玄学应是新道家，其哲学体系更全面、精深，从而启人思维。

二、合儒、道为一体的性情论。王弼喜嗜《老》《庄》，但并不拒斥儒学。为了配合正始改革的时代需要，同时为减少思想阻力，他多取折中态度，调和儒、道以合二为一。《文学》第8则记载：“王辅嗣弱冠诣裴徽，徽问曰：‘夫无者，诚万物之所养，圣人莫肯致言，而老子申之无已，何邪？’弼曰：‘圣人体无，无又不可以为训，故言必及有；老庄未免于有，恒训其所不足。’”裴徽时为吏部郎，也是当时的玄学家。

他同意万物以“无”为本，但却不明白为什么孔圣人言说却根本不提及“无”这道本。王弼的回答巧妙，说是圣人因“无”难以言说，怕说了引起误解，所以从不提及。而老子为了说“有”，就不惮其烦地反复说“无”，所以有“道可道，非常道，名可名，非常名”之言。他认为从本质上说，儒、道思想是殊途同归。进一步具体谈到人的感情问题，当时“何晏以为圣人无喜怒哀乐，其论甚精，钟会等述之。弼与不同，以为圣人茂于人者神明也，同于人者五情也，神明茂故能体冲和以通无，五情同故不能无哀乐以应物，然则圣人之情，应物而无累于物者也。今以其无累，便谓不复应物，失之多矣”（见《三国志·魏书·钟会传》裴松之注称引）。何晏、钟会等以为孔子圣人，他太伟大，不同凡人，所以没有物累之情。这就把孔子抬高为天上的神明偶像，岂非吓人？但如读《论语》，却全然不是这么回事，孔子也是人，也有人的七情六欲，有其喜怒哀乐之情，这就是王弼反驳的根据。王弼之说，调和儒、道之说，从而把圣人从天上拉回到现实的人间。圣人有情同于人，但不为物累又超越人。圣人既可信，又高大。这是一种很精巧的理论。

三、“得意忘象，得象忘言”的认识论。在《周易略例·明象》中，王弼强调说：“夫象者，出意者也。言者，明象者也。尽意莫若象，尽象莫若言……言者所以明象，得象而忘言；象者所以存意，得意而忘象……然则亡象者乃得意者也，忘言者乃得象者也。”他认为认识事物，不能只看其表面现象，而是必须透过表面的言与象，来探索那隐藏在表象后面的精神实质。这一说法相当深刻，跳出汉儒象数《易》学的繁琐章句，直入玄学义理的阐发，从而揭示了事物的本质。其哲学思想之深邃，思辨理性之新颖，启人至深。

四、矛盾变化的方法论。王弼在《周易略例·明爻通变》中说:“夫爻者何也?言乎变者也。变者何也?情伪之所为也。夫情伪之动,非数之所求也。故合散屈伸,与体相乖,形躁好静,质柔爱刚,体与情反,质与愿违……二女相违而刚柔合体……睽而知其类,异而知其通……是故情伪相感,远近相追,爱恶相攻,屈伸相推……通乎昼夜之道而无体,一阴一阳而无穷,非天下之至变,其孰能与于此哉!”人们必须认识事物阴阳矛盾变化的发展规律,这就是“通变”,才能把握世界的本质。世界万事万物,在时空运动中变化,虚实相生,刚柔相推,矛盾相反又相成。以此矛盾辩证法作为认识事物的解剖刀,则世界之错综复杂,可梳理井然而见其精神。

五、为“改命创制”寻找理论根据。在正始年间,司马懿集团指责曹爽、何晏、夏侯玄等“专擅朝政”,“屡改制度”,反对改革。而王弼的思想理论与之相反,是在为正始改革建立理论根据。其《周易注》于《革》卦上六爻辞注曰:“改命创制,变道已成,功成则事损,事损则无为,故居则得正而吉。”所称“无为”,实是变革之后的“无不为”,顺其自然发展规律而不要人为横加干涉。又注《鼎》卦说:“《革》去故而《鼎》取新,取新而当其人,易故而法制齐明……《鼎》者成变之卦也,《革》既变矣,则制器立法以成之焉。”魏明帝时,史称其“任心而行……于时百姓凋弊,四海分崩……遽追秦皇、汉武,宫馆是营,格之远猷,其殆疾乎”(见《三国志·魏书·明帝纪》),到了非改革不可的程度,因此而有何晏等的正始改革。王弼的思想理论,明显是在为改革寻找根据而大声疾呼!但随着高平陵政变,对正始名士实施大屠杀,王弼因思想牵连罢官,进而惊吓离世。一代天才,当世无成,其思想光辉却千秋万代照耀学界,传之不朽!幸与不幸,实是相反相成。

㈢ 阮籍

至慎之人青白眼

魏晋玄学经历正始名士的创始，紧接着以嵇康、阮籍为代表的竹林七贤又加以发扬光大，他们不仅在思想理论上多有建树，而且其行为实践也产生了影响，如愤世嫉俗、率性任诞，甚至是饮酒成风，也都成了后世玄学名士的一种新标识。

《德行》第15则记载：

> 晋文王（即司马昭）称阮嗣宗（籍）至慎，每与之言，言皆玄远，未尝臧否人物。

刘注称引李康《家诫》，司马昭的话更加具体："然天下之至慎者，其唯阮嗣宗乎！每与之言，言及玄远，而未尝评论时事，臧否人物，可谓至慎乎！"司马昭（211—265），字子上，河内温县（今属河南）人。懿子师弟。继兄师任相国、大将军，掌控曹魏朝政。封晋王，加九锡，准备篡位，因病死把机会留给儿子炎来实现，阮籍（210—263），刘注引《魏氏春秋》曰："阮籍，字嗣宗，陈留尉氏人，阮瑀子也。宏达不羁，不拘礼俗。兖州刺史王昶请与相见，终日不得与言。昶愧叹之，自以不能测也。口不论事，自然高迈。"籍曾任步兵校尉，人称阮步兵。能诗擅文，情理并茂，自是一代文学宗师。玄远，玄虚高远。臧否，批评褒贬。

阮籍、嵇康生活在魏晋即将改朝换代的时期，社会黑暗，激烈动荡，统治阶级内部斗争已白热化，曹魏皇族与司马氏集团的厮杀，胜负已定。正始十年（249），司马集团发动高平陵政变，大开杀戒，诛杀曹爽、夏侯玄、何晏、李胜、桓范三族，天下名士减半，形势极其恐怖。后来，司马昭继父兄之位，又以莫须有之罪，诛杀思想上不合作的嵇康。阮籍对曹魏权贵的贪腐昏庸，有不满与叹惜；而对司马氏的骄横专制，尤为痛恨。在混乱动荡时局中，他看不到国家的出路与希望。于是他迷惘、彷徨，年轻时的澄清天下之志，瞬间幻灭；但他又不肯与黑暗势力妥协，不愿低下自己的高贵头颅；同时，他又不愿像嵇康那样，因公开不合作而掉脑袋。这样，阮籍只能走自己的独特之路，在痛苦挣扎中生存，苦苦追寻人生的出路，却永远找不到，焦躁、抑郁与矛盾，在内心熬煎，炼烤其灵与肉。阮籍的一切言行，包括其著述和创作，都在此背景下展开。他虽不与统治者合作，但他自幼熟读《诗》《书》，同时通达《庄》《老》，因此牢记祸从口出的古训，尽管内心思绪腾涌，但外貌却强行压抑而似“至慎”。对于屠刀舐血的司马氏，他无可奈何；甚至是对司马氏走狗钟会、何曾之流的构谗陷害，除了醉酒以避祸外，又能如何呢？史称阮籍“容貌瑰杰，志气宏放，傲然独得，任性不羁，而喜怒不形于色……时人多谓之痴”（见《晋书·阮籍传》）。所谓“痴”，并非智障残疾，而是人为的装疯卖呆，而且要做得恰到好处，这是一种很不容易做到的独立于乱世的人生智慧。在历史上，阮籍的醉酒任诞很有名，影响很大，后来魏晋风流中的许多人物，都自称是阮籍的“学生”。《晋书》本传称：“籍本有济世志，属魏晋之际，天下多故，名士少有全者，籍由是不与世事，遂酣饮为常。文帝（按：即司马昭）初欲为武帝（司马炎）求婚于籍，籍醉六十日，不得言而止。钟会数以时事问之，欲因其可否而致之罪，皆以酣醉获免。"（见《晋书·阮籍传》）于此可见，阮籍纵酒任性是一种巧妙的特殊政治手段，是智者失势后无奈的生存选择。《任诞》第5则记载："（步兵）厨中有贮酒数百斛，阮籍乃求为步兵校尉。"他与竹林七贤之一的酒鬼刘伶，"终日酣饮"。对于知己，相对醉言，无所不谈，自是畅快；对于俗客，终日不言，人不以为怪，又何罪之有？于此见阮籍胸襟与智慧，他以此逃过了礼法名教之士的一次次"追杀"。《任诞》第2则记载："阮籍遭母丧，在晋文王坐进酒肉。司隶何曾亦在坐，曰：'明公（按：指司马昭）方以孝治天下，而阮籍以重丧显于公坐饮酒食肉，宜流之海外，以正风教。'文王曰：'嗣宗毁顿如此，君不能共忧之，何谓？且有疾而饮酒食肉，固丧礼也！'籍饮啖不辍，神色自若。"阮籍的个性鲜活，形象如生，对于走狗之吠，漠然待之而不为所动。

对付世俗，阮籍另有一法，就是青白眼。饮酒任诞不开口，是不批评时政和臧否人物的"至慎"。而青白眼虽然同样是不讲话，但其行为动作，却明显是一种愤世嫉俗的表现。《简傲》第4则刘注引《晋百官名》曰："嵇喜字公穆，历扬州刺史，康兄也。阮籍遭丧，往吊之。籍能为青白眼，见凡俗之士，以白眼对之。及喜往，籍不哭，见其白眼，喜不怿而退。康闻之，乃赍酒挟琴而造之，遂相与善。"《晋书》本传所叙相似，说他专以白眼"见礼俗之士"，见嵇康等友朋则大悦而"见青眼"。其青白眼是一种无声无形而又爱憎分明的批判武器。史称"由是礼法之士疾之若雠"，但阮籍仍然我行我素。按传统礼制规定，"叔嫂不通问"（见《曲礼》），但他不管这一切，回家与嫂作别，打破了男女授受不亲的规定，并公开宣称："礼岂为我辈设也!"（见《任诞》第7则）这是一种尊重女性的自然表现。他对女性的态度，突破了礼法限制，对于那些男盗女娼的礼法之士，是反击，也是批判。其思想之自由，独立之精神，自然之人性，是他这个"至慎"之人的真性情。

竹林七贤真名士

《任诞》第1则记载：

> 陈留阮籍、谯国嵇康、河内山涛，三人年皆相比，康年少亚之。预此契者，沛国刘伶、陈留阮咸、河内向秀、琅琊王戎。七人常集于竹林之下，肆意酣畅，故世谓"竹林七贤"。（刘注引《晋阳秋》曰："于时海内风誉扇于海内，至于今咏之。"）

陈留，今河南开封市。谯国，今安徽亳州。嵇康生平，见下篇"嵇康"。山涛（205—283），河内怀县（今河南武陟）人。历吏部尚书、司徒。居吏部时，荐拔多称其职，以《山公启事》称世。按：山涛年长阮籍五岁，比嵇康大十八岁。沛，今安徽宿州。刘伶字伯伦，魏末任建威参军，晋武帝时，对策申道家无为之论，不合旨而罢官。他以纵酒放诞著名于世。阮咸，字仲容。阮籍侄，妙解音律，纵酒任诞，不拘礼节，长期禁仕，后历散骑侍郎、始平太守。向秀（约227—272），河内怀人，与山涛同乡，历黄门侍郎、散骑常侍。哲学家，以其《庄子注》名世。王戎（234—305），字濬冲，琅琊临沂人。好玄谈。历尚书令、司徒。在竹林七贤中，最年长的是山涛，最小的是王戎，两人相差二十九岁，可谓忘年之交。

竹林七贤之人，多是《世说》中“任诞”门故事中的主角。所称“任诞”，即任达与荒诞。任达主要指无形精神世界的见识旷达，率情任性，意志自由而重在回归天性之自然；荒诞则由虚入实，着重指言行举止的乖戾无常，打破世俗礼法的常规。竹林任诞之风，后人视为“怪”，封建名教之士疾之如仇。但若放到魏晋特殊时代中去考察，则见怪不怪，自然而然。任诞放达之风，在正始名士中已初见端倪，到竹林名士则登峰造极，他们有理论，有实践，提倡“越名教而任自然”，此风一开，迅速感染时世，成了一种新的时髦，也可称为“流行病”。任诞风源何在呢？追究起来，一是与所受《庄》《老》及玄学思想影响有关，宅心玄远，回归自然，不为物累，超越世俗，强调张扬个性而享受人生，这与礼法名教正相反；一是魏晋社会，篡弑相继，人们一面高倡礼教，一面自相残杀，正直之士，朝不保夕，这就引发“叛逆”与任诞，成为思想反弹的一种社会表现。因此，任诞已成为魏晋士人的特殊风度而见其内在的人格之美。当时士人以任诞言行来张扬自我个性和精神解放，是一种扭曲变形了的人生智慧，也是一种重压之下生命热情的发泄，在当时有一定的积极意义。但是，如果不问时间、条件和对象，在时过境迁后，仍然沉溺于放纵任诞的生活享受，那么这就不是真正的竹林名士之风，而是东施效颦，效果适得其反。这就应该引以为戒了。

竹林七贤在魏晋改朝换代的动荡时期出现。当时朝廷内部司马党与曹魏党恶斗已有结果，司马氏集团胜出，掌控政权，顺我者昌，逆我者亡，他们推行虚伪的礼法名教，为篡弑夺国制造舆论。在高压形势下，士人心理反弹，虽不好公开抗争，但交游聚会发泄一下也好。竹林七贤因此应运而生，它并不是一个有组织、有纲领的政治社团，而不过是一群因不满现实、愤世嫉俗而不拘礼法、口无遮拦的“闲人”闲扯，其所论议，偶尔也会牵扯到政治，但论其主题所在，还是人生态度的思想自由和个性独立。竹林七贤主要活动在魏末晋初，不久即无形消散，但却留下了万世英名和思想贡献。竹林七贤以嵇（康）阮（籍）为核心，大多是思想家或文学家，而山涛、王戎等，因后来与司马氏集团合作，官运亨通，位居台鼎，成为政治家，这就不可一概以“任诞”两字来加以概括了。鲁迅曾指出，竹林名士“差不多都是反抗旧礼教的”，就不包括后来成就仕途的山涛、王戎了。竹林名士，“肆意酣畅”，痛饮美酒，兴奋神经，刺激创作，以浇胸中之块垒，酒后胡话，又可不负责任，当权者又能怎样呢？但统治者不这么想，不问你诗文怎样高明，构思如何巧妙，只要你不驯服不合作，那就是讽刺或诋毁，都在该打该杀之列。于是借莫须有罪名，把竹林七贤中的领军人物嵇康拉出刑场祭刀，杀鸡儆猴，借他的智慧头颅来祭旗，看是你的笔头利，还是我的屠刀快！这就引起了竹林名士内部的分化。不过，舐血的屠刀，并不能制止竹林“任诞”之风，后世饮酒放达，反而愈演愈烈，成了两晋名士的文化象征和身份表现。这也是人们始料不及的。

一代宗师咏怀诗

《栖逸》第1则记载：

阮步兵啸，闻数百步。苏门山中，忽有真人，樵伐者咸共传说。阮籍往观，见其人拥膝岩侧。籍登岭就之，箕踞相对。

籍商略终古，上陈黄、农玄寂之道，下考三代盛德之美，以问之，仡然不应。复叙有为之外，栖神导气之术以观之，彼犹如前，凝瞩不转。籍因对之长啸。良久，乃笑曰："可更作。"籍复啸。意尽，退还半岭许，闻上啮然有声，如数部鼓吹，林谷传响。顾看，乃向人啸也。

苏门山，山名，又称百门山或苏岭，属太行山脉，在今河南辉县。真人，道家所称修身养性的得道高士。箕踞，叉开两脚，屈膝而坐，形似簸箕。在古代或表示傲慢无礼，或取随意舒适，阮籍箕踞属后者。黄农，即黄帝和神农氏，道家视为无为而治的典范。玄寂之道，指道家清静无为随顺自然之道，这是魏晋玄学所宗奉的至理大道。鼓吹，以打击乐器鼓、钲及吹奏乐器箫、笳为主的乐队演奏，原是军乐，声势雄壮。

故事的主角阮籍，是魏晋玄学家和文学家的领袖。他所着力刻画的苏门山真人，其实是自我人格理想的化身。他回家后，即作《大人先生传》，大人先生即苏门真人。今阮籍集中有《大人先生传》一文，所言皆胸怀间本趣，与己理想不异。以此断言，苏门真人、大人先生实是阮籍虚拟想象的理想人物，与己合三而为一。文称其"养性延年，与自然齐光……求乎大道而无所寓"，其为人应变顺和，"足与造化推移，故默探道法，不与世同"，从而揭示了隐居高士的理想，是不与虚伪的世俗礼教同流合污，专致力于"求乎大道"——即探索宇宙自然及社会人生的终极真理。故事中的"啸"，也与故事主旨相配合。魏晋名士多好啸，其啸分为歌啸、吟啸、长啸、讽啸诸类，当其"发声于丹唇，激音于皓齿，响抑扬而潜转，气冲郁而熛起……曲既终而响绝，遗余玩而未已"，是一种"自然之至音"。究其功效之大，在于通过随心长啸，抒发心胸块垒，“精性命之至机，研道德之玄奥”（晋成公绥《啸赋》）。因此，在阮籍与苏门真人长啸对答中，形象地展现了隐逸高士的求道之心，同时暗示了作者的深沉人生思考。

在《大人先生传》中，还把礼法名教之士比为裤裆中的虱子，“饥则啮人，自以为无穷食也。然炎丘火流，焦邑灭都，群虱死于裤中而不能出”，擅作威福，到头来仍是灰飞烟灭。更可贵的是，作者进一步把批判矛头指向了昏虐君王：“君立而虐兴，臣设而贼生。坐制礼法，束缚下民……假廉以成贪，内险而外仁。”因此，解决之道就是废君无臣：“盖无君而庶物定，无臣而万事理。保身修性，不违其纪，惟此若然，故能长久。”在封建专制社会中，这是石破天惊之论，其思想解放，引领潮流。在阮籍作品中，如《达庄论》《通老论》《通易论》等，都是作者内心理想与现实矛盾冲突的思想展现，哲理思考同于《大人先生论》，但文学表现则以《大人先生论》为佳。在饮酒任诞时，阮籍及竹林诸贤，同样不忘其深沉的人生思考。

但从总体上看，阮籍咏怀诗的创作艺术成就更大而影响深远。今存四言咏怀诗十三首，五言咏怀诗八十二首。通行本是近人黄节《阮步兵咏怀诗注》（人民文学出版社1957年版）。钟嵘《诗品》把阮籍诗列于上品，曰：“其源出于《小雅》。无雕虫之功。而咏怀之作，可以陶性灵，发幽思。言在耳目之内，情寄八荒之表。洋洋乎会于《风》《雅》，使人忘其鄙近，自致远大，颇多感慨之词。厥旨渊放，归趣难求。颜延年注解，怯言其志。”他说阮诗出于《诗经·小雅》，作为文人有意为诗，当然有一定道理。但明胡应麟《诗薮》则以为“步兵虚无恬淡，类《庄》《列》”；清何焯《义门读书记》又认为“阮嗣宗《咏怀诗》，其源本诸《离骚》”，各有道理。故陈延杰《诗品注》予以折中，说：“大概阮诗源于《小雅》，而又以《楚辞》《庄》《列》化之，故自成家也。”所言大致不差。不过阮诗又继承了建安风骨及曹植诗风，则应加以补充说明。阮籍为人“至慎”，不臧否人物时世。以此，他的诗文虽有慷慨激昂一面，但许多意思却隐而不显而耐人咀嚼，必须透过表面现象，去发现那隐藏在语言文字背后的精神本质。“《咏怀诗》里面，有对人事变迁的感慨，有对险恶环境的忧虑，有对争夺残杀的悲伤，有对邪佞奸凶的讽刺，这都是以当时社会的现实为对象，而多数加上访仙求道或美人香草的色彩，内容和形式达到美化的高度。”（《阮步兵咏怀诗注·出版说明》，人民文学出版社1957年版）现略举数首以明。

其一：“夜中不能寐，起坐弹鸣琴。薄帷鉴明月，清风吹我襟。孤鸿号外野，翔鸟鸣北林。徘徊将何见？忧思独伤心！”按：阮籍五言《咏怀诗》八十二首，所作时间不一，但合而视之，却犹如抒情组诗。开篇环境气氛的渲染很感人。清风朗月，主人不寐弹琴，这是静中之动；孤鸿哀鸣北林，这是动中有静；触景生情，托物起兴，主人与环境，动静合一，夜的宁静，愈加衬出内心的不安，矛盾交织，伤心彷徨，为诗人“忧思”展开了活动舞台。

其十九曰：“西方有佳人，皎若白日光。被服纤罗衣，左右珮双璜。修容耀姿美，顺风振微芳。登高眺所思，举袂向朝阳。寄颜云霄间，挥袖凌虚翔。飘飖恍惚中，流眄顾我傍。悦怿未交接，晤言用感伤。”按：运用屈赋香草美人来起兴作譬，描绘美丽神女和对她的思念，神女高洁形象，即是诗人理想的化身。但美好在天，污浊在地，一旦回到人世，美丽理想立刻化为泡影云烟，此所谓“悦绎未交接，晤言用感伤”也。

其三十八曰：“炎光延万里，洪川荡湍濑。弯弓挂扶桑，长剑倚天外。泰山成砥砺，黄河为裳带。视彼庄周子，荣枯何足赖。捐身弃中野，乌鸢作患害。岂若雄杰士，功名从此大。”按：此篇言伟大功业，见其理想抱负及其积极追求，而并非一味痛饮美酒而忘却现实。“泰山为砥砺，黄河为裳带”，其心胸气魄何其伟大，可见屈曲自保并非出自诗人的自愿。

其七十九曰：“林中有奇鸟，自言是凤凰。清朝饮醴泉，日夕栖高冈。高鸣彻九州，延颈望八荒。适逢商风起，羽翼为摧藏。一去昆仑西，何时复回翔？但恨处非位，怆恨使心伤。”按：诗人志行高洁，如九天鸣凤，一旦为“商风”摧残，铩羽敛翅不敢飞翔，而徒使心伤，如此悲剧下场，岂不令人慨叹心伤！

刘勰《文心雕龙·明诗》篇评“阮旨遥深”，只要细读而多加体味，自是受用无穷。

㈣ 嵇康

《广陵散》曲未绝响

竹林七贤的核心是嵇（康）阮（籍）两人。从内在品格论，嵇、阮两人皆志行高洁，并无不同；但外在性格，嵇喜怒毕现，冲击世俗，而阮则“至慎”，不公开臧否人物时世。以此，阮能苟全性命于乱世，而嵇则英逝于刑场。他在《与山巨源绝交书》中就说：“阮嗣宗口不论人过，吾每师之，而未能及……久与事接，疵衅日兴，虽欲无患，其可得乎？”对于自己那愤世嫉俗的刚肠任侠之性格悲剧，隐然早有预感。《雅量》第2则记载：

嵇中散（康，曾任中散大夫）临刑东市，神气不变。索琴弹之，奏《广陵散》。曲终曰：“袁孝尼尝请学此，吾靳（按：爱惜）固不与，《广陵散》于今绝矣！”太学生三千人上书，请以为师，不许。

《广陵散》，古琴曲名，今乃见载于《神奇秘谱》中，谓其暗寓战国侠士聂政为报知己而刺杀韩相侠累的故事，其音“慢商与宫同，惨痛声足备”，风格慷慨激烈，惨痛声声入耳，这与嵇康临刑时外表平静而内心悲愤的矛盾心态相似。嵇康之死，罪名实际是莫须有，即使他不为吕安一案所牵连，司马氏集团对他这个政治上不合作者，也会找各种理由予以诛戮。当时司隶校尉钟会在朝廷上对主子司马昭说：“今皇朝开明，四海风靡，边鄙无诡随之民，街巷无异口之议。而康上不臣天子，下不事王侯，轻时傲世，不为物用，无益于今，有败于俗……今不诛康，无以清洁王道。”（见《雅量》第2则刘注引《文士传》）这既是性格悲剧，更是时代悲剧，代表了一代精英的命运，悲乎！

嵇康（224—263），字叔夜，谯国铚（今安徽宿州西南）人。父昭，督军粮治书侍御史，早卒。婚曹魏沛王孙女，曾任无甚职事的散官中散大夫，故称嵇中散。其外貌甚伟，是个美男子，如《容止》第5则载：“嵇康身长七尺八寸，风姿特秀……山公（涛）曰：‘嵇叔夜之为人也，岩岩若孤松之独立，其醉也，傀俄若玉山之将崩。’”其龙章凤姿，世人叹赏。但其为人，外柔内刚，疾恶如仇，喷薄而出，而不顾及形势之利否。以此，无论是邪佞小人，或权贵巨奸，无不疾之，欲杀之而后快。钟会及大将军司马昭即是。对专制统治者而言，不为我用，就是该死的理由，政治是无情的，管你嵇康是什么天才，一刀了断，岂有可惜？昔日嵇康曾入汲郡山中遇隐士孙登，孙氏明白说他才华横溢，但“保身之道不足”，不幸言中。嵇康因此在狱中写诗自责，有“昔惭下惠，今愧孙登”之言（《栖逸》第2则刘注引《文士传》）。

在乱世中，嵇康缺乏高士的识时见机之智，而任凭心中火山爆发，斗争性如此强烈，怎能不为礼法俗人所杀，一代英才如耀眼流星，一去不返，惜乎！

越名教而任自然

《文学》第21则记载：

旧云：王丞相（导）过江左，止道《声无哀乐》《养生》《言尽意》，三理而已。然宛转关生，无所不入。

王导清谈玄学的三论，除《言尽意》论是西晋欧阳建反驳当时流行的言不尽意论外，其余两论，皆为嵇康所创。由此可见嵇康哲学思想，对于两晋道家玄学理论思辨影响之大。

在竹林七贤中，嵇康的思想与哲学最为精深，自成体系。其所论著，主要有《养生论》《答难养生论》《声无哀乐论》《释私论》《管蔡论》《明胆论》《难自然好学论》《难宅无吉凶摄生论》《太师箴》等。

养生是魏晋士大夫热心讨论的一个重要命题。何晏服五石散，“非唯治病，亦觉神明开朗”（见《言语》第14则）。

但服五石散成风后，因不慎而中毒致命者亦不乏其人。即如书圣王羲之，也因服五石散而病困反侧。而嵇康《养生论》，则超越了单纯的服食，而从更广的人类养生学角度立论，以指导人类的养生实践。在《养生论》中，他认为提倡神仙的长生不老，没有什么实际意义，“非积学所能致也”，所以不在他的讨论之列。人类养生，应重在“导养得理，以尽性命”，以便益寿延年。首先要重精神养生：“君子知形恃神以立，神须形以存……故修性以保神，安心以全身，爱憎不栖于情，忧喜不留于意，泊然无感，而体气和平。”又说：“善养生者……清虚静泰，少私寡欲，知名位之伤德，故忽而不营，非欲而强禁也；识厚味之害性，故弃而弗顾，非贪而后抑也。外物以累心不存，神气以醇白独著……守之以一，养之以和，和理日济，同乎大顺。”这样“体妙心玄”而“无为自得”，自然长寿而与“王乔争年”。这是魏晋新道家的玄学养生论，对后世的医家养生学，颇有启迪。

嵇康的《声无哀乐论》，是古代继《乐记》之后的又一重要美学理论文献。文章设主客问难对答，秦客代表保守儒家传统的反面提问，东野主人则代表自己的思考，主客双方论辩，层层深入，步步展开，很是激烈。如秦客称引《礼记·乐记》“治世之音安以乐，亡国之音哀以思”之言，说明人的主观之情，作用于客观现实，具移风易俗社会教化之功。但东野主人则用道家自然观来加批驳，认为音乐是客观存在的自然产物，而哀乐之情则是人的主观心理活动，断定“心之与声，明为二物”，因此，音乐的主体和客观，不能混淆为一而纠缠不清。音乐客体本身或有“善恶”（按：指美丑）之别，但并无感情色彩。人听音乐而兴哀乐之感，乃是人作为审美主体移情作用的结果。就强调主客体的分别而言，嵇康之论颇有创见；但过分割裂审美主客体的情感联系，理论仍有不足。不过，嵇康所论重在运用“越名教而任自然”的玄家音乐新论，来批判传统儒家美学的教化工具之论，在当时具历史进步意义，应予肯定。

他的《管蔡论》，故意翻历史大案，是一篇很有现实针对性的历史人物专论，实是借古讽今的政治论。他认为周初“周公居摄”，管叔、蔡叔准备为天子除国患，“二叔故为淑善矣”，岂有反叛之心？他从当时司马氏居摄来比附“周公居摄”，暗指居摄者阴谋篡国夺权。以此讥讽司马氏，怎能不惹祸上身呢？

不过，嵇康玄学的理论核心是“越名教而任自然”，影响很大，成为两晋玄学思想的重要理论柱石之一。如其《难自然好学论》，是针对张叔辽《自然好学论》的批驳。旧以汉儒经学为功名利禄的敲门砖，嵇康则以无为自然之道加以批判。他说：“六经以抑引为主，人性以从欲为欢；抑引则违其愿，从欲则得自然。”“故吾子谓六经太阳，不学为长夜耳。今若以明堂为丙舍（按：墓地房舍），以诵讽为鬼语，以六经为芜秽，以仁义为臭腐……则向之不学未必为长夜，六经未必为太阳也。”语气尖锐而不留丝毫余地，作者的孤傲之性，表现得活灵活现。而在《释私论》中，则态度鲜明地高举“越名教而任自然”的大旗，而以道家玄学的君子自居。他说：“夫君子者，心无措乎是非，而行不违乎道者也。何以言之？夫气静虚者，心不存乎矜尚；体亮心达者，情不系于所欲。矜尚不存乎心，故能越名教而任自然；情不系乎所欲，故能审贵贱而通物情。”

而最具体描绘其思想言行的是《与山巨源绝交书》，文章中宣称自己“不涉经学”，而好“读《庄》《老》，重增其放，故使荣进之心日颓，任实之情转笃”，标榜“老子、庄周，吾之师也”。又说自己活在世上，“久与事接，疵衅日兴，虽欲无患，其可得乎”？无法容忍朝廷礼法，以此他“有必不堪者七，甚不可者二”的名言，公开向世俗礼法挑战。如其“不可者二”曰：“又每非汤武而薄周、孔，在人间不止此事，会显世教所不容，此甚不可一也；刚肠疾恶，轻肆直言，遇事便发，此甚不可二也。”话很直白，令统治者胆颤心惊，所以他是非死不可了。刘勰《文心雕龙·书记》篇评曰：“嵇康《绝交》，实志高而文伟。”鲁迅《魏晋风度及文章与药及酒之关系》评论说：“嵇康的论文，比阮籍更好，思想新颖，往往与古时旧说反对。”在魏晋时，在思想的深刻、独立、自由与论辩之犀利，以及其批判战斗精神方面，嵇康独树一帜，几乎无人可比拟。细读其文，有助于真正了解魏晋的时代精神。

目送飞鸿清峻诗

《文学》第98则记载：

或问顾长康：“君《筝赋》何如嵇康《琴赋》？”顾曰：“不赏者，作后出相遗。深识者，亦以高奇见贵。”

顾长康，即顾恺之，小字虎头。东晋时的大画家，在中国美术史上具有很高地位。他在当时素有“三绝”美誉，即“才绝、画绝、痴绝”。在文学上，他也颇为自信。当时人们把他的《筝赋》和嵇康的《琴赋》作艺术比较。嵇康的《琴赋》被昭明太子《文选》选录传世，而顾恺之

《筝赋》则亡佚，已难比较。但故事却也说明了嵇康文学作品是人们心目中的艺术典范，对后世影响很大。如《赏誉》第111则故事曰："许玄度（询）言：'《琴赋》所谓"非至精者，不能与之析理"，刘尹（惔）其人；"非渊静者，不能与之闲止"简文其人。'"以嵇康《琴赋》之言，来形容和评论刘惔和简文帝两位玄家的气度。

不过，嵇康的诗歌艺术略逊于阮籍，但也很有造诣，特别是他的四言诗，更是独步一代，是魏晋文学风流的艺术标的。钟嵘《诗品》列之于中品，说："晋中散嵇康，颇似魏文（按：曹丕），过为峻切，讦直露才，伤渊雅之致。然托谕清远，良有鉴裁，亦未失高流。"而陈绎曾《诗谱》则说："嵇康人品胸次高，自然流出。"所称都有一定的道理。嵇康曾对各种诗体进行尝试，如七言骚体《思亲诗》曰："中夜悲兮当谁告？独抆泪兮抱哀戚……慈母没兮谁予骄？顾自怜兮心忉忉。诉苍天兮天不闻，泪如雨兮叹成云。欲弃忧兮寻复来，痛殷殷兮不可裁。"失母之悲，思情之切，情浓意挚，哀感恸人，纯任一片真心自然流贯，艺术颇为感人。他又有五言诗、六言诗若干首。但比较而言，嵇康四言诗，超越阮籍而独擅胜场。如其《兄秀才公穆入军赠诗》十九首第十四写道："浩浩洪流，带我邦畿。萋萋绿林，奋荣扬晖。鱼龙瀺灂，山鸟群飞。驾言出游，日夕忘归。思我良朋，如渴如饥。愿言不获，怆矣其悲。"诗一开篇就气势宏伟，"洪流""邦畿"，视野极其开阔，提供了诗人驰骋丰富想象的舞台。"萋萋绿林"四句，色彩鲜亮，形象明丽，生命活力在自然美景中活泼呈现。其中"带""奋"等动词，运用贴切，见其主动向上的积极意趣。这首诗影响很大，东晋时大将军桓温准备杀害阻碍他篡国的政敌谢安，在宴会中埋伏甲士，"谢神意不变……谢之宽容，愈表于貌。望阶趋席，方作洛生咏，讽'浩浩洪流'。桓惮其旷远，乃趣解兵”（见《世说·雅量》第29则）。谢安在性命之忧中，讽诵嵇康“浩浩洪流”之诗，气象博大，风度旷达，恰当地表现了大政治家的心胸气度，超越了眼前的危难，从而引人进入浩瀚宇宙生命运动的联想。人不畏死，奈何以死惧之？桓温反被折服，因此化解了一场血腥屠杀。透过化解灾难的戏剧性方式，再一次印证了魏晋士人的真性情，及其对于诗意人生境界的欣赏和追求。又如第十五写道："息徒兰圃，秣马华山。流磻平皋，垂纶长川。目送归鸿，手挥五弦。俯仰自得，游心太玄。嘉彼钓叟，得渔忘筌。郢人逝矣，谁可尽言！”其想象丰富的浪漫描绘似《楚辞》，环境、气氛的烘托都很到位。但诗人又重在以形写神，以见其“游心太玄”的精神境界追求。“目送归鸿，手挥五弦”，千古佳句，脍炙人口，见其随心而发的潇洒脱俗情怀。其闲雅心境与自然景色融为一体，语言自然而形象生动，确是诗中高手。后来顾恺之发挥说："画手挥五弦易，目送归鸿难。”（见《世说·巧艺》第14则）画家评诗，一语中的。嵇康“目送归鸿”两句，是其玄学意象的具体文学表现，体玄味道，正见其高洁心性和深邃的人生思考，重在以形传神。史称“恺之每重嵇康四言诗，因为之图”（见《晋书·文苑·顾恺之传》)。嵇康诗中有画。嵇诗顾画，相互启发。“手挥五弦”，有形可见，所以易画；“目送归鸿”，心想眼追，意在象外，此所以难。传神写照，关键在画龙点睛。这也说明了嵇康四言诗对形象的刻画，对意境的创造，有自己独特的思考。其四言诗最有代表性的是他的《幽愤诗》，诗长不再称引。这是嵇康被捕入狱的绝命诗。诗人在回顾一生时，对统治者的黑暗，满腹悲愤，但并不直接倾诉冤情，仅在客观的描写中，让激情从内心自然喷涌而出，因而艺术愈加感人。最后，司马氏集团借礼法名教之刀杀害了诗人，但诗人之诗却影响千古而传之不朽，在历史潮流中，真正的胜和败，应是一目了然了。

最后，让我们用鲁迅的话来对嵇（康）阮（籍）作一小结："例如嵇阮的罪名，一向说他们毁坏礼教。但据我个人的意见，这判断是错的。魏晋时代，崇奉礼教的看来似乎很不错，而实在是毁坏礼教的。表面上毁坏礼教者，实则倒是承认礼教，太相信礼教。因为魏晋时所谓崇奉礼教，是用以自利……所谓反对礼教的人……他们倒是迂夫子，将礼教当作宝贝看待的。"（《魏晋风度及文章与药及酒之关系》）这一别具只眼之论，是透过现象来看本质。细读嵇、阮作品，他们对先秦儒家经典，同样熟悉，对于先秦时代真正的孔孟之道，还是从积极的方面来理解的。

㊄ 乐广

岂以五男易一女

东晋袁宏作《名士传》，以夏侯玄、何晏、王弼为正始名士，以阮籍、嵇康、山涛、向秀、刘伶、阮咸、王戎为竹林名士，以裴楷、乐广、王衍、庾敳、王承、阮瞻、卫玠、谢鲲为中朝名士。见《文学》第94则刘注称引。所称中朝，指西晋都洛阳时期。西晋玄谈，以王衍和乐广为首。有关王衍，另见后面《"清谈亡国"说王衍》一篇，这里先介绍乐广。

《言语》第25则记载：

乐令女适大将军成都王颖。王兄长沙王执权于洛，遂构兵相图。长沙王亲近小人，远外君子，凡在朝者，人怀危惧。乐令既允朝望，加有婚亲，群小谗于长沙。长沙尝问乐令，乐令神色自若，徐答曰："岂以五男易一女？"由是释然。

乐广官尚书令，故称乐令。成都王司马颖，武帝子，率军镇邺（今河北临漳），是西晋八王之乱中的重要角色。长沙王乂，也是武帝子，赵王伦篡位，他与齐王冏联合杀伦，继又杀齐王冏专执朝政。这就引起成都王颖与河间王颙联兵讨伐，后来长沙王乂被东海王越所杀。司马氏皇族内部的八王之乱，血亲相残，简直就是一架绞肉机。释然，疑虑消释，意谓长沙王乂对乐广不再猜忌。但实际上这是暂时现象，不久，长沙王"犹以为疑，广竟以忧卒"（《晋书·乐广传》）虽是清己中立，小心谨慎，仍然无法躲过这架绞肉机的绞杀，一代名士，化为烟尘，令当时士人为之叹惜流涕而无可奈何。

乐广（？—304），刘注引虞预《晋书》曰："乐广字彦辅，南阳（今属河南）人。清夷冲旷，加有理识。累迁侍中、河南尹。在朝廷用心虚谈，时人重其贞贵，代王戎为尚书令。"史称"广时年八岁，（夏侯）玄常见广在道路，因呼与语，还谓方（按：广父）曰：'向见广神姿朗彻，当为名士。卿家虽贫，可令专学，必能兴卿门户也。'方早卒。广孤贫，侨居山阳，寒素为业"（《晋书·乐广传》）。在门阀社会中，他出身贫寒之门，无所依托，而只能依靠自己励志好学的拼搏，终成一代名士，果然不负正始名士夏侯玄的关心与期望。其为人及治学，史称"性冲约，有远识，寡嗜欲，与物无竞。尤善谈论，每以约言析理，以厌人之心；其所不知，默如也"（同上）。在学习过程中，他抱实事求是态度，知之为知之，不知为不知。那种不懂装懂、弄假骗人的虚伪，他不屑一顾。当时竹林名士王戎和中朝玄家领袖裴楷，对他欣赏而加以称扬推荐，才有可能冲破当时的士庶之别禁区而走上仕途。他靠的不仅是命运，更重要的是自己的努力。他的名气，是艰难跋涉的结果，而不是依靠高贵门第身份的炒作获得的。于是他的官职也随其名气的高涨而日渐上升，史称“始（王）戎荐，而终践其位，时人美之”。乐广做官，另有自己的原则。《晋书》本传说是“广所在为政，无当时功誉，然每去职，遗爱为人所思”。在西晋乱世中，他借新道家玄学思想作指导，行无为之政，不大肆扰民，不胡作非为，尽量让百姓生活平静安定，虽乏一时兴造之功誉，但却因其离任而令人民思其恩泽遗爱。在八王之乱中，即使乐广再能干，他能有什么实际权力呢？他难以“有为”，也就只能求助于道家的“无为”自然之治了。《晋书》本传说他“值世道多虞，朝章紊乱，清己中立，任诚保素而已”，非不为也，实难为也，可看到一个智慧名士的一脸无奈。后世有人对乐广或有讥评，如王敦批评说：“乐彦辅短才身。后生流宕，言违名检，考之以实，岂胜满武秋（奋）邪？”但郗鉴反驳说：“彦辅道韵平淡，体识冲粹，处倾危之朝，不可得而亲疏。及愍怀太子之废，可谓柔而有正。”（《晋书·郗鉴传》）所驳甚是。愍怀太子之废，贾后专政，司隶校尉满奋拘捕送行朝廷官员，时乐广为河南尹，下令释放，此所谓守而有节“柔而有正”，岂是满奋可比拟？

名教中自有乐地

《德行》第23则记载：

王平子（澄）、胡毋彦国（辅之）诸人，皆以任放为达，或有裸体者。乐广笑曰："名教中自有乐地，何为乃尔也！"

刘注引王隐《晋书》曰："魏末阮籍，嗜酒荒放，露头散发，裸裎箕踞。其身贵游子弟阮瞻、王澄、谢鲲、胡毋辅之之徒，皆祖述于籍，谓得大道之本。故去巾帻，脱衣服，露丑恶，同禽兽。甚者名之为通，次者名之为达。"王澄，琅琊人，王衍弟，官荆州刺史。他们这批作达任诞之徒，大多出自高门士族。名教，指以定名分为中心的儒家传统礼教。乐地，快乐境地。大道，指道家老庄的自然无为之道。

原来，魏晋以来，儒家名教的思想日趋式微，当时玄家以道家《老》《庄》无为之道相抗衡，其中有趋极端者，如王澄之流即是，他们作达任诞，倾向于以放荡荒唐的人生态度，来相互标榜。他们自称是学习竹林名士阮籍之所为。但阮籍嵇康的饮酒任诞，有其特殊的环境生态，是高压之下的思想反弹，是一种无奈中的精神自我解放。如宗白华《论〈世说新语〉和晋人的美》所说："从中国过去一个同样混乱、同样黑暗的时代中，了解人们如何追求光明，追寻美，以救济和建立他们的精神生活，化苦闷而为创造，培养壮阔的精神人格。"阮籍等的任诞，有其不得已的积极的一面，也可称是一种扭曲智慧的生命之光。但王澄等后学则不然，其任诞不是时代的抗争，而是纵欲的生活享受，这种任诞作达，居然成了一种流行病，人人仿效，而不问其环境和条件。所以，当阮浑想学父籍作达时，阮籍说了真心话："卿不得复尔！"制止了儿子的作达之风。可是后学王澄辈却由学任诞而走向了人生的荒唐，这就引起了乐广等名士的不满和批判，只要正确理解名教，不走极端，不拘缚人性，那么"名教中自有乐地"，孔孟儒教自有其价值，何必一定要像动物那样裸裎疯狂呢？所以后来戴逵很赏识乐广之言，评论说："乐令之言，有旨哉！谓彼非玄心，徒利其纵恣而已。"所论一语中的。乐广不走极端，他的思想立场与当时郭象《庄子注》暗合，都赞成玄、儒双修，认为儒家名教也有其合乎自然的一面，有它某种存在的合理性。他试图折中于儒家名教和道家自然两者之间，儒学和玄学并没有不可调和的绝对矛盾，如果能根据实际的具体情况，灵活阐释，则可能时有新解而令人玩味。这就是乐广所称"名教中自有乐地"的真宰。如果说嵇、阮竹林名士重在挑战传统而破坏儒家礼法名教的话，乐广则转移其思想方向，重点注意修补儒、玄之间的矛盾。两者态度和立场是同中有异，这正符合了魏晋统治者的某种思想要求。郭象著书立说而注《庄》，在哲学及理论思辨方面影响很大；乐广则善言辞而不便笔墨，只能以清谈口说影响当下，随着时过境迁，其思想理论必然日渐淡出而难以保存。乐广有关"名教"之言，说明了魏晋玄家内部也是千姿百态，意见复杂而不可一概而论。乐广的玄谈自有其特点。

第一是由繁返约，要言不烦，恰中要害，令人信服。如《赏誉》第25则记载："王夷甫（衍）自叹：'我与乐令谈，未尝不觉我言为烦。'"刘注引《晋阳秋》曰："乐广善以约言厌人心，其所不知，默如也。太尉王夷甫、光禄大夫裴叔则（楷）能清言，常曰：'与乐君言，觉其简至，吾等皆烦。'"王衍和裴楷，都是中朝玄家领袖，一代精英，岂能轻易服人？他们称赞乐广玄谈简约旨丰，厌人之心，说明了乐广"体道"的高度概括力。其次，乐广学问重在启悟，而非填鸭式的满堂灌。如《文学》第14则记载："卫玠总角时问乐令'梦'，乐云：'是想。'卫曰：'形神所不接而梦，岂是想邪？'乐云：'因也。未尝梦乘车入鼠穴，捣齑啖铁杵，皆无想无因故也。'卫思'因'经日不得，遂成病。乐闻，故命驾为剖析之，卫即小差。乐叹曰：'此儿胸中当必无膏肓之疾。'"卫玠字叔宝，小字虎，河东安邑人。风神秀美，可比美潘安。在乐广等的启悟下，一善于教，一善于学，进步很快，后来也成中朝名士，乐广对他很赏识，于是招为女婿。总之，乐广讲学，站在魏晋玄家立场，摒弃了传统教学的繁琐经学模式，采用了启发式的新方法。如《文学》第16则曰："客问乐令'旨不至'者，乐亦不复剖析文句，直以麈尾柄确几曰：'至不？'客曰：'至。'乐因又举麈尾曰：'若至者，那得去？'于是客乃悟服。乐辞约而旨达，皆此类。""旨不至"说，在中国哲学史上是一个难题，来自《庄子·天下篇》"指（旨）不至，至不绝"之语，原是先秦名家惠施及公孙龙的一个名理逻辑命题，庄子的解释也不同于名家。而乐广作为新时代的玄学家，对这一命题有自己独特的理解。所谓"旨"，相当于事物的概念。概念犹如譬喻，不可能完全符合事物本质，此所谓"旨不至"。这犹如以麈柄敲几案，到达后又离开，概念要追求与事物完全相称是难有止境的，所以又说是"至不绝"。因此，人的认识和思维，不应迂执一方，而应若即若离地透过现象去不断加深对事物的认识，并体悟其本真。人的思维永远不会完结停止，所以"至"与"不至"的矛盾是相对的，辩证的，没有"至"，又哪来的"不至"呢？所论启人思维至多，但可惜他未曾著书立说以传世。此所谓"述而不作"，也就成了乐广的欠缺与不足了。

西晋当年的玄家清谈，王衍与乐广齐名。但两家相较，王衍清谈，不问理实，"义理有所不安，随即更改"，对于真理并没有真正的追求与认识，其"矜高浮诞"，成为一个华而不实的空口理论家；和王衍号称"口中雌黄"的诡辩相比，乐广清谈重在追求真理，本于事实，寻其根据，给人以启益，是一个重视实践效果的理论家。两人虽同为“中朝名士”，但其讲学路径，同中见异，影响也有所不同，读者读《世说》时，自当明辨。

文士篇

㊀ 曹植

在中国文艺发展史上，魏晋是重要一环，不仅是诗赋文章的文学创作，就是艺术方面的书法、绘画也都登峰造极，如以三曹（操、丕、植）及建安七子为代表的建安文学，曹植冠绝一代；书法艺术方面，东晋王羲之称“书圣”，后世难逾其峰；东晋晚期的顾恺之多才艺，其绘画称“绝”，造诣极高。介绍上述三人，就能对精神个性相对解放的魏晋时代的文学艺术发展及其贡献有一定的了解。

不幸生于帝王家

曹植文学才华横溢，成就冠绝当代，但生活命运却大不幸。《文学》第66则故事记载：

> 文帝（曹丕）尝令东阿王（曹植）七步中作诗，不成者行大法。应声便为诗曰：“煮豆持作羹，漉菽以为汁。其在釜下燃，豆在釜中泣。本自同根生，相煎何太急？”帝深有惭色。

刘注引《魏志》加以补充说:“陈思王植字子建,文帝同母弟也。年十余岁,诵诗论及辞赋数万言。善属文,太祖(曹操)尝视其文曰:‘汝倩人邪?’植跪曰:‘出言为论,下笔成章,顾当面试,奈何倩人!’时邺铜雀台新成,太祖悉将诸子登之,使各为赋。植援笔立成,可观。性简易,不治威仪,舆马服饰,不尚华丽。每见难问,应声而答。太祖宠爱之,几为太子者数矣。文帝即位,封鄄城侯,后徙雍丘,复封东阿。植每求试不得,而国亟迁易,汲汲无欢,年四十一薨。”

陈王,曹植死前的最后封爵,死后谥号思,故称陈思王。曹植(192—232),操子、魏文帝丕同母弟。生于汉末建安慷慨流血的英雄年代,又受家风教养及时风熏陶,加以自身的天才及勤奋,自幼善于读书而落笔成章,其诗、文和辞赋,兼备众体,具很高艺术成就。但论其志向,则在经国大业方面。但因其政治失败,不得不把生命触角转向了文学,终成建安文学的一代天才。此又所谓政治不幸而诗家幸也。

汉末建安时期,是群雄逐鹿而灾难深重的时代,同时也是一个呼风唤雨的英雄年代。时势造英雄,反过来英雄也造时势。这时涌现了建安七子一批优秀的文学家,他们聚会邺下,表现了曹操政治集团对文人的尊重和对文学的重视。这就为年轻的曹丕、曹植兄弟的文学事业,作了良好环境、气氛的铺垫。后来曹植诗歌成就超越建安七子之上,但论其师承启发,则七子的启迪之功不可没。曹丕《与吴质书》追叙七子邺下之游,说:“昔日游处,行则连舆,止则接席,何曾须臾相失?”曹植《与杨德祖(修)书》也说:“今世作者,可略而言也。昔仲宣(王粲)独步于汉南,孔璋(陈琳)鹰扬于河朔,伟长(徐幹)擅名于青土,公幹(刘桢)振藻于海隅,德琏(应玚)发迹于此魏,足下(杨修)高视于上京……吾王(指曹操)于是设天网以该之,顿八纮以掩之,今悉集兹国矣。”曹植的文学才华，虽然关乎天分，但家庭、环境与时代的影响，也具积极促进作用。

因父亲曹操死于建安二十五年（220），以此为分界线，曹植的生活和创作明显分为前、后两期。前期是贵公子的盛宴高会和华丽诗章，后期则突然坠入炼狱，惶惶不可终日，企求平民生活而不可得。兄长曹丕继位称帝后，曹植被严重猜忌，政治彻底失败，但却让他的文学天才旧貌换新颜，焕发耀眼的辉光而垂于不朽。人生祸福，幸与不幸，难言哉！

魏文帝（丕）及魏明帝（叡）父子，没有停止对曹植的迫害。首先，斩杀拥植派，如士人精英丁仪、丁廙兄弟等，凡是亲近曹植的兄弟，也不得好死。此其《野田黄雀行》诗之所为作也，诗曰：“高树多悲风，海水扬其波。利剑不在掌，结友何须多。不见篱间雀，见鹞自投罗？罗家得雀喜，少年见雀悲。拔剑削罗网，黄雀得飞飞。飞飞摩苍天，来下谢少年。”政治无情，屠刀舐血，连自己的兄弟任城王曹彰也躲不过“利剑”斩杀。“利剑不在掌，结友何须多”，这是诗人心灵淌血的呐喊。其次，为了皇帝宝座，什么兄弟骨肉之情全然抛弃，曹丕父子一直视曹植为自然天敌，岂会轻易放过？曹植名为诸侯王，但处处受监管，犹如狱中囚犯，只要言行稍有不慎，立即“有司请治罪”，甚至欲置之“大法”，如前所称，七步之内写不出诗来，即取曹植性命。第三，虽然曹植满怀激情，想要为国建功立业，但却被统治者严格排斥于政治圈子之外，就是与亲友通音信的生活权利也被剥夺，如其《求通亲亲表》说：“至于臣者，人道绝绪，禁锢明时……不敢乃望交气类，修人事，叙人伦。近且婚媾不通，兄弟永绝，吉凶之问塞，庆吊之礼废，恩纪之违，甚于路人。”人是社会的人，如此残酷地隔绝人世，虽生犹死，又岂有一丁点儿的血缘亲情？于是曹植终生抑郁，在悲愤中哭诉无门，终于合眼而逝。文学天幕的一颗耀眼明星，就此陨落，惜乎悲哉！

文学天才出困境

《尤悔》第1则故事记载：

> 魏文帝（丕）忌弟任城王骁壮，因在卞太后阁共围棋，并啖枣。文帝以毒置诸枣蒂中，自选可食者而进，王弗悟，遂杂进之。既中毒，太后索水救之。帝预敕左右毁瓶罐，太后徒跣趋井，无以汲。须臾，遂卒。复欲害东阿（按：指曹植），太后曰："汝已杀我任城，不得复杀我东阿。"

据《三国志》彰传及植诗《赠白马王彪诗序》，故事发生于黄初四年（223）五月任城王曹彰朝京师洛阳时。诗曰："太息将何为？天命与我违。奈何念同生，一往形不归。孤魂翔故域，灵柩寄京师……仓卒骨肉情，能不怀苦辛！"表现了失去亲人的真挚悲痛之情。丕、彰、植三人同母兄弟，都是卞夫人所生，但是，为了权力，骨肉如同水火。曹丕毒杀弟彰，是在母亲跟前的公开行为，并下令毁坏井边的瓶罐，致母亲赤脚救护不及。为什么？只因曹彰"骁壮"："少善射御，膂力过人，手格猛兽，不避险阻。数从（父操）征战，志意慷慨"（见《三国志·魏书·任城陈萧王传》），具将帅之才，可以为国献身。有本事，有志气，他的存在，就是对曹丕帝位的一种自然威胁，他不死，曹丕还能睡得安稳吗？这与曹植诗之哭任城，形成了鲜明的对比，给人以巨大的感情冲击。彰死后，丕复欲杀植，但其母卞夫人曰："不得复杀我东阿！"一时加以阻拦。母亲心中滴血，曹丕当然看得清楚。但仍我行我素，死罪暂免，活罪难容。曹丕的阴暗心理，在于维护自己的权力，受无情报复疯狂情绪的驱动。权势是恶魔，使人失去了亲情和人性，哪还谈什么道德良心呢？曹植虽然一时没被"行以大法"，但过的是生不如死的日子，其郁郁早卒，天命乎？人意乎？

但是，有挑战就有应战，有压迫就有反抗。政治迫害可令有形的肉体消失，令曹植的理想志业烟消云散，但无形的精神之火却永不熄灭。文学是意识形态、精神事业。人只要还活着，他就会寻找自我生命活力的发泄口。他终于把深埋心中的激情，化为诗文辞赋，从文学火山口喷薄而出。梁钟嵘《诗品》列之于诗之上品，评曰："其源出于《国风》。骨气奇高，词彩华茂。情兼雅怨，体被文质。粲溢今古，卓尔不群。嗟乎！陈思之于文章也，譬人伦之有周、孔，鳞羽之有龙凤，音乐之有琴笙，女工之有黼黻。俾尔怀铅吮墨者，抱篇章而景慕，映余晖以自烛。故孔氏之门如用诗，则公幹升堂，思王入室，景阳、潘、陆，自可坐于廊庑之间矣。"实际上钟嵘仿九品中正论诗，有史以来，诗人等第分明，而以曹植为最，是诗歌上品中之上品，文学评价极高。

文学是人学，要有激情和同情心。植前期诗，如建安十六年（211）随曹操西征，诗人年仅二十，过洛阳作《送应氏》诗曰："步登北邙坂，遥望洛阳山。洛阳何寂寞，宫室尽烧焚。垣墙皆顿擗，荆棘上青天。不见旧耆老，但睹新少年。侧足无行径，荒畴不复田。游子久不归，不识陌与阡。中野何萧条，千里无人烟。念我平常居，气结不能言。"此诗构思颇奇，似代友人立言，谈了游子归乡的所见所闻及亲切感受。"中野何萧条，千里无人烟"，人极目远望，最多也只能几十里，“千里”云者，应是想象的虚写，但却把洛阳的灾难推之于全天下。这样虚实相生的艺术描写，更真实，更概括，更典型，堪称诗史。这就为他后期创作风格的“梗概多气”作了良好的铺垫。又如其《白马篇》诗曰：“白马饰金羁，连翩西北驰。借问谁家子？幽、并游侠儿。少小去乡邑，扬声沙漠垂。宿昔秉良弓，楛矢何参差。控弦破左的，右发摧月支。仰手接飞猱，俯身散马蹄。狡捷过猿猴，勇剽若豹螭。边城多警急，虏骑数迁移。羽檄从北来，厉马登高堤。长驱蹈匈奴，左顾凌鲜卑。弃身锋刃端，性命安可怀？父母且不顾，何言子与妻！名在壮士藉，不得中顾私。捐躯赴国难，视死忽如归。”这是继承汉乐府传统而自行开创的乐府新题诗。黄金白马，少年游侠，边庭赴难，保家卫国。这是年轻诗人企望建功立业以报效祖国理想的形象写照，诗歌色彩明快，形象鲜活，神采飞扬，慷慨流畅，读来令人精神振奋向上。

曹植后期创作，诗人从天堂跌落到地狱，诗风为之一变，由明快鲜亮，转为血色黄昏的悲怆之调而催人泪下。最有代表性的诗作如《赠白马王彪》。这是一首抒情长诗，熔叙事、写景、抒情于一炉，艺术上极具特色。诗前有序，曰：“黄初四年（223）五月，白马王、任城王与余俱朝京师，会节气。到洛阳，任城王薨。到七月，与白马王还国。后有司以二王归藩，道路宜异宿止，意每恨之。盖以大别在数日，是用自剖，与王辞焉，愤而成篇。”白马王曹彪是他的同父异母兄弟。自剖心迹，悲慨沉痛，感人肺腑。长诗共分七段，一路写来，相互勾连，几乎每段首尾衔接，这是学习汉乐府民歌而加以发展创造的艺术，其分合之妙，不着痕迹，一篇长诗可化为七，也可七段合而为一，一气流贯，情感喷涌，自具动人声势。现节录几段以明：

玄黄犹能进，我思郁以纡。郁纡将何念？亲爱在离居。本图相与偕，中更不克俱。鸱枭鸣衡轭，豺狼当路衢。苍蝇间白黑，谗巧令亲疏。欲还绝无蹊，揽辔止踟蹰。

踟蹰亦何留？相思终无极。秋风发微凉，寒蝉鸣我侧。原野何萧条，白日忽西匿。归鸟赴乔林，翩翩厉羽翼。孤兽走索群，衔草不遑食。感物伤我怀，抚心长太息！……

心悲动我神，弃置莫复陈。丈夫志四海，万里犹比邻。恩爱苟不亏，在远分日亲。何必同衾帱，然后展殷勤？忧思成疾疢，无乃儿女仁。仓猝骨肉情，能不怀苦辛！

诗用白描写法，但并无一句言及曹丕，却又如无形之矛而直指最高统治者。直白中又见含蓄雅韵，其艺术之高妙与情感震撼之强烈，给人留下强烈的印象。建安诗圣，非曹植莫属。

在抒情赋的创作艺术方面，曹植也能另辟蹊径，比如其《洛神赋》，就是千古绝唱，描绘神女，形象鲜活如画，至今仍活在后世舞台和人心之中，确为经典之作，如称洛神“翩若惊鸿，婉若游龙，荣曜秋菊，华茂春松。仿佛兮若轻云之蔽月，飘飘兮若流风之回雪。远而望之，皎若太阳升朝霞；迫而察之，灼若芙蓉出渌波。秾纤得衷，修短合度。肩若削成，腰如约素。延颈秀项，皓质逞露，芳泽无加，铅华弗御……”极尽想象之能事，令人产生美好的艺术联想。人或称《洛神赋》实为《感甄赋》，即思恋曹丕夫人甄氏之作。此说大误。曹操破邺而曹丕娶甄氏，在建安九年（204），时甄氏二十三岁，曹植十三岁，植为儿童，尚未发育，何来青春思恋？《神女赋》系假托洛神以寄寓对君主的思慕，采用了屈原辞赋的香草美人比兴艺术手法。但对神女的形象创造，又超越其具体思想，成为人神合一而给人留下了丰富艺术想象的余地，成为千古美人的艺术典范。后京剧舞台上梅兰芳大师的《天女散花》或《洛神》，即受其艺术启发，永存人间。曹植是一个现实精神强烈的诗人，但其文学创作，又不乏绚烂理想的浪漫追求，其艺术之巧妙，可见一斑。

人生不幸，促成了文学的成就。曹植落难，发愤作诗，不平则鸣，是文学成功的典范。政治不幸而诗家幸，历史是非任人评说。

㈡ 王羲之

对于东晋王羲之（321—379），人多知道他是“书圣”，其书法艺术，前无古人，后人也难以超越。其实，羲之为人是全面的，他不仅是一个玄学名士、文学家，也是一个忠诚于国家的政治家。《世说》中有关他的故事很多，应从多视角来全面观察了解。

东床坦腹风流士

《雅量》第19则故事记载：

郗太傅在京口，遣门生与王丞相（导）书，求女婿。丞相语郗信：“君往东厢，任意选之。”门生归，白郗曰：“王家诸郎，亦皆可嘉，闻来觅婿，咸自矜持。唯有一郎，在东床坦腹卧如不闻。”郗公云：“正此好！”访之，乃是逸少，因嫁女与焉。

郗太傅，即郗鉴（269—339），字道徽。高平金乡（今属山东）人。博通经籍，以儒雅著世。曾任徐州刺史，因平苏峻乱，拜司空、进太尉，卒赠太宰，未闻有“太傅”之赠，或作者误记。京口，今江苏镇江市，东晋时为徐州刺史治所。门生，寄食门客。信，信使，使者。郎，青年男子之称。东床，东厢房坐榻，可供坐、卧。坦腹，袒裸肚皮。逸少，王羲之字，号澹斋，小字阿菟，琅琊临沂（今属山东）人。官至右军将军、江州刺史，人称王右军。妻郗璿，字子房，郗鉴女。郗鉴仿汉张良为女取字子房，可见女儿聪慧过人，郗鉴爱如掌上明珠，所以慎重嫁女，为觅佳婿。晋时士族婚嫁，牵涉政治婚姻，自有其门当户对的一系列潜规则。如桓温虽然官高位重，但因门第不高，当兵出身，所以他为儿求婚于高门的太原王坦之女，坦之父王述大怒拒之，曰：“恶见文度（坦之）已复痴，畏桓温面？兵，那可嫁女与之！”（《方正》第58则）于此可见士族联婚，实是关系家族名声与利益，不可不慎。因此，这次高平郗家，与琅琊王家联婚，除门第相匹配外，又含有政治上相互支持之意。东晋初，琅琊王氏经历了“王与马，共天下”的鼎盛期，但后经王敦之乱，庾氏家族代兴，王导辅政地位动摇，琅琊王氏也急于寻找有力的政治支持。因此，高平郗氏求联婚，正是王导求之不得的机会。因为作为北来流民领袖的杰出代表，郗鉴任徐州刺史，领兵镇京口，离京师建康很近，是一支捍卫京师的重要力量，正可与外戚庾氏家族相抗衡。后来，荆州方面的陶侃、庾亮几次想要废弃王导，都因郗鉴反对而作罢，这让琅琊王氏逃过一劫。于是，王羲之“东床坦腹”成为文坛佳话，“东床”遂成佳婿娇客代称。羲之坦腹，正见他是率性之人；而郗鉴应声“正此好”，说明了他也是个性情中人，他看重的是年轻人不为利动的独立人格和自由精神。王、郗联婚，终成佳话。羲之夫人郗璿，书法秀美，人称“女中笔仙”（马宗霍《书林纪事·闺阁名媛》）。羲之日后书法艺术大进，当与家中夫妻切磋而其乐融融的和谐生活密切相关。

羲之父王旷，曾任淮南内史，“永嘉初，（王弥）寇上党，围壶关，东海王越遣淮南内史王旷、安丰太守卫乾等讨之，及弥战于高都、长平间，大败之，死者十六七”（见《晋书·王弥传》）。王旷是战死或被俘，史无载，但从此销声匿迹，成了历史问题。但幸亏叔伯辈的王敦、王导、王廙等俱为显要，羲之因其庇荫，受到士族的良好教育。史称羲之“幼讷于言，人未之奇”，又曾患羊痫风，体质欠佳。但因后天良好教育，进步神速，“及长，辩赡，以骨鲠称，尤善隶书，为古今之冠”，从而为世人所重，“朝廷公卿皆爱其器”（《晋书·王羲之传》）。当时王敦、王导等就称赞年少的羲之，认为是琅琊王氏的佳子弟，其才华不减于阮裕与刘绥（见《赏誉》第55则、《品藻》第28则）。时阮裕、刘绥，俱是上流贵族精英。羲之十三岁时，曾拜谒名士周顗，正赶上周宴请宾客。当时风俗重牛心炙，羲之虽年少叨陪末座，但周顗却亲自“割牛心啖之”（《汰侈》第12则），一座大惊，羲之因此出了名。但当羲之二十多岁正式走上仕途时，琅琊王氏因王敦败亡，王导辅政又受强镇（如荆州陶侃）、外戚（如庾亮、庾翼）压力，已愦愦不管事。这就直接影响了琅琊王氏的家族利益。以此，王导寄厚望于年轻羲之，希望他能重兴王氏昔日光辉。在魏晋门阀时代，士人对家族利益的重视，并不亚于对国家的关注。《轻诋》第8则记载曰："王右军在南（按：时羲之任江州刺史），丞相（导）与书，每叹子侄不令，云：'虎㹠、虎犊，还其所如。'"王导认为王彭之、彪之等子侄，虽虎皮而羊质，资材欠佳，难负重任。言外之意，寄厚望于羲之，认为他是琅琊王氏的优秀人才，有希望重振家族荣耀。但可贵的是，羲之常能超越单纯的家族利益，而从更为深远的国家利益来思考问题。

忧国忧民骨鲠士

《轻诋》第19则记载曰：

> 谢万寿春败后还，书与王右军云："惭负宿愿。"右军推书曰："此禹、汤之戒。"

谢万（约328—369），字万石，陈郡阳夏（今河南太康）人。谢安弟。穆帝升平三年（359）以西中郎将受命率师北伐，举措失当，大败，被废为庶人。谢万是陈郡阳夏谢氏家族的子弟，因门户贵盛而矜豪傲物，啸咏自高，视将士为"劲卒"，因侮辱将士而军心涣散，其大败可以预料。战前，王羲之根据自己的了解，致信掌控朝政的桓温，说："谢万才流经通，处廊庙，参讽议，故是后来一器。而今屈其迈往之气，以俯顺荒余，近是违才易务矣。"（《晋书·谢万传》）但为党争的原因，桓温为了打击腾腾新贵陈郡谢氏，故意选谢万率师北伐致败，简直把国家利益当作儿戏。劝告朝廷不行，羲之又回头直接劝诫谢万，希望他作为元帅"每与士之下者同，则尽善矣。食不二味，居不重席……古人以为美谈。济否所由，实在积小以致高大，君其存之”(《晋书·王羲之传》)。苦口婆心，而狂人拒之，致北伐大败，国家伤其元气。因此，当谢万致信，后悔“惭负宿愿”时，羲之回信称“禹、汤之戒”，意思是说谢万屡教不改，并非仅是对不起自己，而是对国家的不负责任，这又能怪谁呢？其实谢万之前，还有殷浩于永和九年（353）北伐，情况相似，谢万不过是重蹈覆辙而已。当时会稽王司马昱辅政，为了抑制桓温，他重用殷浩为扬州刺史、中军将军，率师北伐，希望以战胜外敌来平衡内部党争。这是不考虑条件是否成熟，因忧内而谋外，仓促发动北伐，其败亡可立待。朝廷种种迹象，羲之了然心胸，事前就写信告诫统帅殷浩，认为国家安全在于内外和谐。浩不从。北伐前，羲之又预判贸然行动必败无疑，因而“以书止之，言甚切至”。可惜朝廷不听。就当时南北对峙形势而言，北强南弱，东晋新败之后，“征役兼至……割剥遗黎，刑徒竟路，殆同秦政”(《晋书·王羲之传》)。苛剥百姓，怨声载道，一场失去了人民自觉支持的北伐，又岂能不败？于是他又致信辅相司马昱，但其忠谏之言，朝廷拒纳，他也只能徒唤奈何了！殷浩北伐大败后，国家元气大伤，军阀桓温势力急遽膨胀，可谓外患未了，内忧交困。羲之虽有一腔忠心为国的嘉谋远猷，但朝廷黑暗，英雄无用武之地，长城自毁，只能垂泪以对了。

羲之出身于琅琊王氏这个簪缨世家，又是王导名相意中的接班人，如无意外，那是高官任做，骏马任骑。但他从小具骨鲠之性，意在忧国忧民，而不在为一己之私而谋权位。当时朝野舆论对他评价很高，但他在回复殷浩的信中说：“吾素自无廊庙志，直王丞相时果欲内（纳）吾，誓不许之，手迹犹存，由来尚矣，不于足下参政而方进退。自儿娶女嫁，便怀尚子平之志，数与亲知言之，非一日也。若蒙驱使，关陇、巴蜀，皆所不辞。”（《晋书·王羲之传》）他主动要求到艰苦的边庭任职，为国家人民做点有用的实事。后来，朝廷终于把他从护军外放地方官，任右军将军、会稽内史。他做官以人民利益为重。到任不久，东土会稽一带遭饥荒，灾民随时有饿死的可能。在没有接到朝命的情况，作为地方父母官，他毅然下令开仓赈灾，把国库存粮用来救助饥肠辘辘的百姓。这是冒了很大风险的，因为没有朝廷旨意而私开国库粮仓，犯了政治大忌，轻则丢官，重则杀头。但羲之以人民生命为重，而把个人的利益前途置之度外。史称当时“朝廷赋役繁重，吴会忧甚，羲之每上疏争之”。而当时在朝担任尚书仆射的正是他的挚友谢安，谢能领会他的良苦用心，因此而朝廷“事多见从”（《晋书·王羲之传》），救了一郡百姓的生命。于此可见羲之的正直品格，为民请愿而不顾及自身利益。直到永和十一年（355）三月九日，他因不满朝廷及顶头上司扬州刺史王述，愤而在父母墓前发誓辞官，从此悠游山水，隐于林下，种麻植桑，教育子女，享受天伦之乐。但最后因信天师道教，久服五石散中毒以卒。这使他悔悟不及，见其《服食帖》《杂帖》等作品中。

书圣艺术雄古今

《品藻》第75则记载曰：

谢公问王子敬：“君书何如君家尊？”答曰：“固当不同。”公曰：“外人论殊不尔。”王曰：“外人那得知？”

谢公，指谢安。王子敬，献之字，羲之少子，官至尚书令。君家尊，对对方父亲的敬称。固，本来，应该。刘注引宋明帝《文章志》曰："献之善隶书，变右军法为今体。字画秀媚，妙绝时伦，与父俱得名。其章草疏弱，殊不及父。或讯献之云：'羲之书胜不？''莫能判。'有问羲之云：'世论卿书不逮献之？'答曰：'殊不尔也。'它日见献之，问：'尊君书何如？'献之不答。又问：'论者云，君固当不如？'献之笑而答曰：'人那得知之也。'"这是同一故事的两个不同版本，讨论的都是有关二王书法艺术比较的问题。故事中的这对父子，都很可爱。他们对各自的书法艺术，都谈得坦率、自信。当人对献之说他父亲书法胜过他，献之稍客气些说"莫能判"，即难分高下之意。但同一问题问羲之，他则直接回答"殊不尔也"，就是明确指出自己书法胜过儿子。实际上，羲之、献之都视书法艺术为生命，不会轻易让人。二王书艺，各有特点和贡献。但南朝刘宋时羊欣称羲之为"书圣"，经唐太宗发挥说："献之虽有父风，殊非新巧。观其字势疏瘦，如隆冬之枯树，览其笔踪拘束，若严家之饿隶……详察古今，研精篆素，尽善尽美，其惟王逸少乎！观其点曳之工，裁成之妙，烟霏露结，状若断而还连；凤翥龙蟠，势如斜而反直。玩之不觉为倦，览之莫识其端，心摹手追，此人而已。其余区区之类，何足论哉！"（《晋书·王羲之传赞》）李世民酷评献之，有欠公允；但对羲之书艺，则品评精妙，堪称的论。自此之后，书圣美誉，遂传之千秋万代，其英雄之气何如哉！羲之忧国忧民的忠谠之论，朝廷不纳；于是他把生命触角，转向了书法艺术，其戛戛独创，充分展现才华，终成历史上永远的艺术大师，不知谁人可以逾越！

书圣王羲之艺术的成功之路，有其条件和原因。一是时代环境，他生于魏晋人称文学艺术自觉的时代。在玄学思潮影响下，魏晋名士率性自然，文采风流，思想自由，个性解放，为其学习书艺、提高艺术，开了先路。书圣书法神韵，全面展现了时代的审美精神和艺术情趣。宗白华在《论〈世说新语〉和晋人的美》文中说："晋人风神潇洒，不滞于物，这优美的自由的心灵找到一种最适宜于表现他自己的艺术，这就是书法中的行草。行草艺术纯系一片神机。"时势造英雄，英雄也造时势，两者相辅相生，成就了万代书圣美名。

二是琅琊王氏家学一贯有重视书法艺术的优良传统，先辈名家的言传身教，给羲之以教育和促进。今传宋拓《淳化阁帖》，就有王导《省示帖》《改朔帖》，其草书具一时之妙。南渡时，王导衣藏魏朝钟繇《宣示帖》真迹，后转赠羲之。其叔父王廙，《淳化阁帖》见存四帖：《廿四日帖》《七月十三日帖》《嫂何如帖》《两表帖》，确是名家手笔，如王僧虔《论书》所称："自过江东，右军之前，惟廙为最。"

三是羲之本身天分极高，又加以勤奋，善于学习和创新。少年时师从卫夫人，后师从书画过江第一人的叔父王廙，书法艺术有根基，为他的开拓创新，指明了方向。如张怀瓘《书断》所说："右军开凿通津，神模天巧，故能增损古法，裁成今体，进退宪章，耀文含质，推方履度，动必中庸，英气绝伦，妙节孤峙。"善学善变，才能有新的创造和成功。

四是激情是艺术的本质。书法艺术需要激情的催生剂。羲之率性自然，是充满激情的性情中人。如其《杂帖》说："延期、官奴小女，并得暴疾，遂至不救，愍痛心，奈何！吾以西夕，至情所寄，唯在此等，以禁慰余年，何意旬日之中，两个孙夭命。日夕左右，事在心目，痛之缠心，无复一至于此，可复如何？临纸咽塞。"又如其《兰亭集序》曰："虽无丝竹管弦之盛，一觞一咏，亦足以畅叙幽情。"在艺术人生中宣泄自己的激情，书法亦然。如其《丧乱帖》云："羲之顿首。丧乱之极，先墓再罹荼毒，追惟酷甚，号慕摧绝，痛贯心肝，痛当奈何奈何！虽即修复，未获奔驰，哀毒益深，奈何奈何！临纸感哽，不知何言！羲之顿首顿首。”随着浓郁悲痛之情的喷发，其书帖由行草而自然转至狂草，激情倾泻而下，涌动在点画笔墨之中。激情正是其《丧乱帖》艺术成功的保证，合乎刘勰《文心雕龙·情采》篇所说的“为情造文”的理论。

五是羲之热爱山水，得江山之助，师法自然，一股天地正气鼓荡胸中，运于笔端，也是其书法艺术成功的又一条件。

六是在书法艺术实践中，羲之提出了自己的书法理论并用来指导实践，从而推动艺术的发展与提高。如其《书论》说：“尽心委曲，每为字各一象其形，斯道妙矣！书道毕矣！”强调师自然变化而自创新意，可谓字字都是呕心沥血的艺术结晶。

总之，欣赏羲之书法艺术，于劲秀潇洒之中，可见其正直卓荦的一生及其英雄气概。字如其人，人如其字，美乎伟哉！

㊂ 顾恺之

黠痴参半话长康

《言语》第95则故事记载曰：

> 顾长康拜桓宣武墓，作诗云：“山崩溟海竭，鱼鸟将何

依？”人问之曰：“卿凭重桓乃尔，哭之状其可见乎？”顾曰：“鼻如广莫（漠）长风，眼如悬河决溜。”或曰：“声如震雷破山，泪如倾河注海。”

《世说·巧艺》故事凡十四则，其中有关绘画艺术的故事共九则，约占《巧艺》门三分之二的篇幅。其中，有关顾恺之绘画艺术及评论，占六则，又占全部绘画故事的三分之二篇幅。从这一统计数字多少可以看出顾恺之在魏晋绘画史上独占鳌头的崇高地位，他素有“三绝”（按：才绝、画绝、痴绝）之称。他不仅创作了大量的人物画和山水画，而且在创作实践的基础上，提出了“迁想妙得”“以形写神”“传神写照”等美学思想，对后世传统美学观念影响很深。其艺术贡献，可说是彪炳千秋，垂之不朽。当时名相谢安就给予了极高的评价，说：“顾长康画，有苍生来所无。”（《巧艺》第7则）

顾长康，即顾恺之。拜，拜谒，吊祭。桓宣武，指大将军桓温，卒谥宣武。溟海，一望无际的大海。竭，枯涸。凭重，倚重。乃尔，这样，如此。广莫长风，来自北方大漠的强劲寒风，此以北风呼啸来形容哭泣时口鼻的急剧喘息。悬河，瀑布。决溜，以河水决堤、一泻千里比喻泪水倾泻。桓温卒于孝武帝宁康元年（373），墓葬在姑熟近郊。故事当发生于墓葬不久的时间。桓温卒后，其桓氏兄弟桓豁、桓冲仍然掌控雄镇任荆州刺史要职。桓温求九锡未获而卒，他晚年大权在掌，废立自专，是个有争议的历史人物。顾恺之入桓温幕府，感念府主知遇之恩，所以有此拜墓时的激情表达。就常情推理，似乎他在政治上属桓温一党。但我们应注意，顾恺之并不是一个政治家，而是一个感情丰富的艺术家。他的哭墓，与政治无关，是一个艺术家那出乎自然的情感表达。桓温喜欢书画和文学艺术，他经常与顾恺之及书法家羊欣一起讨论书画艺术，彼此感情融洽，相处愉悦。除书画外，桓温还赏识顾恺之的文学修养。《言语》第85则故事记载曰："桓征西（温）治江陵城甚丽，会宾僚出江津望之，云：'若能目此城者有赏。'顾长康时为客，在坐，目曰：'遥望层城，丹楼如霞。'桓即赏以二婢。"目，品目，形容比喻。在这十分随意的文学竞赛中，顾恺之脱颖夺标。层城高耸云天，丹楼霞光万道，见江陵城之蔚然壮观，实际上不仅形象状城，更是借物拟人，暗喻城楼主人的英雄气势。因此，桓大喜给予大奖。赏者与被赏者实是心绪相通而惺惺相惜。所以说，桓、顾两人情感"亲昵"，主要是从艺术审美交流方面着眼，而不是从政治方面考虑。顾恺之拜墓，山崩海竭、鱼鸟何依之句，情真意挚，催人泪下。一个真诚的艺术大师，把激情化为形象，倾泻到一个有争议的政治家身上，今人或以为怪，但在《世说》时代，人们见怪不怪，认为是很自然的事情。判断魏晋人的立场行为，不可脱离具体的历史环境和时代精神。

史称顾恺之为人"好谐谑，人多爱狎之"，说他富幽默感，言行风趣，讨人喜欢。有他出现，平淡人生就能增添一丝亮色。但他又自负才华，"矜夸过实，少年因相称誉以为戏弄"，也就是说，人们常因其艺术的夸张和想象，加以戏弄嘲讽以为乐。但桓温却常为其怪诞言行开脱，说："恺之体中，痴、黠各半，合而论之，正得乎耳。"（《晋书·文苑·顾恺之传》）实知恺之之言。痴者，痴呆疯癫也；黠者，狡狯聪慧也，合称"痴黠"，就是装疯卖傻以见才华的一种处世生活智慧。魏晋时代之乱，士人性命常是朝不知夕。历史经验告诉提醒了艺术家，以"黠"作"痴"，正是魏晋名士保护自我的一种特殊生活智慧。比如恺之因事暂寄自己创作的一柜画作于桓玄处。玄桓温子，时正得势，袭杀荆州刺史殷仲堪，夺其兵权，其势如日中天，正准备篡国夺位。史称“桓玄性贪好奇，天下法书名画，必使归己”（《晋书·桓玄传》）。因此他开柜盗顾画归己。恺之回来开柜不见了画作，心中明白，于是说自己妙画通神，自己飞去，这才保全性命于乱世。当时顾恺之若不是说痴话，较真责桓玄盗画，这犹如批逆鳞，必有性命之忧。但后来桓玄因篡位夺国失败被诛，留下千秋骂名；相反，顾恺之被历史尊为“画祖”，其盛名传之不朽。两者相较，实给人以遐思启发。

三绝才子文学名

《文学》第98则故事记载曰：

> 或问顾长康：“君《筝赋》何如嵇康《琴赋》？顾曰：“不赏者，作后出相遗。深识者，亦以高奇见贵。”

顾恺之《筝赋》与嵇康《琴赋》比较，可参阅前“嵇康”篇。顾之《筝赋》，全篇已佚，今存片段，见《艺文类聚》卷四四及《初学记》卷十六，赋云：“其器也，则端方修直，天隆地平。华文素质，烂蔚波成。君子嘉其斌丽，知音伟其含清。罄虚中以扬德，正律度而仪形。良巧加妙，轻缛璘彬。玄漆缄响，庆云披身。”嵇康文学，竹林之精。恺之自负《筝赋》艺术，不亚于《琴赋》，敢与前朝名家相媲美，人称其“矜尚”，实是作者认真、坦率而自信的表现，从而见其率真自然的本性。魏晋风流，于此见其一端。刘注引宋明帝《文章志》曰：“世云（恺之）有三绝：画绝、文绝、痴绝。”所称“文绝”，说的是他的文学造诣。

“文”，包括了诗赋文章。在古代，能否写赋，是能文与否的一大考验，所谓“登高能赋，可以为大夫”（《汉书·艺文志》诗赋类小序）。因恺之《筝赋》只存片段，难与嵇康《琴赋》比高低。但顾氏是个作赋能手，却是清楚的。身处东晋玄学时代，受到玄风熏染，他那顺随自然的率真品格，就是明证。他在描绘苏州的《虎丘赋序》中说：“含真藏古，体虚穷玄”，直白自己的精神个性。他到浙江，作《观涛赋》，有“形无常而参神，斯必来以知信。势刚凌以周威，质柔弱以协顺”之句，试图通过形神相生来探讨大自然的某种客观规律。魏晋玄家在大自然中发现了山水的审美品格。恺之投身于斯，其乐无穷。如《言语》第88则曰：“顾长康从会稽还，人问山川之美，顾云：‘千岩竞秀，万壑争流，草木蒙笼其上，若云兴霞蔚。’”这是冲口而出的即兴之作，简直是一篇绝妙的山水游记，如诗如画，状景如在目前，令人有身历其境之感。恺之诗、画兼长，他以诗人画家的艺术眼光来作文，因而其摹山绘水之妙，人罕其匹。

对于诗歌创作，顾恺之也达痴迷之境，史称“自谓得先贤风制。或请其作洛生咏，答曰：‘何至作老婢声！’义熙初，为散骑常侍，与谢瞻连省，夜于月下长咏，瞻每遥赞之，恺之弥自忘倦。瞻将眠，令人代己，恺之不觉有异，遂申旦而止”（《晋书·文苑·顾恺之传》）。钟嵘《诗品》把恺之与谢瞻并列于中品，赞称：“长康能以二韵答四时之美。”所称“二韵答四时”之诗，据曹旭《诗品笺注》，专家称《艺文类聚》引顾恺之《神情诗》曰：“春水满四泽，夏云多奇峰，秋月扬明辉，冬岭秀孤松。”可见其诗歌创作的地位。在当时文学沙龙中，恺之颇有声名而受欢迎。世称其“文绝”，并非浪言。《晋书》本传称其“所著文集及《启蒙记》行于世”。仅《世说》提及，就有《书赞》（见《雅量》

第3则刘注称引）《画赞》（《赏誉》第10、21、37则刘注称引）及《晋文章记》（《文学》第67则刘注称引）等。但其集已佚，今《全晋文》卷一三五收录其《雷电赋》《观涛赋》《冰赋》《湘中赋》《湘川赋》《筝赋》《凤赋》等，又有《拜员外散骑常侍表》《与殷仲堪笺》《虎丘山序》《嵇康赞序》《父悦传》《祭牙文》等。

“三绝”最妙是画绝

《巧艺》第13则记载曰：

> 顾长康画人，或数年不点目精。人问其故，顾曰："四体妍蚩，本无关于妙处；传神写照，正在阿堵中。"

目精，即眼中瞳孔。妍蚩，美丑。写照，即人物画的写真。阿堵，魏晋口语，作指示代词用，相当于今之“这”“这个”。

中国古代绘画史上，有画家“四祖”美名：顾恺之、陆探微、张僧繇、吴道子。顾居“四祖”之首。这不仅因四人中他的时代最早，更因他创作成就卓著，同时又提出了一整套“传神写照”以形写神的绘画理论。中国人物画、肖像画艺术，主要不在其四体之美丑，而主要在于那关照全局整体的无形内在之神明。人们常说，眼睛是人类心灵的窗户。若“窗户”不明，画家又岂能洞彻内心，画出人的奕奕精神和生命活力！顾氏久不点睛，正是为了在长期的生活和创作实践中，不断探求和积极思考主人公的神明风采关键之所在。由渐而顿，一旦启悟，便豁然开朗，立即心追笔落，宛若神来之笔。“传神写照，正在阿堵中”，遂成千古画学名论，影响深远。中国美学有关形神关系的讨论，中国美术史上优良民族传统的形成，当与其影响息息相关。《世说》中有一个故事颇能说明顾恺之“传神写照”的理论与实践。传说晋哀帝兴宁年间（363—365），约二十来岁的顾恺之来到京师建康初建的瓦棺寺，是时僧众设法会，请善男信女“鸣刹注疏”，慷慨捐献。士大夫捐多者也没超过十万钱。但顾氏一到，提笔挥洒，认捐百万，一时轰动，“众以为大言”，大家并不相信。但年轻的恺之让和尚准备了一堵白墙，闭户月余，画维摩像，将点眸子时才对寺僧说：“第一日观者施十万，第二日可五万，第三日可任例责施。”及开户，光照一寺，施者填咽，所捐一下子超过百万之数（见《京师寺记》）。顾恺之画人点睛之笔，确是出神入化。

人物、肖像画是顾画强项。《巧艺》第11则说：“顾长康好写起人形。欲图殷荆州（仲堪），殷曰：‘我形恶，不烦耳。’顾曰：‘明府正为眼耳。但明点童（瞳）子，飞白拂其上，使如轻云之蔽日（一作“月”）。’”顾恺之是绘画大师，而异于画匠。艺术真实源于生活真实，但又不是现实生活的机械翻版，它比生活真实更高更美。这一美学原理，顾氏了然于心胸。从外貌看，殷仲堪眇一目，形象欠佳。但顾恺之的人物画，更重视的是以形传神，重其内在的精神风采。史称殷仲堪“能清言，善属文……谈理与韩康伯齐名，士咸爱慕之”（《晋书·殷仲堪传》）。可见殷仲堪虽外形残疾，但其内在神明风采，仍是士林追慕的一代精英人物，值得顾氏一画。作为绘画大师，顾氏很聪明，他掌握了艺术真实源自生活真实，又高于生活真实的美学原理，稍加虚构点染，飞白布于瞳仁，犹如轻云披拂日月，清明爽朗，风神顿现而生气勃勃。这是巧于化丑为美的艺术辩证法，非天才难以尽其妙。

又《巧艺》第14则记载曰:“顾长康道:‘画手挥五弦易,目送归鸿难。’”“手挥五弦”两句,见于嵇康诗《兄秀才公穆入军赠诗十九首》之十五,参见前文嵇康篇。嵇康是竹林七贤精英,其“目送归鸿,手挥五弦。俯仰自得,游心太玄”之诗,见玄学对文学的影响。体玄味道,不一定带来消极影响,它也有利于修养人格,开拓深邃的美学境界。因此,史称“恺之每重嵇康四言诗,因为之图”(《晋书·文苑·顾恺之传》)。说明了嵇康艺术精神是薪尽火传,经顾恺之而继续在美术界燃烧。顾氏称“画手挥五弦易,目送归鸿难”,是其长期创作实践的甘苦之言。手挥五弦,有形可写,所以为易;目送飞鸿,眼追心想,视之形渺而意在象外,其神难测,所以为难。所论正是顾恺之审美理论的又一生动展现。

顾恺之一生绘画创作勤奋,仅唐张彦远《历代名画记》记载就有二十九件之多。而见于唐裴孝源《贞观公私画史》、宋代《宣和画谱》记载的,较著名的有《古贤图》《女史箴图》《斫琴图》《洛神赋图》《列女图》等。今传世顾氏之画,虽然可能并非顾氏真迹,但唐、宋人的临摹,还是栩栩如生,传达了顾恺之绘画的艺术精神。张彦远《历代名画记》卷二评曰:“遍观众画,唯顾生画古贤得其妙理,对之令人终日不倦。凝神遐想,妙悟自然,物我两忘,离形去智……不亦臻于妙理哉!”给予了极高的审美评价,可见他在中国绘画史上的地位和影响,“画祖”之誉,名不虚传。世称顾恺之“痴绝”,但从其艺术贡献看,其所谓“痴”,实是聪明绝顶的智慧超人也。

名僧篇

在魏晋的学界，《世说》所写的重要人物，广泛涉及了儒、道、释三家。在中国古代的生态环境中，儒、道属土生土长的本土学派，当然易于生长发展；而佛教则是东汉以后才从印度沿西藏、西域传到中原，原是“洋”的舶来品，初始阶段，产生了“水土不服”的毛病。但传教僧人很聪明，他们吸收中国儒、道固有传统文化而加以利用，很快就把印度的原始佛学，改造为适用于中国传统的魏晋新佛教。由于魏晋玄风盛吹，名僧更是公开投入了玄家清谈，显现出佛学玄学化的新趋势，从而获得了魏晋士人的欢迎。其中，名僧支遁是其代表。

㊀ 支遁

谈士风流说名僧

《言语》第63则刘注称引《高逸沙门传》记载曰：

支遁字道林，河内林虑人，或曰陈留人。本姓关氏。少而任心独往，风期高亮，家世奉法。尝于余杭山沈思道行，泠然独畅。年二十五始释形入道。年五十三终于洛阳。

关于支遁（314—366），释慧皎《高僧传·义解》卷四有传。他是东晋集佛、玄之学于一身的一代高僧。当时士人不仅重其佛学，更仰慕他的名士风流，世称为支公或林公。又因他曾隐居支硎山，又称为“支硎”。支遁生于永嘉之乱而举家南渡避难之时。史称他二十五岁前曾隐居余杭山中，“沈思《道行》之品，委曲《慧印》之经，卓焉独拔，得其天心”（见《高僧传》卷四），因学习佛典而豁然有悟，于是削发为僧而遁入空门。他游京师建康而广泛结交名士，如王洽、刘惔、殷浩、许询、郗超、孙绰、王羲之、谢安等，他一方面受时代思潮及名士风气影响，援佛入玄，成了佛、玄双修的名士；一方面又以其“造微之功”的独得之见，为名士们激赏，为释家另辟谈玄新途，以便融入社会，扩大佛门的思想影响。当时名僧谈玄，而名士唱佛，风流道契，披襟相对，何其快哉！支遁成名后，返吴中立支山寺，后又移居会稽剡县，因贵族名士资助，经济宽裕，买岇山立栖光寺，游山玩水，谈玄念佛，养马放鹤，讲论立说。此时，支遁玄对山水，浮想联翩，激发了他的创作热情，曾作《咏怀诗》（共五首），如其三曰：

晞阳熙春圃，悠缅叹时往。感物思所托，萧条逸韵上。尚想天台峻，仿佛岩阶仰。冷风洒兰林，管籁奏清响。霄崖有灵蔼，神蔬含润长。丹沙映翠濑，芳芝曜五爽。苕苕重岫深，寥寥石室朗。中有寻化士，外身解世网。抱朴镇有心，挥弦拂无想。隗隗形崖颓，冏冏神宇敞。宛转元造化，缥瞥邻大象。愿投若人踪，高步振策杖。（见《广弦明集》卷三十）

这是一首典型的东晋玄言山水诗，虽非最上乘，但其艺术水平可与孙绰、许询相媲美。援佛入玄，而玄对山水，别有一番滋味。支遁游山玩水，热爱自然，其内在生命活力的涌动，在诗中有形象的描绘。清风管籁，神蔬含润，丹沙映翠，深岫石室，这一切的一切，无不引人遐想。在中国文学史上，谢灵运开创了山水诗。但若论其滥觞，则在东晋中晚期玄言诗中，已悄然奏响了前奏曲。支遁诸人先行尝试之功不可没。

除诗外，支遁还写了不少文章。如其佛像赞类的创作，在当时颇有名气与影响。如《释迦文佛像赞》《阿弥陀佛像赞》诸文，都是鸿篇巨制。四、六、八言的俪句骈辞，随处喷发而出，整饬典雅中又见变化，其用心良苦，跃动于炳炳烺烺的辞采之中，而呈其气格骨力。从我国传统的杂文学观念看，支遁诗文创作，也可说是才藻新奇，花烂映发，堪称作手，其文采风流，不让于一般名士。

造微之功追王、何

《文学》第36则记载曰：

王逸少作会稽，初至，支道林在焉。孙兴公谓王曰："支道林拔新领异，胸怀所及乃自佳，卿欲见不？"王本自有一往隽气，殊自轻之。后孙与支共载往王许，王都领域，不与交言。须臾支退。后正值王当行，车已在门。支语王曰："君未可去，贫道与君小语。"因论《庄子·逍遥游》。支作数千言，才藻新奇，花烂映发。王遂披襟解带，留连不能已。

当时人以七沙门（僧人）比竹林七贤，以“遁比向秀，雅尚《庄》《老》。二子异时，风尚玄同也”（《文学》刘注称引《支法师传》）。大家知道，向秀是魏晋时注《庄》名家，人们甚至怀疑后来著名的郭象《庄子注》是剽窃向秀注的成果。怀疑虽非尽然，但也说明了向秀的学术高明。支遁注《庄》，能与之媲美，也从另一面说明了支遁的学术造诣非同凡响。

王逸少，即王羲之。孙兴公，即孙绰，著名玄家、文学家。拔新领异，创立新义、领导潮流。一往隽气，一贯的傲气。都领域，深相拒绝。都，完全。领域，划界自守，不相接纳。小语，稍谈一会儿。故事当发生于王羲之任会稽内史的穆帝永和年间，当时支未四十，正当盛年，一腔奔诣之气，倾泻而出。《高僧传》卷四记载与此小异而大同，说是王先看支，“既至，王谓遁曰：‘《逍遥篇》可得闻乎？’遁乃作数千言，标揭新理，才藻惊绝。王遂披襟解带，留连不能已。乃请住灵嘉寺，意存相近”。王羲之对支遁的态度，前倨而后恭，颇能说明问题，支遁是依靠其内在实际水平获得王的赏叹和亲近的。看来，支在王前讲《庄子·逍遥游》，并非支的事先准备好的主动选择，而是应王要求的即兴之作，这就更可看出支遁《庄》学的真功夫，他的名气并非炒作得来。《文学》第32则记载曰：“《庄子·逍遥篇》，旧是难处，诸名贤所可钻味，而不能拔理于郭（象）向（秀）之外。支道林在白马寺，将冯太常共语，因及《逍遥》。支卓然标新理于二家之表，立异义于众贤之外，皆是诸名贤寻味之所不得。后遂用支理。”（按：此白马寺不在洛阳，而是余杭山的白马寺。）魏晋以来，鉴于汉末清议致祸，于是士人化人物清议为玄理清谈，逐渐走向有关才性的抽象思辨的思想清谈，并不直接干预政治，又可以让士人享受自由思考的精神解放，因而玄学清谈很快风靡两晋时代。为此，士人大多用心钻研《庄》学，特别欣赏其中的《逍遥游》。据《晋书·向秀传》记载曰："庄周著内外数十篇，历世才士，虽有观者，莫适论其旨统也。秀乃为之《隐解》，发明奇趣，振起玄风，读之者超然心悟，莫不自足于一时也。惠帝之世，郭象又述而广之，儒墨之迹见鄙，道家之言遂盛焉。"向秀注《庄》，作品今佚，但其部分成果，确为郭象继承和发挥，即今流行的郭象《庄子注》。郭象提倡万物自生而自然独化理论。在这一哲学体系下，郭象注《逍遥游》，提倡"大小俱足"的安身立命之论，认为"大小之殊，各有定分，非羡欲所及"。因此，不管是君子或小人，"各安其分，则大小俱足"，这就是说，名教本于自然。这一有关"定分"与"自生"之说，强调人们各以"适性"为"逍遥"。实则削弱了《庄子》的现实批判精神。严格说来，这是调和儒、道有关君子小人、劳心劳力的统治哲学，重点在解决士人对人生价值的困惑，以达其内圣外王之道，因而很快被广大士大夫所接受。两晋士人钻研玩味"而不能拔理于郭、向之外"者以此。这意味着当时的玄学清谈，从竹林嵇（康）阮（籍）的"越名教而任自然"的批判精神，后退到名教即自然的向、郭立场。如不加以研讨批判，就有可能妨碍玄学生命的健康发展。

但是，东晋名僧支遁加入玄学清谈，改变了上述情况。据慧皎《高僧传》卷四记载曰："遁尝在白马寺与刘系之等谈《庄子·逍遥篇》，云：'各适性以为逍遥。'遁曰：'不然。夫桀、跖等以残害为性，若适性为得者，彼亦逍遥矣！'于是退而注《逍遥篇》，群儒旧学，莫不叹服。"其《逍遥》义，不仅有论，且有名物训诂，如儒家经典之注。今全篇虽佚，但残篇尚存，唐陆德明《经典释文》曾称引其注文五条（见余嘉锡《世说新语笺疏·文学》第32则称引）。而刘注称引遁义曰："夫逍遥者，明至人之心也。庄生建言大道，而寄指鹏鲲。鹏以营生之路旷，故失适于体外；鷃以在近而笑远，有矜伐于内心。至人乘天正而高兴，游无穷于放浪，物物而不物于物，则遥然不我得，玄感不为，不疾而速，则逍然靡不适。此所以为逍遥也。若夫有欲，当其所足，足于所足，快然有似天真。犹饥者一饱，渴者一盈，岂忘烝尝于糗粮，绝觞爵于醪醴哉？苟非至足，岂所以逍遥？”此言为向、郭所未言，所以说是“卓然标新理于二家之表，立异义于众贤之外”。在这里，支遁把释家的般若学，引用来讲玄学的“逍遥”义，颇有创意，而领导当时的《庄》学潮流。佛学“般若”，译为智慧。它把宇宙自然分为“色”与“心”两个世界，“色”指物质，“心”指心灵。经说两者都是假名，无有实体，并非实体，故说自性是空。般若学的流行，引起了士人的注重。这与玄学论“有无”相通，因而引发士人的讨论兴趣。支遁把般若学的“即色论”，移入了谈玄《庄》学的《逍遥》义中，正当其时，因而引发了轰动效应。支遁反驳郭象“各适性为逍遥”说，指出了历史上的暴君贪官，以残害人类为本性，难道他们杀人放火亦是逍遥？这一批判，击破了郭象要求人们按其社会地位而各安本分以合名教自然的理论防线。按佛学来理解，郭象“适性即逍遥”是一种欲望，属世俗的“色”界假有，是低层次的世俗谛的范围。而真正超越世俗的菩萨谛，提倡“色即为空，色复异空”（见《文学》第35则刘注称引《支道林集·妙观章》）。逍遥“至人”，实即佛学中那超越世俗而不为物累的方外菩萨。也就是说，人类必须跳出人生苦海，渡向彼岸世界，方能有真正的自由和逍遥。他用佛学来改造新玄学的《逍遥》义，很快为东晋名士所接受，所以王羲之对他的态度前倨后恭，当然可以理解。在促进当时佛、玄合流方面，支遁自有贡献。支遁死后，人们时常悼念，并给予很高的学术评价，如东晋郗超《与亲友书》说："林法师神理所通，玄拔独悟，实数百年来，绍明大法，令真理不绝，一人而已。"郗超为桓温谋主，佛、玄双修的一代名士，曾著《奉法要》佛学长文。他痛惜支遁之逝，其"一人而已"之语，评价极高，虽不免溢美之辞，但论其精神，则大致不差。支遁得此知己，足矣！

㈡ 慧远

辞亲游学觅真师

《文学》第61则刘注称引张野《远法师铭》记载曰：

> 沙门释慧远，雁门楼烦人。本姓贾氏，世为冠族。年十二，随舅令狐氏游学许、洛。年二十一，欲南渡，就范宣子学，道阻不通，遇释道安以为师。抽簪落发，研究法藏。释昙翼每资以灯烛之费。识鉴淹远，高悟冥赜。安常叹曰："道流东国，其在远乎！"襄阳既没，振锡南游，结宇灵岳。自年六十，不复出山。名被流沙，彼国僧众，皆称汉地有大乘沙门，每至，然香礼拜，辄向东致敬。年八十三而终。

慧远（334—416），雁门楼烦（今山西静乐县附近）人。出身于当地的冠族，属诗礼传家门户，因此非常重视儿孙的教育。他少年时，就随舅父游学于许昌、洛阳等中原的文化中心。本习儒而为诸生。据梁僧祐《出三藏记集·慧远法师传》记载，慧远年轻时就“博综六经，尤善《老》《庄》，性度弘佛，风鉴朗拔，虽宿儒才彦，莫不服其深致焉”，说明他出家前，在有关儒、道等中国传统文化方面，已有一定的了解和根基。又据慧皎《高僧传》卷六本传，称其“弱而好书，珪璋秀发”，可见好学深思，追究义理所在，是其生性所具，自觉的学习精神，化为一种热情的生命追求。对中国传统文化的学习，为他日后钻研佛学，作了很好的参照对比，便于开拓新思维新境界。

但是，年轻好学的慧远生于战争动乱之世，当时北方后赵在石虎（季龙）治下，史称石虎“穷骄极侈，劳役繁兴……干戈不息，刑政酷严，动见诛夷，惵惵遗黎，求哀无地”（《晋书·载记·石季尤下》）。此时北方士人学儒通经致用，当然没有出路；学道谈玄，又毫无安生的良好气氛。在这人生的十字路口上，出路何在？就在这时，他遇见了释道安，拜此高僧大德为师，拨准了自己一心向佛的求学之路。后来慧远能够成为一代名僧，我国净土宗的初祖，一方面与自己有幸遇到名师道安和尚的教育培养有关，另一方面也和自己的勤奋学习有关。先说老师的教导。道安、慧远，师徒两人薪火相传。东晋史家习凿齿《又与谢安称释道安书》，说他到襄阳见道安的感想：“来此见释道安，故是远胜非常道士。师徒数百，斋讲不倦，无变化技术可以惑常人之耳目，无重威大势可以整群小之参差，而师徒肃肃，自相尊敬……其人理怀简衷，多所博涉，内外群书，略皆遍睹，阴阳算数，亦皆能通，佛经妙义，故所游刃……恨不使足下见之，其亦每言思得一见足下。”习氏描绘，令人追想其风采。今汤用彤《汉魏两晋南北朝佛教史》称“两晋之际，（道）

安实为佛教中心”。汤氏又论道安学术贡献说：“东晋之初，能使佛教有独立之建设，艰苦卓绝，真能发挥佛陀之精神，而不全藉清谈之浮华者，实在弥天释道安法师。”名师出高徒。道安与慧远，一善教，一善学，师徒相得益彰，而青出于蓝。史称慧远“厉然不群，常欲总摄纲维，以大法为己任。精思讽持，以夜续昼”（僧祐《出三藏记集》）。因好学深思，所以常发人所未发，成为道安僧侣教团数百名学生中的佼佼者，得到道安的赏拔。在他二十四岁时，与人谈佛讲说，有客听讲，难实相义，往复多时，因直接称引印度梵典，人或增疑，而一时难以理解。为解决这一难题，于是年轻的慧远改变思维方法，具体运用中国传统经典以格义，他常称引《庄子》义为连类，于是惑者晓然明白。以此之故，“是后安公特听慧远不废俗书”（《高僧传·慧远传》）。慧远年轻时所学习的中华儒、道文化知识，对他讲解佛典奥义大有助益。

前秦苻坚破晋襄阳后，慧远奉道安命离开了教团，率部分弟子南渡传教弘法。当他告别老师时，道安叹赏道：“使道流东国，其在远乎！”寄以极大的热情和期望。后来，慧远南下，得到江州刺史桓伊的大力支持和帮助，在庐山建东林寺作为弘法传锡之地，从而为东晋佛学的新发展作出了卓越的贡献。

不拜王侯全高节

《文学》第61则记载曰：

殷荆州（按：指殷仲堪，时任荆州刺史）曾问远公：“《易》以何为体？”答曰：“《易》以感为体。”殷曰：“铜山西崩，灵钟东应，便是《易》耶?”远公笑而不答。

殷仲堪在太元十七年（392）任荆州刺史，故事应发生于他赴任途中，特上庐山拜访慧远之时。《高僧传》称仲堪“过山展敬，与远公共临北涧论《易》体，移景不倦”。可见讨论多时，涉及很多问题，《易》体仅是一端。最后，殷仲堪叹服，认为慧远“识信深明”，自叹弗如。当时殷仲堪是孝武帝身边红人，博学多才，自负非常，他的叹服，从另一侧面说明了慧远的学识高明。

很快，慧远法师以其虔诚和努力，一心传教，影响很大，终于建立了佛教弘法基地——也即实际上的僧侣学校，相当于今天的佛学院。据《高僧传》本传，他是“卜居庐阜三十余年，影不出山，迹不入俗，每送客游履，常以虎溪为界”，见其弘法的真诚和高洁气格。当时学佛传教，如果不与政府当局和权势贵族打交道，不仅政治上，甚至经济上都会陷入困境。所以，对慧远及其庐山教团来说，与官府人士打交道，探讨一些彼此感兴趣的学理和问题，促进学术，活跃思维，很有必要。但请注意，作为一代名僧，慧远与世俗贵要的交往，是站在众生平等的立场来进行的，态度诚恳，而从不低下自己的头颅来屈从权贵。他送俗客不越虎溪，再大的官员也是这样，这是他的人格标识。桓玄是东晋后期的大军阀，篡国称帝，残暴非常。但当他率师袭击荆州殷仲堪，要慧远出虎溪迎接遭拒，于是自入庐山见慧远。桓玄希望慧远祝他旗开得胜而杀仲堪，慧远却依佛理淡然作答:“愿檀越安稳，使彼亦无他。”劝他与人为善，而不要嗜杀成性。桓玄虽跋扈好杀，但对慧远的不屈却无可奈何，出山后对左右说:“实乃生所未见。”桓玄与慧远庐山之会的故事，发生在晋安帝隆安三年（399）。三年后，桓玄率荆州雄师，攻入京师建康（今南京），杀司马道子父子，自总百揆，控制朝政，准备篡国登基称帝。在他即位前后，曾有讨佛废寺之举。据《弘明集》卷十一记载，桓玄对慧远及其庐山教团，软硬兼施，曾写了《与远法师书》，说佛教僧侣“弃六亲之情，毁其形骸，口绝滋味，被褐带素，山栖枕石，永乖世务”，希望慧远率其僧众，认清形势，放弃信仰，离佛登仕，享受世俗人生之乐。但慧远写《答桓南郡书》答称：“贫道出家，便是方外之宾”，不受世俗礼教约束，更不会以军阀、政治家们的是非为是非。他反过来又告诫桓玄不要得意忘形，“一世之荣，剧若电光，聚则致离，何足贪哉”，“岂可不为将来做资”？回信立场坚定，态度方正，其言语文字，掷地铮然有声。但桓玄并不因此作罢。他掌控朝政后，就以直接具体的武器批判来发难，向佛门发出了沙门必须敬服王侯的行政命令。桓玄在《与远法师书》中早已警告说：“沙门不敬王者，既是情所不了，于理又是所未谕”，要求慧远解释。元兴二年（403），慧远在重压之下回信，称其“执笔悲懑，不觉涕泗横流”，可见形势的严重，中国佛教的生存，已命悬一线，此时不争，就会失去生机。以此，慧远写《答桓太尉书》坚不妥协而予以反击。他明确指出：“故凡出家，皆隐居以求其志，变俗以达其道……故能拯溺俗于沈流，拔幽根于重劫……全德则道洽亡亲，泽流天下，虽不处王侯之位，固已协契皇极，大庇生民矣。”（以上有关讨论，见梁僧祐《弘明集》卷十二）以桓玄之暴，并未压服慧远，终为庐山佛教，延续一线生机。根据前有庾冰、后有桓玄以行政压宗教的事实，慧远撰写了《沙门不敬王者论》五篇，予以理论总结，自由挥洒而见激情，但所论又深入透彻，具强烈的现实针对性和理论批判精神。他认为王侯统治国家，但却“未能令存者无患”，言外之意，帝王贵要既然掌握国家政权，依靠人民纳交赋税供养，就有责任和义务以“存存为功”，保护人民的生命财产；但实际相反，人民困苦无助，加以战争频仍，弃尸荒野，谁之罪呢？其批判武器的矛头直指官府王侯。相反，佛门宗旨却是以慈悲为怀，普度众生，以求人生悲剧的精神解脱，也就是慧远文中所说的关键所在。两相比较，谁是谁非，一目了然。“斯沙门之所以抗礼万乘，高尚其事，不爵王侯”，理由充分。慧远之论，慷慨激烈，辞气纵横，很难想象这是出于一个年将八旬的白眉垂老之僧！不久，桓玄篡晋建立楚国，失败被诛。在思想理论战线上，也以慧远的抗争胜出而告终。桓玄等统治者的权势早已灰飞烟灭，但慧远等不屈服的弱者，却因其思想学术贡献而令人追念、永垂不朽。谁强谁弱，谁是谁非，生活自然按照其辩证法在运行。在斗争中，慧远并不孤立，因为他的庐山东林寺，已成为东晋的佛学中心。慧远不仅在自己身边团结了一批志同道合者结白莲社，如宗炳、雷次宗等十八高贤，甚至是山水诗之祖谢灵运，他们多服膺慧远而多有交流、颂赞。另外，慧远还在庐山建立了教团的僧侣学校，他对教育工作的重视，在当时也是引领潮流。详参《教育篇》中的“桑榆晚照启朝晖”，这里暂略不讲。

才女篇

一 汉魏妇女有变化

《世说》设有《贤媛》门，其中有关才女的故事占有重要的地位。贤媛，贤淑美善的女性。媛，原为美女，但这里取的是美善贤德的意思，主要是从内在的精神道德及其心灵智慧之美方面来思考的。《贤媛》一门，共收三十二则故事，最早是秦末汉初的陈婴之母，及西汉元帝时的王昭君、汉成帝时的班婕妤；其余的都是魏晋妇女。作者笔墨所注，重点在魏晋人心目中既美且贤的妇女之佼佼者，着重写当时妇女的时代特点及其新面貌，以及她们为争取与男子平等命运所做的努力与智慧。汉以前的传统礼教，要求妇女具四德：即妇德、妇言、妇容、妇功。这是套在妇女身上的沉重枷锁。其基本精神是"女子无才便是德"，做伺候男人的顺从奴婢。但魏晋妇女中的精英，则做种种努力，企望挣脱或减轻传统的束缚。虽然愿望难以真正实现，但这一尝试还是值得肯定的。晋葛洪《抱朴子》外篇《疾谬》指斥说："今俗妇女……舍中馈之事，修周旋之好，更相从诣，之适亲戚，承星举火，不已于行……或宿于他门，或冒夜而返。游戏佛寺，观视渔畋，登高临水，去境庆吊。开车褰帏，周章城邑，杯觞路酌，弦歌行奏。转相高尚，习非成俗。”这可从反面看出，因受时代玄学思潮影响，魏晋的贵族妇女，具有相对的自由和开放，并为此作出了自己的努力与贡献。

㊁ 谢道韫

才女新婚怨王郎

《贤媛》第26则故事记载曰：

> 王凝之谢夫人既往王氏，大薄凝之。既还谢家，意大不说（悦）。太傅（指谢安）慰释之曰：“王郎，逸少之子，人身（按：一作“人材”）亦不恶，汝何以恨乃尔？”答曰：“一门叔父，则有阿大、中郎，群从兄弟，则有封、胡、遏、末。不意天壤之中，乃有王郎！”

王凝之（？—399），琅琊临沂（今属山东）人。王羲之第二子。历左将军、江州刺史、会稽内史。后被孙恩义军所杀。谢夫人，指凝之妻谢道韫，谢奕女，奕早卒，受叔谢安照顾。往，嫁往。王氏，此特指琅琊王羲之家族。大薄，大为轻视。还，回娘家。王郎，特指王凝之。逸少，羲之字。阿大、中郎，指道韫叔伯辈的谢尚、谢据。封、胡、遏、末，道韫群从兄弟的小名，指谢韶、谢朗、谢玄、谢渊。天壤，天地之间。

这则故事把一个新婚不久的贵族少妇埋怨丈夫的脸色、口吻，描绘得惟妙惟肖。故事发生在东晋中期。当时是个以男性为中心的门阀社会，高门士族是统治集团的核心，他们恃才傲物，到处弥漫着傲慢与偏见的空气，几乎令人窒息。琅琊王家也不例外。东晋王谢家族，后世并称齐名，但在东晋时代，老贵族的琅琊王家，却不大瞧得起新贵谢家。因此，谢家新妇大概在王家受足了气，才女备受压抑。因此，一有机会回娘家，就埋怨这门亲事，大发牢骚，抒泄怨恨，认为与谢家人才辈出相比，没想到天地之间，竟然会生下这么一个王郎，让人爱也无法爱，恨也无法恨，留下了一腔的哀怨而已。其情绪之激烈，让主持谢氏家族的叔父谢安不得不出来“慰释”一通。他的劝慰，一方面是对侄女表示关心；另一方面也是在力图维护王、谢两族的政治联姻，不要为小儿女口角之类的家庭琐事影响到两家名门望族的密切关系。因此，他一方面为王凝之辩护，“逸少之子”，出身高贵的琅琊王家，就是一个充足的理由，他认为凝之“人身不恶”，亦即人才难得之意；一方面又批评侄女：“汝何以恨乃尔？”是不是因为谢家娇女在娘家太受娇纵造成的矛盾呢？这样，谢道韫这个新娘子对丈夫的批评和怨恨，和谢安为维护王谢家族门当户对的政治联姻，而为新郎王凝之辩护，就构成这则故事的一对矛盾冲突。真理究竟在谁手里？大概因为谢安是一代名相，太出名了，人们对他的意见大多未见非议，言外之意，自是肯定了他对谢家娇女的批评；但宋末刘辰翁在评点《世说》却另有眉批说：“怨恨至此，我辈所不能道，未可尽非。”他并不一味盲从名人之言，而认为站在谢道韫的角度来看问题，应该是自有道理的。我看，刘辰翁的确眼光独到，烛见是非。是不是谢安不喜欢这个侄女呢？当然不是。平时，因长兄谢奕早死，谢安对他的子女道韫和谢玄特加照顾，可说是关怀备至。比如在谢氏家学中，道韫虽是女孩，但却和男孩一样受教育。谢安在众子侄中，常是突出夸奖了道韫。但谢安作为陈郡谢氏的家族之长，对子女婚姻，他仍未能免俗。在世俗看来，王谢联姻，门当户对，华丽家族嫁给了簪缨世家，从当时的门阀政治看，应是人人歆羡的美事。因此，包括叔父谢安在内，一般人并不理解道韫作为年轻女人的苦衷。婚姻不仅涉及家族利益和政治，更是一种内在细腻的感情生活，应是夫妻双方交流互动的事。很明显，作为一个细腻的年轻女子，道韫对自己丈夫的观察了解和感情体验更为细密。夫妻生活，日积月累，耳鬓厮磨，什么心思不了解呢？见识一般的妻子尚难骗过，更何况是谢道韫这样一个思想敏锐、才华横溢且感情丰富细腻的女才子呢？王凝之做官位，几乎和其父王羲之一样高，只是把羲之的右将军换成了左将军，其余的江州刺史、会稽内史诸职是一样的。但这是外在的表象。从内里的思想精神到艺术才华，凝之相差不可以道里计。凝之这个花团锦簇的王家子弟，内里是什么货色，其世俗物累，谢道韫心知肚明。想必是丈夫在日常生活中表现出许多卑劣俗行，不自觉地流露了许多庸俗不堪的心思，令她看在眼里，疼在心里。这才招致了妻子那“不意天壤之中，乃有王郎”的刻骨之怨。在封建社会中，以男人为中心，女人即使再有才华，也必须依随丈夫生活。夫荣妻贵，哪一个妻子不希望自己的丈夫有出色呢？看来，谢道韫对丈夫的怨恨嘲讽，实在是忍到极致之后的感情爆发。这是女人的一种特殊的抗争方式，以求得内在心理的一时平衡。后来，王凝之的愚蠢和俗不可耐，见诸史载。如《言语》第71则刘注称引《晋安帝纪》曰：“凝之事五斗米道。孙恩之攻会稽，（内史）凝之谓吏民曰：

‘不须备防，吾已请大道许遣鬼兵相助，贼自破矣！’既不设防，遂为恩所害。”史载谢道韫因此被俘，两子被杀。王凝之的狂妄愚蠢，不仅自食苦果，而且连累了妻子儿女。后来道韫虽然侥幸活着，但无故失去亲人的刻骨之痛，令她终日以泪洗面。这虽是夫妻反目之后的事，但王凝之那世胄贵少的高傲与愚蠢，必在平素生活中不时流露，妻子看不过去，发出怨恨，但最后仍无可奈何，终于导致了城破家亡的人间惨剧。这究竟是谁之过？发人深思。

未若柳絮因风起

《言语》第71则记载曰：

谢太傅寒雪日内集，与儿女讲论文义。俄而雪骤，公欣然曰：“白雪纷纷何所似？”兄子胡儿曰：“撒盐空中差可拟。”兄女曰：“未若柳絮因风起。”公大笑乐。即公大兄谢奕女、左将军王凝之妻也。

这是谢安家族内部的家庭聚会，因当时陈郡谢氏住京师乌衣巷，世称为外人不得参预的“乌衣之游”。俄儿，一会儿，转瞬间。骤，迅急貌。胡儿，谢朗小名，后仕至东阳太守。差可拟，颇可譬喻。兄女，指谢道韫。

在陈郡谢氏家族中，谢安的名声达到高峰。其政治、军事才能，及其文采风流，影响了东晋一代的士人。他不仅自己学习上进，而且在谢氏家学中，努力把谢家子弟培养成“芝兰玉树”般的精英之才。社会上的男尊女卑，他管不了；但在谢氏家学中，他却是男女一样关爱，可称一视同仁。为此，他闲暇时经常召集家族子女聚会，饮酒吟诗，讨论文学，一方面可提高子女的文化素养，一方面又可获得休闲之乐，可谓一举两得。

故事所描写是谢安召集众子侄饮酒赏雪而赋诗的场面，生动展现了谢氏文学沙龙的具体面貌。天大雪，行人止路，正是在家围炉煮酒、纵谈平生的大好时机。在公务之暇，谢安接近年轻的子侄，自能感受到一股推动人们奋发向上的青春气息。这种美的精神享受，与官场的尔虞我诈的肮脏丑恶形成了强烈的反差。面对漫天风雪的纷纷扬扬，谢安触景生情，冲口而出地问道："白雪纷纷何所拟？"诗性的提问，激发了年轻人的热情，这犹如后代赋诗联句的开篇。于是谢朗（胡儿）口吟"撒盐空中差可拟"句加以对接。所称"撒盐"，不仅指一个简单的撒盐动作，同时指古时的一种社会风俗——凡是遭遇不洁之事或危险之事前，抓几把盐撒向空中，或撒向自身，即可驱逐邪气，祛除不祥。今东邻日本仍保存中国古风，如相扑运动员比赛前就有抓盐撒场的惯例。因此，谢朗"撒盐"之喻，在语言文字背后，寄寓深意，意谓纷纷扬扬的大雪，为人找回了一片纯洁无邪的世界。史称谢朗"文义艳发"，于此可见一斑。但才女谢道韫却不认为兄弟的比拟不可超越，她那别出心裁的艺术思考，另有创新，于是不假思索地接口承转联句，说："未若柳絮因风起。"谢安对两人的即兴联句大为欣赏，所以故事中有"公大笑乐"的生动描绘。谢氏文学沙龙中诸人赋雪，也可称是处于萌芽状态的七言联句。一家老小，不分老小尊卑，其乐融融，成了千古文坛佳话。联句之中，艺术构思之新巧，当以才女为最佳。谢朗"撒盐"之喻太过实在而转呆滞，令人似乎闻到了盐的咸涩之味，难以引起纯洁明净的艺术联想。而才女的“未若柳絮因风起”则成千古佳句，以漫天空濛的柳絮飞舞，来表现人们难以承受的艺术之轻，其轻清灵动的艺术境界，引发了人们对于铺天大雪的种种变幻的美丽想象。从艺术的动态及意趣神韵来看，虽然只是一句诗，但才女的风华神韵令人叹赏不已。

慧女从容对篡逆

《排调》第26则刘注引《妇人集》记载曰：

> 桓玄问王凝之妻谢氏，曰：“太傅东山二十余年，遂复不终，其理云何？”谢答曰：“亡叔太傅先正，以无用为心，显隐为优劣，始末正当动静之异耳。”

桓玄（369—404），桓温少子。袭杀荆州刺史殷仲堪后，率师攻入京师建康，杀宰辅司马道子父子，掌控朝政。元兴二年（403），篡位称帝，建国号楚。第二年被刘裕诛杀。故事当发生于他总百揆而准备登基之前的元兴元年（402）。桓玄是文武兼备的大军阀，他什么事不敢干呢？谢安是妨碍其父加九锡的政敌，他讥谢安出山辅政，实是不怀好意。据《规箴》第27则故事记载，“桓玄欲以谢太傅宅为营”，把谢家在乌衣巷的住宅没收为驻军营地，这不是故意羞辱陈郡谢氏这一华丽家族又是什么？因此，对桓玄之问，如果谢道韫的回答稍有不妥，桓玄的政治报复立至，后果严重。这不仅牵涉谢氏一家一族，对整个国家都将受压制和冲击。但面对挑衅，才女并未被野心家的气势所压倒。桓玄在朝，曾问廷臣曰：“我何如谢太傅？”当时太常刘瑾只能小心地回答说：

“公高，太傅深。”（见《品藻》第87则）用和稀泥的办法蒙混过去，但也不得不表扬称颂桓玄之“高”。但类似问题，才女的回答则不亢不卑，自有分寸，绝不屈服。她的回答大意是：亡叔谢安一生以道玄之学的“无用为心”，以无为体，以有为用，体无之道是他的最高思想境界，但无不可见，因而化为有而见诸形踪，因此，他隐居和出仕，都是顺其自然，其隐显与动静，不过是同一体道过程在不同阶段的不同表现，本质一样，有什么不好理解的呢？言外之意，斥桓玄自命玄家却缺乏修养，才会如此胡乱发问。道韫女流，但她面对权奸的回答，却胜须眉，是一种完美智慧的即兴表现。

谢道韫的文学才华相当突出，今逯钦立《先秦魏晋南北朝诗》收录她的诗多首，其中如《登泰山诗》（一作《泰山吟》）曰：

峨峨东岳高，秀极冲青天。岩中间虚宇，寂寞幽以玄。非工复非匠，云构成自然。气象尔何然？遂令我屡迁。逝将宅斯宅，可以尽天年。

其文学笔墨，清新洗练，颇可赏味，已开始从平淡寡味的玄言诗风，转向描山绘水的自然之美的萌芽。须知，后来开创山水诗的祖师谢灵运，是谢玄嫡孙，谢道韫的亲侄孙。道韫年寿七十有余，在晋安帝义熙年间尚存，当时谢灵运已是弱冠之年。陈郡谢氏诗礼传家，谢灵运的文学才能，当受谢氏家学传统影响，其中，当然有其睿智姑祖母的教育与启发。

但是，可惜一代才女不是生在男女平等的时代，她纵有千般本领，万般才华，但也只能随侍愚昧世俗的丈夫生活，只能抑郁感情，敛尽光芒，而淡出历史的天幕。女人之悲，莫过于此！

枭雄篇

诞生《世说》的魏晋时代，士人认识与今或有不同，他们不以成败论英雄。因此，如王敦从“王与马，共天下”，发展到想“王代马，夺天下”；桓温则掌权拥兵以自重，讽朝廷加九锡，实存夺国的野心。魏晋后人，大多以王、桓两氏为篡逆；但他们敢把皇帝拉下马的精神，却一度获得当时部分士人的支持和拥护。因此，在《世说》诸多故事中，他们两人成了人们津津乐道的人物。如《豪爽》一门凡十三则故事，王敦就独占五则，占了不小的比例。豪爽者，豪放劲健与爽朗痛快也，所写大多是雄豪而不落凡俗的故事。在虚伪名教的统治下，士人动辄得咎，这就引起了士人们的心理反弹，追求无拘无束的个性张扬，欣赏率真自然而敢于蔑视名教的“叛逆”。王敦与桓温成了某些士人心目中的“英雄”，也就不奇怪了。今天我们重新给予评价，就应顾及当时复杂的历史生态环境及士人心理，加以具体的分析和评价。《识鉴》第一则乔玄论曹操有“乱世之英雄，治世之奸贼”语，许子将（劭）论操有“治世之能臣，乱世之奸雄”语。时天下动乱，士人久盼拨乱反正，不问是“能臣”也罢，“奸雄”也罢，只要能平天下，即为“英雄”，而我们则称之为“枭雄”。枭雄者，雄强一时而有正有邪，或邪多正少，或正多邪少，不可一概而论也。

一 王敦

在琅琊王氏家族中，《世说》中王导故事最多，其次是王敦，共53则，王羲之，共52则。于此可见，一代枭雄王敦被人们津津乐道的程度。当然，王敦故事有正有邪，可说褒贬并存。他死后很久，孙绰在《与庾亮笺》中还说："王敦可人之目，数十年间也。"可人，即可爱的人。孙绰是东晋著名的文学家，与谢安、王羲之为友，政治立场相似。他为王敦之死叹惜不已，并不视为大恶罪人，可见当时人的认识与后代有不同。

心怀刚忍狠少年

《识鉴》第6则故事记载曰：

> 潘阳仲见王敦小时，谓曰："君蜂目已露，但豺声未振耳。必能食人，亦当为人所食。"

潘滔（？—311），字阳仲，官河南尹，八王之乱中遇害。蜂目、豺声，用以形容凶恶之人的相貌声音。于此可见潘滔对少年王敦印象很坏，这是一种从小看八十的人生预言，不幸言中。

王敦（266—324），字处仲，琅琊临沂人。据《文学》第20则刘注引《（王）敦别传》载曰："少有名理，累迁青州刺史。避地江左，历侍中、丞相、大将军、扬州牧。以罪伏诛。”而据《晋书·王敦传》，“敦少有奇人之目，尚武帝女襄城公主”，又称他“口不言财利，尤好清谈”。又据《豪爽》第3则曰，“自目高朗疏率，学通《左氏》”，是个赶潮流时尚人士。作为琅琊王家的高门出身，又有对于玄家清谈的热衷，这就为他领到了一张上流贵族社会的入场券，很受当时清谈领袖族兄王衍的赏拔。敦煌残卷《晋纪》也说：“敦内体豺狼之性，而外饰诈伪，以眩或（惑）当世。自少及长，终不以财位为言。布衣疏食，车服麄（粗）眚，语辄以简约为首。故世目以高帅朗素。”古人称王敦为人，“外饰诈伪”，颇具欺骗性，可说是一语击中要害，但却也曾一时骗过了不少当时人士而获美誉。

不过，伪装最后会被戳穿。《汰侈》第1则故事曰：“石崇每要（邀）客燕集，常令美人行酒，客饮酒不尽者，使黄门交斩美人。王丞相（导）与大将军（敦）尝共诣崇，丞相素不能饮，辄自勉强，至于沈醉。每至大将军，固不饮，以观其变。已斩三人，颜色如故，尚不肯饮。丞相让之，大将军曰：‘自杀伊家人，何预卿事！’”王敦虽善饮酒，却是偏不喝，一定要看主人杀了妙龄美女，把人头当酒杯，把鲜血当红花来欣赏，可说是嗜血成性。故事生动地描绘了年轻王敦的阴暗心理，并把自己内在固有的刚狠凶残本性暴露无遗。连他的堂弟王导都看不下去，当时就批评他说：“心怀刚忍，非令终也。”（《晋书·王敦传》）料定王敦将来必会害人害己，没有好下场。后来事实确是如此。

热衷清谈称“四友”

《赏誉》第51则故事曰：

王敦为大将军，镇豫章。卫玠避乱，从洛投敦，相见欣然，谈话弥日。于时谢鲲为长史，敦谓鲲曰："不意永嘉之中，复闻正始之音。阿平若在，当复绝倒。"

又刘注引《（卫）玠别传》曰：

玠至武昌见王敦，敦与之谈论，弥日信宿。敦顾谓僚属曰："昔王辅嗣吐金声于中朝，此子今复玉振于江表，微言之绪，绝而复续。不悟永嘉之中，复闻正始之音。阿平若在，当复绝倒。"

永嘉五年（311），流民杜弢作乱，王敦率军督武昌太守陶侃、豫章太守周访讨伐，敦进驻豫章，为诸军作战略后援。不久，弢灭，王敦以元帅进镇东大将军。卫玠（286—312），字叔宝，小字虎，河东安邑（今属山西）人。曾官太子洗马，故又称卫洗马。其人风神秀美，善谈玄理，人评中兴名士第一。他于永嘉四年（310）南渡，永嘉六年（312）至豫章（今江西南昌）投奔王敦。谢鲲（约281—323），字幼舆，陈郡阳夏，是谢安的族叔伯，西京清谈名士，时任王敦大将军长史。永嘉，晋怀帝年号（307—312）。正始，曹魏齐王芳年号（240—248）。正始年间，何晏与王弼提倡玄风，清谈玄理，遂成时尚，史称"正始之音"。阿平，指王澄，王衍弟。琅琊王氏家族贵要，字平子，昵称阿平。当时著名清谈家，以任诞放达称世。王澄特别欣赏卫玠，"每闻卫言，辄叹息绝倒"（见《赏誉》第45则称引）。而刘注又称引《玠别传》曰："（澄）每闻玠之语议，至于理会之间，要妙之际，辄绝倒于坐，前后三闻，为之三倒。时人遂曰：‘卫君谈道，平子三倒。’”所称“绝倒”，就是叹赏倾倒，极其钦佩之意。

从这一故事看出，当时虽在仓皇南渡之乱中，但王敦仍不忘玄言清谈，于此可见其热衷的程度。南渡之初，“王与马，共天下”的局面正逐步形成。玄理清谈，一方面是跻身贵族沙龙的入门券，表示高门士族的身份和修养；另一方面，乱世之中，又可广泛吸引名士依附，以为号召天下的资本。因此，王敦热衷清谈，可以理解。当时他的幕府，广收贤俊以壮大自己的势力。他能在士林中颇见称赏，当与他善清言而重名士有关。他年轻时，与王衍、王澄、王导等俱称琅琊王家的“琳琅珠玉”。成年后，又与胡毋彦国、王澄、庾敳共称太尉王衍的“四友”（见《品藻》第15则刘注）。但实际上，他于玄理微妙，并无思想理论上的建树，而仅是虚名取誉而已。玄言清谈，对王敦来说，更多是为了宣传炒作。因此，清谈家卫玠和谢鲲都瞧不起他。如《文学》第20则记载曰：“卫玠始度（渡）江，见大将军。因夜坐，大将军命谢动舆（鲲）。玠见谢，甚说（悦）之，都不复顾王，遂达旦微言。王永夕不得豫（预）。”卫、谢玄家自顾清言，完全不理会主人，为此喧宾夺主的场面，令王敦非常尴尬。如果王敦真是肚里有料，卫、谢两人会把主人冷落一边吗？这次清谈之后不久，卫玠很快离开豫章而到建康，郁郁寡欢，得病而亡，这除了个人体质“素羸”的原因外，内在承受心理压力的能力较弱也有关系，很可能与王敦心里不快而报以颜色有关。因为王敦生性睚眦必报，是个只许我负人、不许人负我的人。实际上，他的长史谢鲲，不久也遭到这个顶头上司的直接报复打击，就成为王敦报复卫玠轻视他的又一旁证。王敦实际是心胸狭隘的政治家，岂能团结他人？不能团结人，又怎能不走向失败呢！

追杀皇帝逞野心

在封建时代，敢把皇帝拉下马的人少而又少，但王敦却是其中刺眼的一个。

《假谲》第6则故事记载曰：

> 王大将军既为逆，顿军姑孰。晋明帝以英武之才，犹相猜惮，乃著戎服，骑巴賨马，赍一金马鞭，阴察军形势。未至十余里，有一客姥，居店卖食，帝过愒之，谓姥曰："王敦举兵图逆，猜害忠良，朝廷骇惧，社稷是忧。故劬劳晨夕，用相觇察。恐行迹危露，或致狼狈。追迫之日，姥其匿之。"便与客姥马鞭而去。行敦营匝而出，军士觉，曰："此非常人也！"敦卧心动，曰："此必黄须鲜卑奴来！"命骑追之，已觉多许里，追士因问向姥："不见一黄须人骑马度此耶？"姥曰："去已久矣，不可复及。"于是骑人息意而反。

逆，叛逆。姑孰，在今安徽当涂，是长江下游捍卫京师建康的军事重镇。戎服，军服。巴賨马，蜀地巴郡賨族人所养的良种马。愒，同"憩"，休息。社稷是忧，担心国家危急。觇察，窥视侦察。危露，危险败露。匝，周匝，一周。黄须鲜卑奴指晋元帝长子明帝，他的生母荀氏是鲜卑族人。黄须黄发是鲜卑人的体貌特征。王敦称当今皇帝为"黄须鲜卑奴"，表现了他对皇帝的藐视及忌惮。骑，骑兵。度此，从此处经过。息意，打消追赶的念头。

这是一篇优秀的短篇纪实“小说”。与今天小说不同之处，在于它并非虚构，其叙事描写，自然生动而形象感人。故事发生在明帝太宁元年（323），当时大将军王敦为威逼朝廷，率师从武昌移屯姑孰，第二年即攻击京师。因此，这是王敦将叛而未叛前的一次侦察前哨战。故事中的晋明帝、王敦及客姥三人，形象栩栩如生，心理描绘如画。特别是晋明帝，作为一个具阳刚俊美的英勇年轻帝王，深入敌人大营，细加侦察，史上除唐太宗外，少有其匹。而王敦卧榻心动，也说明他虽狂妄，但却内心紧张而保持警惕，就是睡觉也是眼睛半闭半睁，不敢松懈。当他判断来营侦察的是皇帝本人后，杀心尽露，立刻派精锐骑兵全力追杀。明代凌濛初评曰：“老贼（按：指王敦）亦灵。”说明奸雄亦非等闲之辈。正、反人物，一上场立刻斗智、斗勇，首合两人旗鼓相当。但客姥作为站在中间的人物，这时却自然倾向于国家朝廷，因而力量的天平明显开始向前者倾斜。这首合持平之战，却已暗示了王敦之叛必败的先兆——即民心向背与战争胜败直接相关。明帝、王敦、客姥三者，关系错综复杂，互为因果连环，令人眼花缭乱，煞是好看。在这一前哨战中，晋明帝与王敦，其心理承受压力，都在实践中经受了考验。

西晋时期，司马皇族与世家士族的关系，由于武帝朝尚能控制国家，因此在皇族与士族的联合统治中，司马皇族当然占主导地位；但永嘉南渡后，近亲皇族死亡殆尽，由远支旁系的司马睿登基称帝，当然势力孱弱，主要依靠诸多世家望族的支持，才有了江南半壁天下。这时的门阀士族，特别是琅琊王氏家族的支持和打拼，起了强心针的救命作用，当然也就转为矛盾的主导方面了。所谓“王与马，共天下”的形势，在东晋初是事实。史称元帝曾信誓旦旦地对王氏兄弟说：“吾与卿（按：指王敦）及茂弘（王导）当管鲍之交。”（《晋书·王敦传》）而一旦形势稍为稳定，元帝即用刘隗、刁协诸人，排斥王氏兄弟而不遗余力。王导当然也有不满，因此在王敦第一次进军京师“清君侧”时，他联合了其他高门士族，予以支持，因此元帝失败而抑郁以终。但在明帝即位后，王敦并不见好就收，而是“专任阃外，手控强兵……遂欲专制朝廷，有问鼎之心”（《晋书·王敦传》）。其个人野心无限膨胀，而不顾朝廷国家及其他高门士族的利益。这样，王敦的第二次进军京师，性质转变，形同叛逆，而引起其他世家望族的联合反对，连他的堂弟王导，也转为拥护朝廷而率师与王敦大军对抗，公开声明“宁忠臣而死，不无赖而生”（《晋书·王敦传》）。实际上这时的王敦，实已众叛亲离。因此，年轻的明帝，敢于亲上战场。王敦后以老病无法指挥战事而败亡，但他曾逼死元帝、对抗明帝，敢把皇帝拉下马的凶狠险毒，却可称史上少有其匹。《豪爽》第4则故事记载曰：“王处仲每酒后辄咏‘老骥伏枥，志在千里。烈士暮年，壮心不已’。以如意打唾壶，壶口尽缺。”王敦所咏，是曹操《步出夏门行·龟虽寿》，表现了诗人不甘衰老而奋斗不息以建立功业的积极精神。但王敦则借以表达其野心。在慷慨悲歌中，隐约能分辨出豺狼即将噬人的嗥嚎。击壶以助音节而壶口尽缺的细节生动，一个奸雄的形象活现如画。后来，王敦虽死，但兵败后仍被开棺戮尸，悬首南桁，以示惩戒，而被钉在历史的耻辱柱上。往事虽旧，但仍可作为历史龟鉴而发人深省。

㊁ 桓温

一代枭雄恨未休

作为一代枭雄，王（敦）桓（温）时代是先后相接。王敦虽然败亡，但他用武力逼死了一个老皇帝，惊吓了一个年轻的小皇帝，其事业也可称为轰轰烈烈。这让后来的桓温惊奇叹赏而步其后尘。如《赏誉》第79则故事记载曰："桓温行经王敦墓边过，望之云：'可儿，可儿！'"称叹王敦是个可爱而合乎自己心意的偶像。魏晋人不以成败论英雄，于此可见一端。

《尤悔》第13则故事记载曰：

> 桓公（温）卧语曰："作此寂寂，将为文、景所笑！"既而屈起坐曰："既不能流芳后世，亦复不足遗臭万载邪！"

文、景，指晋文王司马昭与晋景王司马师弟兄俩，司马懿子，他们为司马氏集团篡魏开晋奠定了基础。屈起，勃然坐起。不足，不值得。故事发生在桓温身兼将相而废立自专的晚年。垂垂老翁，来日无多，时不我待，"壮志"未申，又将如何呢？为逞不臣，只能孤投一注而放手一搏了。在他率师北伐而遭枋头大败而归之后，史称威信大损，于是接受智囊郗超之计，行废立以树威，以便为想象中将来的桓氏帝国作铺垫。

他清楚这是一场风险很大的政治豪赌，胜则为王败为寇，失败后可能遭千秋骂名而遗臭万年。其所咏叹，实石破天惊之语。据刘注，当时亲信幕僚在座，因所言事体太大，竟然惊得“众莫敢对”。桓温所称文、景之事，即废立篡国之事。这说明桓温决心早下，正在等待时机。史称“温既负其才力，久怀异志，欲先立功河朔，还受九锡”（《晋书·桓温传》）。桓、王两人，何其相似！桓温废帝为海西公，改立司马昱继位，史称简文帝。但是，简文帝即位一年而抑郁以终，实际上还是给桓温连惊带吓给逼死的。不过，简文帝临终时，并没有按桓温意办事，没有下令禅位于桓，而是遗诏“依武侯（诸葛亮）、王公（导）故事”待他。这和桓温野心大相径庭。于是桓温忧恨交加，“遂寝疾不起，讽朝廷加己九锡，累相催促”（《晋书·桓温传》）。但朝廷上谢安诸贤运用政治上的“拖”字诀，不说办，也不说不办，只等他一命呜呼，烟消云散，朝廷重见青天。史上许子将评曹操曰：“治世之能臣，乱世之奸雄。”（见《识鉴》第1则刘注称引孙盛《杂语》）借用来品评桓温，也正合适。但桓温的“奸雄”大业，并非天生，而是形势造成的。他原本就是一个人才。

问题少年成雄豪

《任诞》第34则故事记载曰：

> 桓宣武少家贫，戏大输，债主敦求甚切，思自振之方，莫知所出。陈郡袁耽，俊迈多能。宣武欲求救于耽，耽时居艰，恐致疑，试以告焉。应声便许，略无嫌吝。遂变服怀布帽随温去，与债主戏。耽素有藝名，债主就局，曰：“汝故当不办作

袁彦道邪？”遂共戏。十万一掷，直上百万数。投马绝叫，傍若无人，探布帽掷对人曰：“汝竟识袁彦道不？”

桓宣武，指桓温（312—373），字元子，谯国龙亢（今安徽怀远）人。穆帝初任荆州刺史，征蜀灭成汉，进征西大将军，多次北伐，建功树威，官至大司马、丞相，都督中外诸军事，掌控朝政。他废帝奕为海西公，立简文帝，擅作威福，意在篡晋夺国，因病故未成。其逼宫戏，参前“司马昱”篇，此略。卒谥号宣武，故称桓宣武。戏，指樗蒲之戏的赌博。自振，自救振兴。袁耽，字彦道，官历阳太守。俊迈多能，超迈杰出，多才多艺。居艰，守丧期间。致疑，引发疑虑。嫌吝，疑惑顾惜。变服，换掉丧服。蓺名，技术高超的名声。就局，上赌台。故当，当然可能，表示肯定的拟测之词。不办，不会，不可能。马，樗蒲之马，赌时投掷以决胜负。绝叫，高声呼喝。

故事当发生在桓温十七八岁的青少年时期。少年心性，初生牛犊，什么危险也敢上，尤喜赌博，是一个问题少年。据说他曾一次赌输了“数百斛米”（刘注引《郭子》）。一斛十斗，一次就赌输了数千斗粮米，可见赌注之大，极具冒险性。如果赢了，立即翻本；如果输了，只能要命一条了。如果不是赌博行家袁耽仗义相救，他的赌债可能导致家破人亡了。桓温家贫，却敢于成天在赌场鬼混，可说是个胆大包天的无赖。赌博导致破产，对青少年的健康成长大大不利，当然是坏事；但对古时政治斗争来说，敢于抱赌徒心理冒险一搏，却可能会对其仕途起推动作用。后来的一连串政治大赌博，惊涛骇浪，风险更大，但桓温却能不失时机，果断而行，是否与其少年时所养成的赌徒心性有关呢？

顺势升腾驸马郎

《贤媛》第21则故事记载曰：

> 桓宣武平蜀，以李势妹为妾，甚有宠，常著斋后。主始不知，既闻，与数十婢拔白刃袭之。正值李梳头，发委藉地，肤色玉曜，不为动容。徐曰："国破家亡，无心至此。今日若能见杀，乃是本怀。"主惭而退。

故事当发生在荆州刺史率师平蜀而消灭李氏成汉政权的穆帝永和三年（347），时桓温不过三十几岁的盛年，已是妻妾成群了。李势，字子仁，十六国中成汉国君，后降晋封归义侯。著，安置。斋，此指书斋私室。主，公主，据刘注引《续晋阳秋》称："温尚明帝女南康长公主。"尚主，向上高攀帝女成了驸马郎。白刃，指刀、剑一类锐利武器。委，下垂。藉地，铺开及地。玉曜，指肤色洁白、温润如玉。惭，羞愧。

桓温是一个集雄心与野心于一身的显赫人物。史称其形貌气性，"豪爽有风概，姿貌甚伟，面有七星"（《晋书·桓温传》）。又《容止》第27则描绘说："刘尹（惔）道桓公：鬓如反猬皮，眉如紫石棱，自是孙仲谋（权）、司马宣王（懿）一流人。"也就是说，桓温鬓发胡须浓密贲张，眉眼上挑，外貌威武，具粗犷之美。又据《豪爽》第8则，桓温平蜀时，"素有雄情爽气，加尔日音调英发，叙古今成败由人，存亡系才，其状磊落，一坐叹赏。"这些说明了他是一个内富学识而外现阳刚之美的男子汉。温父桓彝死于国难，忠烈之后，加以桓温的外貌内才之美，被朝廷皇家相中，选尚南康长公主，拜驸马都尉，一时称佳偶天配。尚主之后，桓温从出身贫寒卑微的“兵家”之后，摇身一变为皇亲国戚，平步青云，官运渐通。从琅琊太守、徐州刺史，一路跃升为荆州刺史、征西大将军，此时年仅三十多岁。他的春风得意，当与尚主的借势得力有关；当然，他本人的才具本事也不可或缺。桓温初娶公主，按传统礼制，公主是君，驸马属臣，代表皇权的公主当是强势一方。这时公主要丈夫向东，驸马不敢西望。为了仕途往上爬，也为了维持家庭内部平衡与和谐，桓温这男子汉也会自甘低头顺眉以悦妻子。但随着桓温权势和功业的上升，政治天平开始向驸马倾斜，朝廷皇家受制高门士族的孱弱，更令桓温胆气更豪，他使尽手段，上压皇家而下压诸多世家望族，直到废立自专。这时，公主已是年老色衰，于是家中矛盾的主导方，转向桓温这个驸马郎了。他连皇帝都敢欺负，更何况是公主呢？他功成名就后，三妻四妾而置公主于脑后，此一时彼一时也，这也就不奇怪了。桓温霸占李势妹为妾，又何曾告知嫡妻公主呢？这时公主虽随丈夫生活，桓温却难得一顾，可说是守活寡。但偏是公主性妒，内心的积怨愤怒可以想象，她拔白刃欲杀李势之妹，正是一种强烈冲动的内心发泄，可以理解。据刘注引《妒记》说：“温平蜀，以李势妹为妾，郡主（“公主”之讹）凶妒，不即知之。后知，乃拔刃往李所，因欲斫之。见李在窗梳头，姿貌端丽，徐徐结发，敛手向主，神色闲正，辞甚凄婉。主于是掷刀前抱之曰：‘阿子，我见汝亦怜，何况老奴！’遂善之。”南康长公主个性“凶妒”——其实，在以男性为中心的社会中，“妒”也是女人力求保护自我权益的一种手段。公主虽不满丈夫，但桓温权势日炽，如日中天，连朝廷也让他三分，公主又奈其何呢？无奈之下，只能迁怒于另一弱女子加以发泄，以求得内心的平衡。但这对被迫为人妾的弱女子，也太不公平了。幸亏李妾从容应对，公主又动了一念之仁，才没酿成更大的悲剧。随着政治变化，桓温与公主的感情危机，只能日渐加剧，公主在表面的繁华中，谙尽了孤眠滋味，经历了悲剧人生，本质上她与李妾一样，都是被侮辱被损害的人；但她因皇族地位，无意中让驸马桓温借势腾升，化为闪耀于南国长空的一颗政治新星。

儒玄风流斥虚浮

《轻诋》第11则故事记载曰：

> 桓公入洛，过淮泗，践北境，与诸僚属登平乘楼，眺瞩中原，慨然曰："遂使神州陆沈，百年丘墟，王夷甫诸人，不得不任其责！"袁虎率尔对曰："运自有废兴，岂必诸人之过？"桓公懔然作色，顾谓四坐曰："诸君颇闻刘景升不？有大牛重千斤，啖刍豆十倍于常牛，负重致远，曾不若一羸牸。魏武入荆州，烹以飨士卒，于时莫不称快。"意以况袁。四坐既骇，袁亦失色。

洛，西晋旧都洛阳，时为羌族姚襄占领。淮泗，指淮河和泗水。北境，指中原地区。平乘楼，大船层楼。平乘，一种大船。神州陆沈，指中原国土沦丧。百年，喻时间久远。丘墟，荒丘废墟。王夷甫，即王衍，官至太尉，西晋清谈领袖，后被石勒所杀。袁虎，指袁宏，字彦伯，文学家，时任桓温大司马记室参军。率尔，不假思索的轻率。运，国家命运。作色，生气变色。刘景升，即刘表，汉末任荆州牧。啖，吃。羸牸，瘦弱母牛。魏武，指曹操。飨，犒赏。况，比拟。

故事发生的时间有两说：一是永和十二年（356）北伐羌族姚襄时曾进入洛阳，一是太和四年（369）北伐鲜卑慕容暐时，曾渡淮泗而北眺中原。两说自相矛盾，时间相距十三年。永和十二年北伐时，桓温率师从荆州江陵出发，顺汉江北上，岂能经过淮泗之地？入洛即不能过淮泗。而浮平乘过淮泗之役，却因兵败而不曾入洛。现综合考察，应是太和四年北伐慕容氏之事。当时袁虎因率尔冲撞桓温而“被责免官”。刘注引《（桓）温别传》曰：“温以太和四年上疏自征鲜卑。”人事境地相合。“入洛”为牵合前事而误记。太和四年，桓温年近花甲，渐入晚境，自恐来日无多，急于树功立威，以逞野心，因此严斥不听话的部属而不留余地。桓温斥玄家王衍诸人清谈误国之说，当时颇有人言。如早于桓氏的庾翼致信殷浩称：“王夷甫，先朝风流士也，然吾薄其立名非真，而始终莫取……而乃高谈《庄》《老》，说空终日，虽云谈道，实长华竞……身囚胡虏，弃言非所。”（《晋书·殷浩传》）但庾翼批评玄家清谈，华而不实，还属说理斗争。而桓温则发挥至绝致，指斥清谈亡国，态度粗暴而运用行政手段来干预思想理论的发展。据《排调》第24则记载曰：“桓大司马乘雪欲猎，先过王（濛）、刘（惔）诸人许。真长（刘惔）见其装束单急，问：‘老贼欲持此何作？’桓曰：‘我若不为此，卿辈亦那得坐谈？’”在桓氏气熏朝野的中晚年，他对曾共清谈的朋友，愈来愈不耐烦，甚至直发为清谈亡国之论。他认为高门名士瞧不起我们这些“兵家”，如果没有我们这些军人征战，你们这批望族名士，能有机会峨冠博带、坐而论道吗？其蔑视清谈名士的内心，见于言外。这属政治斗争，不允许自由讨论，所以明代凌濛初评曰：“老贼太狠。”

但在桓温的中青年时期，他原也是一个颇有儒、玄双修学识的人，虽然他不是清谈名家，但也是一个热心的参加者和叹赏者。因为当时玄学清谈是种流行，不懂清谈，会被上流贵胄清华之士所鄙视。为了跻升上流社会，桓温也曾学习清谈，积极参加。如《文学》第22则记王导与殷浩“既共清言，遂达三更”而反复辩难之事，桓温也挤进参加，第二天又谈了感想：“昨夜听殷（浩）王（导）清言甚佳，仁祖（谢尚）亦不寂寞，我亦时复造心，顾看两王掾（按：指王濛、王述），辄翣如生母狗馨。”馨，晋时口语，作助词用，样，似的。如生母狗馨，活像母狗一样。言外之意，嘲讽二王的清谈修养与水平不及格。而对自己，则称“我亦时复造心”，认为自己听后颇有体悟，心有会通，自我感觉不错。

余嘉锡先生评桓氏说：“温虽颇慕风流，而其人有雄姿大略，志在功名，故能矫王衍等之失。英雄识见，固自不同。”（《笺疏·轻诋》第11则）桓温并非只是一介武夫，而是文武兼备、儒玄双修，同时又具有一定文学修养的风流人物。不过，他对玄家清谈态度的转变，与其功业腾升而产生的政治需要有关。古代的政治家，大多是实用主义者，他们是不会被自己曾经发表的宣言或口号束缚住手脚的，这也就是所谓此一时而彼一时也。

专题篇 / 天下纵横奥妙多

教育篇

一 魏晋教育链未断

教育是百年树人的根本大计。古人说："玉不琢，不成器；人不学，不知道……建国君民，教学为先。"（《礼记·学记》）但在魏晋时代的较长时期，国家却对教育失去了管理与控制。据《晋书·儒林传序》，惠帝时期以后，"丧乱弘多，衣冠礼乐，扫地俱尽"。国家官办学校教育，大大阙失。但幸亏有诸多私学和高门士族的私氏家学教育作补充，魏晋教育才未断绝而延续一线生机。魏晋教育能在混乱社会中继续生存和发展，大量民间私学及士族家学教育，起了促进的积极作用。如汉末献帝时，朝廷百官尚饥肠辘辘，又怎能供养太学中众多的太学生呢？国家学校停办，是自然的事。而当时如郑玄等大儒，却在家乡兴办私学，他的私立学校，从全国赶来学习的成百上千。郑玄经学融汇今、古文学，为发展传统学术作出了杰出的贡献。不仅是学生接受教育，就是郑玄家的丫鬟使女，也有机会多少受到私学教育的沾润。如《文学》第3则故事记载："郑玄家奴婢皆读书。尝使一婢，不称旨，将挞之。方自陈说，玄怒，使人曳箸泥中。须臾，复有一婢来，问曰：'胡为乎泥中？'答曰：'薄言往愬，逢彼之怒。'"郑玄家的婢女，如果不读书怎能恰到好处地称引《诗经》中的《式微》《柏舟》诗句来一问一答呢？郑玄不乐仕途，归家著述讲学，史称"学徒相随已数百千人"，还有"自远方至者数千"（《后汉书·郑玄传》）。可见他的私立学校名声远播，自然取代了停办的国学、太学之类的国立学校了。郑玄虽是一代经学大师，但却在家中实施平民化的教育，惠及奴婢，打破了身份界限，已超越了孔子"有教无类"的境界，为后来的魏晋私学教育，开了一个好头。后来东晋范宣，在豫章讲学，也是私立学校。《巧艺》第6则故事记载曰："戴安道（逵）就范宣学。"戴逵是当时著名画家，他拜范宣为师，学的是儒学，以打下文化根基。范宣，字宣子，少年好学，后博通群书，尤精儒经"三礼"。慧远年轻时在北方，听到范宣之名，也慕名想南来拜范宣为师，惜因南北道途阻隔，未能成行。但于此可见范宣私学教育很有质量，名扬南北。

魏晋教育，更重要的是通过士族的家学来实施精英教育的。魏晋实施九品官人法，是门阀社会，高门士族对家族利益的维护和重视，不亚于对国家朝廷的认识。为了家族兴旺，必须后继有人而重视教育。既然国立学校不办了，那么就在家族中立家学教育子女。当时国家教育之链的断裂，是由民间私学和贵族家学来填补的。魏晋士族家学，没有现代教育有严格的规章制度，大多是由富有深厚文化素养的或在某方面学有专长的父兄亲友，或是采用走出去、请进来的方式，对家族子弟的自学读书进行启蒙、辅导、启发和深造。如琅琊王家的书法教育，诞生了二王（羲之、献之父子）书道称雄古今；陈郡阳夏谢氏家族的家学沙龙——乌衣之游，后来培养出一代山水诗歌文学的开山之祖谢灵运。这些都是成功的教育范例。

除民间私学和士族家学的教育外，当时还有宗教学堂，如东晋初始阶段，康僧渊在豫章“去郭数十里立精舍……闲居研讲，希心理味。庾公（亮）诸人多往看之”，见《栖逸》第11则记载。康僧渊是和尚，他所立精舍，实是小型的佛学沙龙——也即小小的僧侣学校。又如，东晋晚期慧远在庐山东林寺所建立的大规模的僧侣学校，逐渐发展为全国的佛学教育中心。这对当时的学术教育，也是重要的补充与拓展。

总之，魏晋时代，朝廷已无法运用定于一尊的儒家经典来作为国家的统编教材，更无法以之统一士人学子的思想。于是，从国家官学到私立学校，以及转移到士族家庭教育的家学，甚或宗教学堂，多种教育形式同时存在，既相互竞争，又相辅相成，促进了魏晋教育事业在动荡的乱世中仍然继续发展。从“学在王官”的国学立场看，魏晋是传统教育事业的大破坏；但从私学及家学的角度视之，又有其相对自由活跃和开拓解放的一面，其意义不可低估，应予全面评估。这一点，细读《世说》者应该不难理解。

（二）专心向学 割席坐

《德行》第11则记载曰：

> 管宁、华歆共园中锄菜，见地有片金，管挥锄与瓦石不异，华捉而去之。又尝同席读书，有乘轩冕过门者，宁读如故，歆废书出看。宁割席分坐，曰："子非吾友也！"

管宁（158—241），字幼安，汉魏之际北海朱虚（今山东临朐）人。避乱隐居辽东三十余年，后还乡，屡拒魏文帝、明帝征辟而淡泊名利。华歆（157—231），字子鱼，平原高唐（今山东禹城）人。汉献帝时任豫章太守，迎降于孙策，后被曹操征召北返，迁尚书令，魏时官至司徒。管、华两人，《三国志》均有传。在年轻游学时期，管宁与同乡邴原、平原华歆友善，史称"时号三人为一龙：歆为龙头，宁为龙腹，原为龙尾。"（《德行》第10则刘注引《魏略》）清洪亮吉《四史发伏》卷九考证，时人以三人的年齿排列，而不是以德行优劣为序。考《世说》故事，洪说有道理。在历史上，对华歆德行，颇多非议，如奉曹操之命勒兵入宫，逼汉献帝交出伏皇后，杀害于暴室，事见《后汉书·伏皇后传》。魏文帝受禅登基，又奉玺迎新（见《三国志·华歆传》裴注引《魏书》），以此致讥清议，后人不齿。但他仍列入《德行》门中，可见魏晋并不以忠于故主为念，因晋重在“以孝治天下”，观念改变，不可一概而论。

这故事在歌颂管宁淡泊名利、志在学习的同时，对华歆热衷功名而废书以观的学习态度，进行了严厉的批评，甚至是不惜割席分坐以断交，其严重程度于此可见。但是，作者讥讽的不是华氏不忠于故主的德行有亏，而是他那从小蓄积于内的强烈功名之心，这违背了教育与学习的根本宗旨。管宁与华歆两人，志向不同，自然是言行各异其趣。史称管宁之智，料事大多预判准确，对社会动乱，具预见性，因此能逢凶化吉而避乱善终。管宁专心向学，原想学好本事，将来可建立功业，报效国家和人民。但当时社会腐败黑暗无可救药，一二志士难挽狂澜于既倒。于是他取《周易·遁卦》的精神，以“遁世无闷”作为君子人格的精神支柱，一生淡泊功名，傲视爵禄，征辟不就，专心致志地以讲学教育为务，想要为大乱中的国家，遗留下一批具有真才实学的人才，以便为将来的时代注入新鲜血液，重新激发国家的生命活力。他的学习与教育，想到的不是当下的个人名利享受，而是将来的国家和社会前途。他避乱辽东，隐居数十年，见太守公孙度，“语惟经典，不及世事”，于是“遂讲《诗》《书》，陈俎豆，饰威仪，明礼仪，非学者无见也”，由是而“民化其德”（《三国志·魏书·管宁传》裴松之注引《傅子》），社会和谐安定。在污秽浊世中见一缕圣洁的希望之光。管宁虽不做官，但司空陈群却上书朝廷加以称扬，曰：“（宁）行为世表，学任人师，清俭足以激浊，贞正足以矫时。”对管宁办教育和讲学，给予很高的道德评价。华歆则不同，他读书是志在功名，所以当达官贵人的轩车驷马轰然而过时急起废书去看热闹，这一细节，描绘了华歆从小就有羡慕富贵的内在心态，这与管宁专心读书而不闻不见形成了强烈的反差。年轻的管宁，学习专心致志，注意力集中在读书思考，无暇他顾，因而对那学习之外的轩车驷马的热闹场面，早已模糊而淡出于视听之外，这在现代心理学上，是有一定科学根据的。而当华歆废书出观时，却又适度刺激了管宁的兴奋点，终于一跃而起，遂有了《世说》所载“割席分坐”的动人镜头，并掷出了“子非吾友”这样风骨铮然的誓言。后来，管宁因专心致志而成饱学之士，并以身作则，进一步以教书育人为务，从而为时代作出了自己的贡献，备受世人尊敬，这早已在他年轻时代的专心向学中埋下了成功的种子。

㊁ 言传身教重启悟

《德行》第36则故事记载曰：

> 谢公夫人教儿，问太傅：“那得初不见君教儿？”答曰：“我常自教儿。”

谢公，太傅，均指谢安。“公”是古代的一种尊称，太傅则是安死后朝廷赠谥的官称。谢安夫人姓刘，是沛国刘耽之女、刘惔之妹。惔是东晋玄学清谈领袖人物。谢安虽一代名相，但他和前辈王导一样，都是当时的清谈玄家。《品藻》第84则评论当时清谈玄家的代表人物说：

"长史（按：王濛）虚，刘尹（惔）秀，谢公融。"可见当时谢安与王濛、刘惔鼎足而三的学术地位。

在这一故事中，刘夫人批评谢安作为人父，没有尽到教育儿女的责任。从这出发，人们会想到谢安是清谈玄家，脱略形骸，所以不屑细琐，当然不会为子女的教育去费心劳神了。在许多人心目中，以为魏晋重玄学，玄家贵《庄》《老》，而老庄思想贵无为而任自然，故名士多任诞放达；而教育则是一种后天人为的努力，两者是矛盾抵触的。因此有的人就得出了魏晋士人不重教育的印象，这才有了谢安被妻子批评，埋怨他不去教育孩子。其实这是一种误解。谢安就辩解说："我常自教儿。"意思是说，我是在用自己独特的方式来教育孩子，只是别人不明白这层道理而已。如从《世说》所记载的诸多陈郡阳夏谢氏家族的故事来看，谢安的辩护词基本符合实际。谢安确是清谈玄家，但魏晋玄士并非轻视教育与学习。如果玄学之士歧视教育而不爱学习，玄学又岂能取代儒学而新兴崛起并源远流长呢？比如西晋时清谈领袖乐广，幼时家贫，但路上遇见了正始名士夏侯玄，玄劝告他努力学习上进，乐广照办，经过刻苦勤学，终成一代玄学清谈名士。这在前面《乐广》篇中已提到了。又卫玠是两晋之交的清谈名家，他年轻时努力学习，积极思考，曾向他的岳父乐广请教"什么是梦"的问题。这一问题，即在科学昌明的今天，也是一个学术难题，但年轻的卫玠却非要想清楚、弄明白而后已，不然，积在心中，就会生病。事载《文学》第14则。乐广和卫玠都是清谈玄家，一个善教，一个善学。这些前辈的故事都给后来的谢安以有益的启发。谢安回答夫人责难，虽率尔而对，但态度认真。安雅善清言，所以言微而旨远，令人咀嚼回味。对于童蒙教育，在魏晋时代有两种不同的教育方法：一是继承汉儒的传统经学教育模式，重在师承的知识积累，一篇《尚书》的题目，讲解动辄十几万言，在传授知识时，多采用填鸭式满堂灌的方法；一是受清谈玄家的影响，力图摒弃传统教育的经学模式，在追问“为什么”的反复诘难论辩中，采用了启悟思维的新式教育方法。谢安之于教育，即取玄家新立场新方法。从这则故事看，刘夫人的埋怨，是以传统的教育思维模式来衡量，认为不经常给孩子上课外辅导课，孩子不上这样那样的诸多辅导课，这怎么行呢？实际上，刘夫人一时难以理解丈夫所实行的玄家启悟式的不言身教——一种特殊的教育子女的方式。所以，谢安说：我经常以自己的言行作榜样来启悟孩子们。他的回答理直气壮，益见其真率。他所强调的是不言之身教。提倡以身作则的榜样启悟，在孩子的独立反思中，为童蒙教育另辟一片新洞天。其子侄辈如谢玄、谢道韫，不问是男是女，都得到了良好的教育，成为儒玄双修、德智并优的一代风流人物，当然与谢公的言传身教有关。

㊃ 桑榆晚照 启朝晖

《规箴》第24则故事记载曰：

远公在庐山中，虽老，讲论不辍。弟子中或有坠者，远公曰：“桑榆之光，理无远照；但愿朝日之晖，与时并明耳。”执经登座，讽诵朗畅，词色甚苦。高足之徒，皆肃然增敬。

庐山，在今江西九江市南。讲论，讲说讨论。不辍，不停止。坠，怠坠，松懈。桑榆之光，原指夕阳余晖照射到桑树榆树，这里用以比拟人生暮年。朝日之晖，远公借喻弟子的青春年华。苦，努力，恳切。远公，即东晋名僧慧远（334—416），“公”是尊称。关于其生平，可参阅前名僧《慧远》一篇。

这则故事，当发生于孝武帝太元十一年（386）后，因为慧远于太元三年（378）别师道安东下，太元六年（381）入庐山，太元十一年江州刺史桓伊为远立东林寺。这是慧远大师在庐山东林寺讲学的情况。当时慧远五六十岁，已入晚年，故以桑榆夕照的晚年暮景自况。史称他自六十岁后，就拒一切世俗诱惑，“不复出山”而专心讲学传教。于此，可见他弘扬中土佛学和热心教育的巨大热情。

在魏晋时代，由于战乱频繁，社会动荡，因而整个国家官办教育事业，受到严重冲击。魏末晋初，洛阳京师的国学，有太学生三万余人。到了东晋，则国学倾圮，危乎殆哉。地方官办学校情况也差不多。但时代需要人才，教育之链不可断绝。因此，如前所述，民间私学和士族家学应运而生。后来，又拓其境，扩大到寺庙道观，可称为寺观宗教学校，如慧远在庐山东林寺所办的僧侣学校即是。现实的动乱飘零，触发了人们厌世情绪和皈依宗教的热情。因此，慧远庐山东林寺僧侣学校，不愁生员，除了全国各地僧侣外，还有众多社会贤达和穷困子弟。但与国家官学和一般民间私学不同，慧远的僧侣学校，并不另收学费，不以营利谋生为目的，可称是道德高尚。而论教学内容，除了以佛家典籍为主外，同时又能兼顾世俗传统之学，也就是兼综儒、玄经典而力求释、儒、玄三教合流。如著名画家宗炳，曾“入庐山就慧远考释文义”；豫章人雷次宗，“少入庐山，事沙门释慧远，笃志好学，尤明三《礼》（按：指《周礼》《仪礼》《礼记》）《毛诗》”，“于时师友渊源，务训弘道……勉志勤躬，夜以继日”（《宋书·隐逸传》）。又据《高僧传》远传，“时远讲《丧服经》，雷次宗、宗炳等并执卷承旨”。可见慧远庐山僧侣学校同样讲授儒学经典，并具有渊博弘通的学识，其诲人不倦，令人心折诚服。

当然，最令人敬服的，还在于慧远的一生忠于教育事业的敬业精神，这才有了前面提到的故事。作为东林寺僧侣学校的师长，慧远教学认真，态度诚恳，他那发自肺腑之言，以自己的夕阳晚照，去启引莘莘学子的朝晖之明，以身作则，言传身教，不知老之将至，实在令人唏嘘叹赏。老师的好榜样，化为鼓舞学生勤奋向学的动力。这令人想到今日许多学校，不论东方西方，“一切向钱看”者多如牛毛，如沧海横流，日盛一日，令人扼腕浩叹。如与古代慧远献身教育相比照，能无愧悔而奋起直追乎？

德政篇

一 德行观念随时化

今本《世说》，共分三十六门类（按：古时又有三十八及三十九门类之说），人称以《论语·先进》篇所载孔门四科（德行、言语、政事、文学）冠其首。看看今本《世说》目次，所说有一定的根据。但若进一步论其区分门类的思想标准和精神实质，则已与前代有所发展变化，另具魏晋六朝时代的新风貌，而不必与先秦两汉以来的传统儒家观念尽皆相同。魏晋的时代思潮，玄风炽煽，佛禅妙悟，熏染了一代士人，就是一贯以维护儒家名教著称的裴頠，也会受其影响，而对儒学义理进行了某种新的探索和改造，这只要读裴頠《崇有论》就会明白。他虽重在儒学，但对道玄之学以无为体的理论，也是有一定理解和消化的。以此，魏晋士人的思想面貌和道德标准，及其言行准则规范，即有因历史的传承而对传统观念加以继承发扬的一面；另一方面，又因时代的发展变化，从而产生了道德观念的新内容和新特点。所谓“德行”，按郑玄注《周礼·地官·师民》说：“德行，内外之称，在心为德，施之为行。”所称“德行”，顾名思义，就是道德和品行，指人们的道德观念及其行为实践，从而与时代人才的培养及思想品格之优劣密切相关。不过我们应该清楚，“德行”是一个历史的概念或范畴，而不是僵死的传统教条。三国时华歆逼君弑后，史上以之为逆为不忠，可他仍可在《世说》中充英雄，许多人对他的故事不乏称扬。当然，《德行》门四十七则故事，多有继承儒家传统观念的部分，如称颂王祥孝母，就是一个例证；但如记载竹林七贤阮籍故事，说他为人至慎，“言皆玄远，未尝臧否人物”，这与儒家提倡杀身事主的謇谔之忠相乖背。像阮籍、嵇康一类人物那“违名教而任自然”的德行，和陈蕃那澄清天下为己任的方峻之性，表现很不相同，但却都为《世说》作者所津津乐道而收入《德行》门中。以上两类德行相背的人物，却同样成为时人称颂的主人公，都是魏晋士人共同心仪的风范典则。这一微妙世态，正来自时代观念的复杂变化，应以动态的发展眼光视之，而千万不可执一衡万，以固定的模框定是非。

二 澄清天下 扬德行

《德行》第1则故事记载曰：

> 陈仲举言为士行，行为世范，登车揽辔，有澄清天下之志。为豫章太守，至，便问徐孺子所在，欲先看之。主簿曰：

“群情欲府君先入廨。”陈曰：“武王式商容之闾，席不暇暖。吾之礼贤，有何不可！”

故事主人公陈蕃（？—168），字仲举，汉末汝南平舆（今属河南）人。官至太傅。汉末桓、灵之际，因反对宦官集团擅权乱政，与大将军窦武谋诛宦官，事败被害。其性方峻，直言极谏，力抗强御，为世所称。他“登车揽辔”，出门做官，志在“澄清天下”，而不是仅为个人功名利禄而奔竞。志在天下，力争国家政治清明，百姓安生。这一社会理想是其“德行”的核心内容，决定了他所代表的正直封建士人的社会行为和政治实践。这就能够很好地理解他官拜豫章太守时，为什么不先入府衙拜印上任，受人庆贺而显其风光，而要席不暇暖地先去看望郡中布衣乡贤的“怪”现象了。当时主簿之言没错。主簿是郡府主要属官，参与机要并办理政事，他劝太守先到府衙上任，是其职责所在。但陈蕃不听，并非他对主簿个人有意见，而是另有原因。徐稚，字孺子，豫章郡著名乡贤。刘注说他“清妙高时，超世绝俗”。如在今天的商业大潮中，既不做官，又不赚钱，要他何用？但当时陈蕃没有这么俗气。刘注引袁宏《汉纪》，说“蕃在豫章，为稚独设一榻，去则悬之，见礼如此”。陈蕃礼贤下士，已成习惯。这与其除恶务尽的方峻之性，相反相成，正见出一个活陈蕃来。所以，陈蕃礼贤下士，并非虚矫造假的炒作，而是态度诚恳，发自内心，成为世人称颂的美德。从思想立场看，这与他匡时济世、兴利除弊以澄清天下的政治理想有关。陈蕃如要澄清天下，挽狂澜于既倒，单人独骑，没有自己的队伍行吗？因此，从组织队伍看，要扶救朝廷于衰朽之际，又必须有志同道合的贤人君子作支柱栋梁。礼贤下士是培养人才、组织队伍的重要措施。史称陈蕃品性高洁方峻，不交非类，平日“不接宾客”而杜绝后门。但他对贤人君子的尊重，则可见他对人的评价，是以德行为先，而不以地位高低的爵禄为准。他认为人对社会的贡献和历史地位，首先应该看他的思想德行之优劣。因此，本则故事，如能结合《后汉书》中“党人”的故事来读，将会有更深更细的理解和体会。故事言约旨远，一股凛然正气，力透纸背而人心大振。“澄清天下”之语，掷地有声，正见其理想抱负的远大。思想是行动的指南，在“党锢”之难中，陈蕃能够慷慨赴义，并非偶然。史称宦官集团“矫诏诛（窦）武等。蕃时年七十余，闻难作，将官属诸生八十余人，并拔刃突入承明门”（《后汉书·陈蕃传》），终因敌我双方力量悬殊被害。七老八十之人，衰朽之年而拔刀对抗那武装到牙齿的禁卫军，其胜败后果不难预料。但老人明知其不可为而为之，主动赴死，宣示正义，终于成为一代道德之楷模。范晔《后汉书·陈蕃传论》说：“桓、灵之世，若陈蕃之徒，咸能树立风声，抗论惛俗。而驱驰崄厄之中，与刑人腐夫同争朝衡，终取灭亡之祸者，彼非不能洁情志、违埃雾也；愍夫世士以离俗为高，而人伦莫相恤也；以遁世为非义，故屡退而不去；以仁心为己任，虽道远而弥厉……功虽不终，然其信义足以携持民心。汉世乱而不亡，百余年间。数公之力也。”所论大致不差。这说明封建士人的德行典范，以慷慨杀身成仁的实践，高扬了儒家传统道德的大旗，奋然前行，已成为中华民族优良传统的有机组成部分；即使在魏晋时代，同样是士人学习的榜样。《世说》中的《德行》门，并没有全然否定儒学中积极精神的一面。

(三) 舍生取义 荀巨伯

《德行》第9则故事记载曰：

荀巨伯远看友人疾。值胡贼攻郡，友人语巨伯曰："吾今死矣，子可去！"巨伯曰："远来相视，子令吾去，败义以求生，岂荀巨伯所行邪？"贼既至，谓巨伯曰："大军至，一郡尽空。汝何男子，而敢独止？"巨伯曰："友人有疾，不忍委之，宁以我身代友人命。"贼谓曰："我辈无义之人，而入有义之国！"遂班师而还，一郡并获全。

这则故事，言简意丰，人物形象颇为鲜亮，一席生动的对话，把主人公的内心世界描绘得淋漓尽致。在故事文字的背后，又隐约可见一场惊心动魄的战争，和那即将满城生灵涂炭血肉横飞的惨状。同时，又因为经历了一场血与火的考验，一个被净化了的崇高灵魂，冉冉升上了历史的天空。

荀巨伯，汉末颍川郡人，是否与荀淑同一家族？待考。但与荀淑不同的是，他名不见经传，显然不是仕宦之人，其生平事迹史上乏载。而据《世说》所记言行举止，当是一介布衣之士——也即不当官的读书人。所谓"胡贼"，是对当时北方少数民族侵袭军队的蔑称。史称后汉桓、灵两朝，乌桓、南匈奴、鲜卑诸民族多次寇边抄掠，奔袭边庭九郡。当时诸“胡”中以鲜卑最为强盛骄悍、常自来去而为汉患。特别是在檀石槐成为鲜卑领袖后，“兵马甚盛，东西部大人皆归焉。因南抄缘边，北拒丁零，东据夫余，西击乌孙，尽据匈奴故地，东西万四千余里，南北七千余里，网罗山川水泽盐池……皆属檀石槐。灵帝立，幽、并、凉三州缘边诸郡，无岁不被鲜卑寇抄，杀略不可胜数”（《后汉书·鲜卑传》）。当时议郎蔡邕上书朝廷说：“自匈奴遁逃，鲜卑强盛，据其故地，称兵十万，才力劲健，意智益生。加以关塞不严，禁网多漏，精金良铁，皆为贼有；汉人逋逃，为之谋主，兵利马疾，过于匈奴。”（同前）故事中的“胡贼”，大概应指鲜卑入侵部队。入侵者因被荀巨伯那发自内心而朴实诚恳的言论所感动，于是“遂班师而还”，也就是说，是在战胜汉军之后而主动撤军的。这种场面，在当时诸“胡贼”中，只有檀石槐统率的鲜卑军能做到。据此，故事时间是在桓、灵之际鲜卑大军大举寇边之时，地点是在幽、并诸州北方边境之地。

当时造成大规模民族灾难，是谁之罪？读这则故事，首先使人想起了传统儒家那“舍义求生”和“舍生求义”的话题。孟轲宣称：“生，我所欲也；义，亦我所欲也。两者不可得兼，舍生而取义者也。”（《孟子·告子上》）孟子大力颂扬“舍生而取义”的高尚人格。但言易行难，古往今来，真能付诸实践者又有几人？是那些在上治国理民而大腹便便的统治者吗？不是。这批“肉食者”，太平之时，满口仁义道德，舍生取义，信誓旦旦以恩养苍生为天职。但是，一旦“胡贼”攻城略地，却出现了“一郡尽空”的惨状。那些守土有责者，早已把仁义道德抛到了九霄云外，只顾自己逃生，哪里还记得什么“舍生取义”的圣人严训呢？不仅是守土有责的边境地方官吏，就是那高高在上的朝廷公卿、将军校尉，他们竭其聪明才智来压榨百姓，倾全力争名于朝、夺利于市，又有哪个为国为民而殚精竭虑、尽心尽责呢？以此，外患“胡贼”横流，实是肇自内部的腐败，外患正是内忧的自然延伸。这只要读一下稍后的蔡琰《悲愤诗》，自可明白。诗曰：“卓众来东下，金甲耀日光。平土人脆弱，来兵皆羌胡。猎野围城邑，所向悉破亡。斩戮无孑遗，尸骸相撑拒。马边悬男头，马后载妇女。”（《后汉书·列女·董祀妻》）董卓“胡兵”如此，更何况是货真价实的鲜卑大军呢！“汉人逋逃，为之谋主”，带领胡兵进攻中原的，是汉奸。但汉奸又是哪来的呢？正是朝廷腐败黑暗造成的。无能的统治者为丛驱雀、为渊驱鱼，贻害了天下苍生。汉末“胡贼”铁骑纵横，其罪过首先就在这帮“败义以求生”的无耻之徒。这与故事主人公所称“败义以求生，岂荀巨伯所行邪”之言，在道义人格方面，一正一反，形成了强烈的反差。但是，虽然沧海横流，而天道并未尽丧，“舍生取义”的优秀传统的真正实践者，却在民间草莱见其薪火相传。荀巨伯的话，慷慨诚挚，掷地有声，坚决拒绝了友人劝他逃生的好意。与败义求生而守土有责的公卿官吏相反，他为病友义无反顾，坚持留在危地困境来加以照料安慰，而把自己的生死置之度外，这不是“舍生取义”又是什么？在危急关头，他没有去考虑病友命重要，还是自己的命更有价值，这样冷酷的理念和思考，根本不合人情，缺乏人性，而为正义所唾弃。如唐代韩愈所说：“行而宜之之谓义。”（《原道》）荀巨伯认为自己所走的是正义之路，他就会坚持到底。对荀巨伯舍生取义的精神，古人有“千古一朋”之誉，其思想光彩，至今仍熠熠生辉而令人敬仰。

不过，有关边庭战争，缘由非常复杂，并非一切罪过都在“胡人”身上。汉廷边将的贪赃枉法，酷虐“胡”民，也是激起少数民族变乱的重要原因。比如汉末桓、灵时期，“有八都尉率好货财”，残酷压榨，欺侮“胡人”，“胡人”苦不堪言，无处可诉。因此而官逼民反，引发了少数民族“胡人”的大规模动乱（《后汉书·张奂传》），亦在料中。“胡”军攻城略地，汉统治者难逃罪责。另外，在“胡”人大军到时而“一郡尽空”之际，荀巨伯的一席话，作为正义呼声，居然能够感动“胡”人，并且主动撤军而“一郡获全”，这也说明了“胡”人汉民一样，只要教导有方，同样也出现了有情有义之人。现在，经过无数次民族战争血与火的洗礼，终于“胡”汉一家，融合为中华民族大家庭，这是值得庆贺的大事。

四 言『孝』没『忠』说魏晋

《方正》第8则故事记载曰：

高贵乡公薨，内外喧哗。司马文王问侍中陈泰，曰：“何以静之？”泰云：“唯杀贾充以谢天下。”文王曰：“可复下此不？”对曰：“但见其上，未见其下。”

这则故事虽然简约，但如熟悉历史而上挂下联，立感触目惊心，一场鲜血淋漓的弑君惨剧，跃然纸上。

史上司马开晋，以杀害魏帝曹髦（即故事中的高贵乡公）为公开信号。司马文王，指当时的晋王、相国、大将军司马昭。他在甘露五年（260），派心腹中护军贾充，率骑督成倅、成济兄弟，敢犯天下之大不韪，以利矛贯帝，公然弑君，以此而朝野舆论一片哗然。曹髦（241—260），即位前曾封高贵乡公，弑后无谥号，故史家借以称名。据《三国志·魏书》本纪，称其少年夙成，聪明好学，思有作为。但朝廷内外，早已布满了司马集团的文武爪牙，君权旁落，并非一朝一夕，其时乖运背，亦在料中。但公然被长矛洞胸而弑于军前，却也出人意料而吓人一跳。故事中“内外喧哗”四字，言简意隽，不仅渲染了当时举国人情汹汹的紧张气氛，而且说明了公然弑君这大逆不道的行为，震撼了传统道德支柱“忠孝”观念所带来的严重后果，因而迫使有恃无恐的司马昭，不得不思考“何以静之”的问题。当日的司马昭大权独揽，生杀予夺，连皇帝都敢杀，那么他要取臣下的性命，犹如踩死一只蚂蚁一般，什么感觉也没有。但侍中陈泰，却敢于当面廷折，说是“但见其上，未见其下”，贾充已是势压百官了，那么贾充之上，当然只有司马昭了。这是何等的批逆鳞、捋虎须的言行，言外之意很明白，说是司马昭应对弑主不忠负罪责。其风骨凛然，矛头直指司马昭。这是何等的勇气与胆识！司马昭当然不会轻饶于他。果然，不久陈泰即“呕血而死”被迫自杀。《世说》因此把他入了《方正》门加以旌扬。

这则故事的艺术，耐人寻味，陈泰和司马昭的心理刻画，也颇为生动。但更重要的是，它说明了思想道德及其言行准则的变化。虽有陈泰之辈为传统的“忠孝”观念献出了宝贵的生命，但大势所趋，却也无可奈何了。魏晋时代，篡弑相继，愈演愈烈，如曹魏篡汉，继之有司马篡魏，无所不用其极。这对于以“忠孝”为核心的传统道德观念，产生了强烈的冲击。在汉代，常是“忠孝”连称，求忠臣必于孝子之门，忠、孝一致，提倡“孝”的最终目的是为了“忠”君。若在日常生活中，发生了忠孝不能两全的矛盾，汉代士人常选择先忠而后孝。如汉灵帝时，辽西太守赵苞率众与鲜卑军战，寇劫其母及妻子为质，苞于两军阵前慷慨流涕曰：“昔为母子，今为王臣，义不得顾私恩、毁忠节。”于是挥师破敌，母及妻子遇害。事见《后汉书·独行·赵苞传》。但发展到魏晋，观念变化较大。如《三国志·魏书·邴原传》裴注引《原别传》说，问君、父同时有疾，但救命药丸仅一枚，先救君，或先救父？“太子（按：指曹丕）咨之于原，原悖然对曰：‘父也！’太子亦不复难之。”先救父而非忠君，这是魏晋后有的新认识。原来的忠君道德观念，在魏晋人的脑海中已日渐淡薄。曹操挟天子以令诸侯，曹丕继而篡位开魏；后来司马氏步其后尘，就是借鉴了前朝经验，篡魏开晋。既然君主可弑可篡，又何来的“忠”君观念呢？因此当时统治者羞于言“忠”，事在必然。但作为国家朝廷，总要有一个道德的门面，“忠”既不讲，那么就来讲“孝”，因此晋人提倡以“孝”治天下。司马昭弑高贵乡公，就是直接的导火线。

不过，言“孝”而无“忠”，在封建朝廷，终究缺乏了某种思想信念，丧失了道德支撑之点。晋时士大夫，无忠君之心者仍可合法存在，甚至成为《世说》中的“英雄”或枭雄，令人津津乐道，思想原则混乱。西晋武帝司马炎驾崩前后，王公贵族已在为争夺帝位相互厮杀，演出了一幕又一幕的历史惨剧，这或许与丧失了那和国家民族命运相关的道德观念有关。武帝尸骨未寒，立即在皇族中兴起了八王之乱，热热闹闹，你方唱罢我登场，直杀得斗转星移，天昏地暗，尸横遍野而赤地千里。结果呢？皇帝宝座谁也没抢到，倒是把一个好不容易一统天下的大好河山，沦丧于胡族铁骑之手，呜呼，悲哉！

在这则故事中，陈泰表面针对贾充弑主不忠，要求杀之以谢天下，实际上他心里明白，贾充只不过是司马家的一条疯狗，叫他咬谁就咬谁。司马昭如果听陈泰的话，真的杀贾充以谢天下，那么又有谁肯出来充当杀手，为司马篡魏效劳呢？很明显，陈泰批判不忠的矛头，直指当时掌权的司马昭，这暗合于民谣传闻“司马昭之心，路人皆知”的说法。司马昭当然恼怒，陈泰如不自杀，又岂有活路？后来，司马昭果然取贾充以下的骑督成倅、成济兄弟作替罪羊，诛灭九族，虽然手段残忍，却也难堵悠悠众口。十年后，庾纯在朝廷公宴之上，借酒骂座，当众呵斥位高权重的贾充说：“天下凶凶，为尔一人！”直斥其弑君之不忠：“高贵乡公安在？”（《晋书·庾纯传》）一句话令司马集团的心腹爪牙很是尴尬。这不是偶然地揭历史疮疤，而是对于晋主提倡“以孝治天下”而缺乏“忠君”——即国家意识的一种批判。于此可见，陈泰虽死，但薪尽火传。统治者的思想，如不出于公心而维护国家民族的道德底线，不管你如何花言巧语而加以改妆打扮，都很难挽救国家的沦丧。这就不能不引起人们的反思。

士庶篇

㊀ 门阀社会 严士庶

魏晋南北朝实行封建的门阀统治。史称魏文帝时始创九品官人之法（《三国志·魏书·陈群传》），“制九格登用，皆由于中正”（《太平御览》卷二一四引《晋阳秋》）。也就是说，在封建统治阶层中，设立州郡中正官以评议乡贤人才，并将其分为上下九品，以备朝廷选拔官吏之用。由于中正官本身必须二品以上，大多被地方的世家豪族所把持，因此，国家用人，逐渐形成了“上品无寒门，下品无势族”的局面。而高门望族出身的中正官，在评议分等时，“务随爱憎：所欲与者，获虚以成誉；所欲下者，吹毛以求疵”，“高下任意，荣辱在手，操人主之威福，夺天朝之权势”，于是“天下汹汹，但争品位”[1]。晋初，虽有刘毅、卫瓘等有识之士多次上疏，批评九品官人法的种种弊端，要求废止，但被当朝者所拒，高门势族者怎么会允许下品寒门之士来共同瓜分朝廷的权益呢？以此，“据上品者，非公侯之子孙，即

1　刘毅于晋初时上疏武帝，要求废止九品中正制，但未被采纳，见《晋书·刘毅传》。

当涂之昆弟”（《晋书·段灼传》），门阀士族垄断仕途的势力日益膨胀，国家政权几乎被少数的上品贵族（即地方的高门士族）所操纵。后来，唐代柳芳概括地指出：

> 魏氏立九品，置中正，尊世胄，卑寒士，权归右姓已。其州大中正、主簿、郡中正、功曹，皆取著姓士族为之，以定门胄，品藻人物。晋、宋因之，始尚姓已。然其别贵贱，分士庶，不可易也。（见《新唐书·儒学·柳冲传》附）

这就说明，在魏晋时，人的出身高低贵贱，几乎决定了他一生的前途。这一有关出身的血统论，其恶劣影响不仅到南北朝，甚至到了现代也曾阴魂不散，所谓“龙生龙，凤生凤，老鼠生儿会打洞”，即是一例。不过应予注意，魏晋时血统区分非常严苛，同是地主阶级统治中人，仍有士庶贵贱之别。也就是说，高门士族（或称世族、势族）出身的贵族子弟，一出娘胎就是做大官的料子；而一般广大寒门出身较为低贱的庶族地主子弟，则只能甘当配角、跑跑龙套而已。广大庶士即使再有聪明才干，也只能望洋兴叹，埋怨自己没有一个好姓氏、好爸爸。国家用人不先问其人品才能和学问，而是先检簿阀看其姓氏门第，岂非咄咄怪事？但当时形势如此，士庶之别，犹如天渊之隔。统治国家的权力，集中在少数高门士族手中，他们牢牢把持着权势利剑，令行禁止，为所欲为。这样代代相传，必然养就了高门士族子弟那傲视世人而唯我独尊的狂妄文化心态，他们待人接物时的青白眼，大都和出身的高低贵贱直接相关。这就人为地产生了许多社会矛盾，阻碍了社会的进步。《世说》中许多有关士庶之别的故事，就是这样孵化出来的。

（二）士庶之别 天渊隔

《方正》第52则故事记载：

> 王修龄尝在东山，甚贫乏。陶胡奴为乌程令，送一船米遗之，却不肯取。直答语："王修龄若饥，自当就谢仁祖索食，不须陶胡奴米。"

王修龄，名胡之（？—约349）。《言语》第81则刘注称引《王胡之别传》说："胡之字修龄，琅琊临沂人。王廙之子也。历吴兴太守，征侍中、丹阳尹、秘书监，并不就。拜使持节，都督司州诸军事、西中郎将、司州刺史。"做了地方重镇的方面大员，身份和地位甚高。但他也有不顺之时，陶胡奴送米给他时，因种种原因，他家"甚贫乏"，似乎连吃饭都有问题了。但他却坚决拒绝了陶氏的赠米和帮助，把人家的关心当成狗屁，这就是魏晋时所称的"方正"品格。这就给了赠米的陶胡奴大大的难堪了。如果以王修龄的这一行为是"方正"，那么陶胡奴的关心赠米就是"邪恶"了，天下有这个道理吗？这在别的时代是不好理解的，但在魏晋时代却有大道理在，关键就在于士庶之别，天渊之隔而难以逾越，这是制度使然，也是一种时代风尚。王胡之出身于琅琊王家这一东晋第一贵族之家，是昔日丞相王导的从子，右军将军王羲之的从兄弟，这就让他有了傲视别人的资本。王胡之是当时王谢家族中的一个知名人物，所以《世说》中记载了许多有关他的故事。胡之所说可与他交往的谢仁祖，就是谢尚，《晋书》卷七十九有传，是个才艺双绝的风流之士。据《言语》第46则刘注引《晋阳秋》说："谢尚，字仁祖，陈郡人，鲲之子也……仕至镇西将军、豫州刺史。"他是两晋清谈名家谢鲲的儿子，一代名相谢安的从兄。又据《晋书》本传，谢尚年轻时，"丞相王导深器之，比之王戎，常呼为'小安牛'"。可见谢尚是陈郡谢氏家族的代表人物之一。王胡之的交游，只有陈郡谢氏家族的谢尚可相匹配，而在高门的王谢家族之外，王胡之就常有不屑甚或是鄙视的神色。如对待陶胡奴赠米就是显证。他所侮辱的陶胡奴，其实也不是一般人物，他是东晋初名标青史的开国功臣陶侃之子，侃曾任太尉、大将军，官高位显，连丞相王导也敬让他三分。《世说》刘注曰："胡奴，陶范小字也。《陶侃别传》曰：'范字道则，侃第十子也。侃诸子中最知名。历尚书、秘书监。'"论陶侃出身，他后来跻升二品，应属二品的上流士族，陶胡奴应说有幸有个好爸爸，该是出身高贵了，为什么反被穷贫之士的王胡之瞧不起呢？我们须知，陶胡奴赠一船米以济王胡之困，除了搞好关系、联络感情外，并无丝毫的恶意，这与行贿受贿性质根本不同。而王胡之却拒人于千里之外，态度言辞极其难听，说什么只有陈郡谢尚才有资格和他对等打交道，你陶胡奴有什么资格来过问琅琊王家的事呢？这就把陶胡奴的关心当作高攀他这个王谢子弟而嗤之以鼻了，因此时人以之入《方正》门。于此可见，高门士族子弟那行事不同于众的自我标持，是魏晋六朝人对于"方正"的另类阐释。为什么会这样？原来，问题的症结仍然出在陶胡奴父陶侃的身上，这既与士庶之别有关，但如果深究，进一步又牵涉到南北士族相互对立的问题。原来，陶侃原是出身于南方的一介寒士，依靠自己的努力奋斗，加以才识卓著，做出了惊天大业，才能勉强跻身于上流社会。据《晋书·陶侃传》说："陶侃，字士行，本鄱阳（今属江西）人也。吴平，徙家庐江之寻阳……侃早孤贫，为县吏。"他不仅是出身微贱的庶族，而且是典型的一介江南寒士。他并非因其功业而致上品出身，而是因为获得了几位南方高门士人的帮助，才勉强跻身二品，算是得到了进入上流社会的一张入门券了。《贤媛》第19则故事记载了侃母截发换钱以供客饭的事，感动了同郡士人范逵，因而答应陶侃，到京师洛阳后"当相为美谈"，也即在上流社会中为他宣传炒作，延誉游说。"逵及洛，遂称之于羊（杨）晫、顾荣诸人，大获美誉"。羊（杨）晫，侃同乡。顾荣，江东士族名门出身。陶侃后来能跻身二品之位，就和羊（杨）晫的大力推荐密切相关。《贤媛》第19则刘注引王隐《晋书》曰："羊（杨）晫亦简之。后晫为十郡中正，举侃为鄱阳小中正，始得上品也。"陶侃寒士能跻身上品，绝非易事，除他本身才识能力外，更主要是依靠江南士族出身的同乡羊（杨）晫的赏拔。大中正举之为小中正，本来就有这种权力和方便。而要做郡小中正官，本身又必须是二品以上，以此陶侃出身的品位陡升而出人意料。但是，类似的情况，在魏晋时极其罕见，只能当作特殊个例来认识。在一般情况下，要升到上品之列，需要州大中正官特别荐举，或由皇帝下诏旨特批。因此，论出身品位的上升改变，陶侃是很幸运的个例。他在朝廷的档案中虽已名列二品，但论真正出身，知情的中原高门士人羞与同列，并没有真正视之为货真价实的上品贵族。另外，又因为他是通过江南士人荐举延誉而致高品，同样不为王谢家族认同而羞与齿列。以此，在王胡之的潜意识深处，仍然不认陶侃出身上品，更不用说他的儿子陶胡奴了。陶侃非出于高门士族，自然是"小人"；陶胡奴是"小人"之子，更是小人中的小人，出身就更低贱不堪了。此所以王胡之会对他的“关心”赠米，嗤之以鼻，宁肯饿肚子也不吃“小人”的嗟来之食。表面上似乎“方正”而有傲骨，实际上正见中原高门士族王谢子弟的狂妄无知之气焰。士庶之隔，难以逾越，于此可见一斑。

东晋长期偏安东南一隅，并非没有北伐以恢复中原的机会，但当时封建阶级中的士庶争斗，如火如荼，大量贤人受到压制而乏进身之阶，国家不举贤授能，国力内耗殆尽，内部很不团结，一个内部不和谐的偏安政权，又怎能有力量来恢复故国河山呢？悲乎！

二

士族门派分南北

《方正》第18则故事记载：

卢志于众坐问陆士衡：“陆逊、陆抗是君何物？”答曰：“如卿于卢毓、卢珽。”士龙失色。既出户，谓兄曰：“何至如此？彼容不相知也。”士衡正色曰：“我父祖名播海内，宁有不知，鬼子敢尔！”议者疑二陆优劣，谢公以此定之。

这是《世说》中所记述的“方正”故事。所称“方正”，原指人的品行端方正直，敢于坚持正义之道，而不为强暴威势所屈服。但《世说》所录六十六则故事，有的是继承汉儒的传统道德观念，如第一则陈元方（纪）斥失信无礼，义正辞严。但也有些故事，发扬了魏晋士人的特殊思考，与传统观念有差异，“具言之，这一观念特指士人之自我标持、行事不同”（范子烨《世说新语研究》第六章，黑龙江教育出版社1998年版）。如前面所述王修龄鄙视“小人”陶胡奴而拒其赠米，这是因当时士庶之别的门阀观念所造成的，如此乖僻而自以为“方正”，实不足为训。而这则故事称颂了陆机的“方正”，又与王修龄故事不同，一方面既继承并发扬了传统儒家道德中那“威武不能屈”的大丈夫精神，一方面又表现了魏晋士人尊重自我而不苟行事的特殊文化心态，可说是两者兼而有之。

卢志，字子道，范阳涿县（今属河北）人。八王之乱中，曾任成都王司马颖长史、中书监，怀帝时官尚书，后被刘粲所杀。陆机（261—303），字士衡，吴郡华亭（今上海松江区）人，历官太子洗马、著作郎、平原内史，世称陆平原。后在八王之乱中，与卢志共事成都王颖，任后将军、河北大都督，率军攻长沙王司马乂，兵败，因卢志等进谗言，与弟陆云被成都王颖杀害。陆云（263—303），字士龙，机弟，历官尚书郎、侍御史、清河内史。二陆兄弟，当时著名文学家。可惜被谗而一时遇害。这则故事，已隐约见其祸害的苗头。

如前所述，魏晋严士庶之别，制度严苛。但即使是在同一个高门士族队列中，士族中的地方门派的南北对立，情况也同样严重，并大量消耗了国力，破坏了国家机制的健康运转。《世说》在这方面，有生动而形象的描绘。比如以陆机、陆云兄弟为代表的江南高门士族，就因受到了中原高门士族的歧视而展开了一场南北士人的激烈对抗。

在一次聚会时，卢志当众责问陆机兄弟，说是陆逊、陆抗是你家

“何物”？所谓“何物”，就是何人、什么东西。说话口气很不客气。在大庭广众之中，直指人家的父祖名讳还不算，还说他们是什么东西，这是一种公然侮辱的大不敬。卢志为什么敢于如此猖狂呢？是不是卢志和二陆兄弟有什么私人积怨呢？其实不是。从中可窥中原士族对于江南士族的歧视、排斥，以及江南士人的愤怒与抗争。卢志敢于当众侮辱二陆，一来因江东吴国刚被晋灭不久，江南士族和蜀地士人一样，属“亡国之余”，怎能不忍气吞声呢？比如将军王浑平吴时，登建邺宫酾酒酣饮，曾于众座公开侮辱吴人说：“诸君亡国之余，得无戚乎？”事载《晋书·周处传》。有其父必有其子，浑子王济也曾于众座之中讥嘲江南士人华谭说：“五府初开，群公辟命，采英奇于仄陋，拔贤俊于岩穴。君吴楚之人，亡国之余，有何秀异而应斯举？”事见《晋书·华谭传》。一来，当时中原士族中的狂士，多以战胜者的姿态而君临于江南“亡国之余”的士人之上，唯我独尊而目中无人。晋初统一不久，中原士族占据了政权要津，朝廷被他们所垄断，这就在无形中产生了那歧视江南士人的偏见和政策。当时陆机曾上疏朝廷说：“至于荆、扬二州，户各数十万，今扬州无郎，而荆州江南乃无一人为京城职者，诚非圣朝待四方之本心。”（陆机《荐贺循郭讷表》）二来因为卢志出身于范阳卢氏这一中原高名士族之家。范阳卢氏，从东汉以来，就是世胄显赫的名门望族，甚至发展到唐代仍然是长盛不衰。如卢志曾祖卢植，汉末名宦，曹操下令称扬他“学为儒宗，士之楷模，乃国之桢干也”（《三国志·卢毓传》裴注引《续汉书》）。其祖卢毓，魏司空，父珽，晋尚书，从汉至晋，门第显赫，所以卢志才敢如此猖狂。中原士族狂人，恃才傲物，可以肆无忌惮地侮辱别人父祖门庭，却绝不许别人讥其家族祖先。在这一无形的淫威下，陆云谨慎胆小，才会想忍气吞声，对兄说“彼容不相知也”的托辞，为的是怕陆机因此招来横祸。但陆机脾性刚烈躁急，个性倔强，慷慨任气，他的心理反弹，愤怒反击，是被逼出来的，反映出江南士人的特殊文化心态。陆机兄弟出身于吴郡著姓陆氏家族，是三国时东吴的鼎甲大姓。吴主孙皓曾问陆凯说：“卿一宗在朝有几人？”凯回话说：“二相、五侯、将军十余人。”吴郡陆氏家族之盛，连以剥人皮著称的昏君孙皓也畏忌三分。事见《规箴》第5则。机、云兄弟，祖逊、父抗，在东吴出将入相，战功卓著，政绩颇佳，忠心事吴，英名盖世，普天之下，何人不知，谁人不晓？因此机、云引为家族荣耀。现被卢志当众指名道姓地加以羞辱，岂能不义愤填膺而加以反击？陆机、陆云兄弟，吴亡后曾返故乡刻苦攻读十年，早已成为名动全国的大文学家。吴亡时陆机二十岁，并于太康十年（289）与陆云、顾荣等应征到达京师洛阳，时人号为“三俊”，时年二十九岁。据《三国志·吴书·陆抗传》裴注引《机云别传》说：“机兄弟既江南之秀，亦著名诸夏。”后人称其文学为“太康之英”，誉满京华，很受当时文坛领袖张华的赏识。在重士族的门阀社会的交际中，岂有在大庭广众敢妄自指人祖先为“何物”——什么东西的道理。这实是藐视江东二陆，煞人威风，以示鄙夷不屑之态。这让陆机痛心疾首。他认为辱及父祖门第，是严重挑衅，怎可不加反击呢？他因此而针锋相对，直道卢志祖毓、父珽名讳加以报复。出门后又骂卢志是“鬼子敢尔”，其恼怒之情，慷慨激昂，溢于言表。至于这样辩论的严重后果，他是全然不管不顾的了。史实说明，卢志于此耿耿于怀，江南小子，竟敢如此无礼辱及大邦士族！因而衔恨而伺机报复。这就为后来晋惠帝泰安二年（303）卢志勾结宦人孟玖，在成都王颖前谗害二陆兄弟埋下了祸根。如《尤悔》第3则说：“陆平原河桥败，为卢志所谗，被诛。”以此看来，在挑战中原狂士的大辩论中，作为江南精英的二陆兄弟，后来都付出了生命的代价。

但是，有压迫就有反抗。西晋时南、北士族的争斗，发展到东晋，范围扩大。中原士人骂南人为“貉子”，南士则讥嘲中原北来之人为“伧鬼”或“伧父”。如《惑溺》第4则及《晋书·周玘传》都有记叙。南北之士的争论对抗似有愈演愈烈之势，并从“文攻”发展为兵戎相见的武器批判。如南士周玘等预谋起兵反叛东晋朝廷，虽说原因复杂，但士族中的南北偏见与对抗，也是原因之一。这就形成了危及国家民族命运的严重后果。为此，当时统治阶级中的有识之士，如张华、王导、谢安等，皆要求改弦易辙，主张中原士族应主动容纳、团结南方之士，争取更多的人才。他们推行的是犹如今天“统一战线”的策略，士人不分南北，同仇敌忾，团结对敌，国家才有希望和生气。东晋朝廷在严重民族危机中能够开国江南，立足于半壁江山而偏安一隅，当与王导、谢安等泯灭南北士族恩怨的思想政略有关。历史的经验的确值得回味。

㊃ 当着娘面侮娘舅

《简傲》第15则故事记载说：

王子敬兄弟见郗公，蹑履问讯，甚修外生（甥）礼。及嘉宾死，皆著高屐，仪容轻慢。命坐，皆云：“有事，不暇坐。”

既去，郗公慨然曰："使嘉宾不死，鼠辈敢尔！"

从文学的艺术角度看，这是一则古代的小小说，细节描绘生动，形象栩栩如生，人物对话，活脱口语，传达了人的内心秘密，其心理刻画称得上是惟妙惟肖。但透过表面文字的背后，却是言约旨远，故事中又有故事。

王子敬，即王献之，羲之的小儿子。据《晋书》羲之本传，他生七子，知名者五，依次是玄之、凝之、徽之、操之、献之。中间的老三、老四缺记。但《排调》第57则提到的王咨议，刘注引《王氏谱》说："(王咨议)肃之，字幼恭，右将军羲之第四子，历中书郎、骠骑咨议。"而丁福保《全晋诗》卷五录有王涣之《兰亭》诗，名下注云："羲之第三子。"不过并未言其字号仕履并明其出处。据此，羲之七子依次是：玄之、凝之、涣之、肃之、徽之、操之、献之。七子中献之最贤，书法成就直追乃父。以此《世说》常取为琅琊王家子弟的代表。郗公，即郗愔(313—384)，字方回，高平金乡(今属山东)人。《晋书》有传，太宰鉴的长子，历会稽内史、侍中、司徒，位至三公，并非等闲之辈。其姊璿，羲之夫人，郗愔是献之兄弟的大娘舅。嘉宾，郗愔儿子的字，名超(336—377)，又一字景兴。他是献之的表兄弟。累迁中书郎、司徒左长史。他是大将军大司马桓温的心腹谋主，桓温枋头北伐大败后，他为桓氏策划了废帝奕为海西公，迎立简文帝司马昱之事。当时桓温视帝如无物，独专朝政，权势熏天。郗超是为桓氏出谋划策的军师，其势力实权压朝廷百僚，令人畏忌三分。就是当时王谢家族的王坦之和谢安等，对郗超也颇畏忌。史称"谢安与王文度(坦之)共诣超，日旰未得前，文度便欲去，安曰：'不能为性命忍俄顷邪？'其权重当时如此。”（《晋书·郗超传》）王、谢两人，当朝名流，排着队等待郗超的接见，其声势可想而知。因此，郗超健在时，王子敬兄弟对之既畏且敬，因而对超父郗愔这个大舅父，当然就敬礼有加，目的是做给郗超看。这样的礼敬，实是出于被动行为，而非心甘情愿。所以这则故事说是“蹑履问讯，甚修外生礼”。蹑履，穿着鞋子。（按：魏晋名士平日喜穿木屐（木拖鞋），随心率性，自由自在。在正式场合则穿鞋见客，表示尊重。）问讯，动问起居寒暖，即叩安问好之意。

但是，假戏终会戳穿。一旦权高势大的郗超死了，高平郗家在朝廷政治结构中的顶天柱石轰然倾塌，于是王氏兄弟态度大变。琅琊王家子弟一改昔日对于舅父小心谨慎、敬礼有加的尊重，一变为“皆著高屐，仪容轻慢”，简直是一百八十度的急转弯，为什么？

是不是出于政治上不同立场的原因呢？非也。史称郗超“实党桓氏”，桓温心怀不轨，“欲立霸王之基，超为之谋”。而当时的王谢家族，作为传统世家代表，是不甘屈服于桓氏门下，他们仍表示忠于司马朝廷和国家。但儿子郗超的立场并不能代表乃父郗愔的态度，史称郗愔一贯“忠于王室”，与超大异旨趣，而与王谢如出一辙。所以郗超党桓阴谋，严密不令父知，郗愔实在没有任何责任。这一点当时天下共知，王子敬身为朝廷命官，岂有不知之理？所以在郗超死后，孝武帝对郗愔仍是礼敬致问，“征拜司空，诏书优美，敦奖殷勤”，事见《晋书》愔传。当时朝廷执政的是谢安。超死之后，帝、相都相信不疑。王献之（子敬）是谢安的属下，又有什么理由怀疑舅父郗愔的“忠于王室”呢？可说绝无此理。这样，王子敬兄弟失敬傲侮娘舅郗愔，就不是政治立场敌对所致，而是另有原因，实际上是门阀社会中那种根深蒂固的门第观念所致。郗超死后，郗家失却了操控政权的实力人物，王家贵少因为头上强压突然消失而引起习惯性的心理反弹。

琅琊王家一贯自以为门第高华，而瞧不起一般士族。在他们的眼里，高平金乡郗家，地位怎敌琅琊王家呢？郗愔父鉴，南渡时是一个带领难民南渡的流民领袖，怎能和王导助晋元帝开国江南相比呢？这一傲慢心理，早在王羲之身上埋下了种子。《贤媛》第25则记载："王右军郗夫人谓二弟司空、中郎曰：'王家见二谢，倾筐倒庋；见汝辈来，平平尔。汝可无烦复往。'"郗夫人二弟指愔与昙，二谢指谢安和谢万。郗夫人称"王家"，当然包括了自己的丈夫王羲之。琅琊王家与陈郡谢家，一个是老牌的簪缨世家，一个是新兴的华丽家族，可谓门当户对，所以王家待客，倾其所有，极其热情；而对待姻亲的郗家，却是淡而寡味，如白开水，毫无热情。所以连郗夫人也气不过，叫兄弟不要再来走亲戚了。对郗夫人来说，这是多么令人心碎的话啊！王家这一门第观念，自然又从王羲之身上，不知不觉地传给了儿子，王子敬对待娘舅的态度就是明证。一旦郗家实力人物郗超去世，王家子弟对郗家态度陡变：同是一双脚，一是"蹑履"，犹如今天西装革履，全套礼服，毕恭毕敬；一是"著高屐"，"仪容轻慢"，连请坐喝茶都不屑一顾。为什么王家兄弟的态度如此前恭而后倨呢？因为郗超死了，郗家失势了。郗愔早在桓温当权时，避忌交出了徐、兖两州刺史、都督徐兖青幽扬州之晋陵诸军事的实权，告老还乡，犹如虎落平阳，连亲外甥也敢来欺侮他，这怎能不叫老人怒火中烧而愤恨不平呢？发生这事时，郗夫人仍然健在，她活了约九十岁，见《贤媛》第31则刘注引《妇人集》。因为子敬兄弟自以为琅琊王家比金平郗家金贵，于是连长辈也受欺侮。当着娘面骂娘舅，这是何等绝情的事。为了王家的高贵门庭，连伤害了母亲的感情都不顾，可说是六亲不认，所以舅父郗愔要痛骂他们"鼠辈敢尔"！

如果不是太过分，娘舅会这样大骂亲外甥吗？王家兄弟，并非只是献之一人如此，而是众兄弟的行为，所以故事说是“皆云”，是大家都这样说。这不是个人行为，而是簪缨家族高贵遗传因子所致。高贵的门阀观念犹如毒瘤，在琅琊王家子弟的头脑中根深蒂固而不可动摇。所以子敬兄弟才会目空一切，傲视世人。乃父羲之曾不问妻子对娘家感情如何，傲视简慢其兄弟；现在儿辈子敬兄弟又失礼于娘舅，又何曾顾念白发老母的感受呢？父子代代相传，似无二致。

当然，我们这样批评琅琊王氏兄弟的门第观念，并不是在全面地评价历史人物的功过是非，因为这是时代的制度使然。王羲之和献之这对父与子，在历史上留有较佳的名声，除书法艺术并称“书圣”二王外，政治态度和政绩，也称正直而有所作为，特别是羲之，可参阅前《王羲之》一节，这样理解历史人物才会有比较全面的认识。

清谈篇

一 孩童克隆『论议』戏

《夙惠》第1则故事记载说：

> 宾客诣陈太丘宿，太丘使元方、季方炊。客与太丘论议，二人进火，俱委而窃听。炊忘著箄，饭落釜中。太丘问："炊何不馏？"元方、季方长跪曰："大人与客语，乃俱窃听，炊忘著箄，饭今成糜。"太丘曰："尔颇有所识不？"对曰："仿佛志之。"二子俱说，更相易夺，言无遗失。太丘曰："如此，但糜自可，何必饭也？"

陈太丘即陈寔，汉末名士。陈纪字元方，寔长子；陈谌字季方，寔少子。炊，生火做饭。箄，蒸食竹屉。古时蒸饭用甑，甑底有孔洞，用箄遮隔，米饭才不会漏掉。糜，烂粥。论议，汉末的"论议"又称"谈论"，是当时士林学界讨论问题、发挥见解时的言论，其中不仅有品评人物的清议，同时还包括了对政治、经济、礼法、艺文诸问题的讨论，当时人以能“论议”为高。汉末“论议”，实是后来魏晋清谈之滥觞。当然，“论议”和清谈，因时代不同而有各自侧重的内容和特点，但其发展轨迹则一脉连贯而下。故事发生在纪、谌这对陈家兄弟十来岁的儿童时代，《世说》收入《夙惠》门，赞誉孩童早有智慧悟性。父亲在和客人“论议”时，吩咐兄弟俩蒸饭待客。两个孩子因父亲和客人的谈话精彩，就丢下烧饭工作前去偷听，一时兴奋而忘记蒸饭时该放竹屉，以致饭变成了烂粥，因此受到父亲的问责。兄弟俩知罪，长跪不起，老实地说明了事实缘由，皆因偷听“论议”而起。这就引起了父亲的注意。贵族之家，原来重视教育，于是陈寔不仅没有对孩子加以呵骂责打，而是进一步启发说，你们听到了什么？有什么收获？是不是能回忆复述一下？于是两个孩子，你一言来我一语，争相抢答，你来我往，“更相易夺”，相互论难。听了孩子对“论议”的复述，父亲很满意，说：“能够这样，吃粥也值得，又何必吃饭呢？”这是对孩子的肯定和鼓励，更激发了孩子学习思考的热情。

故事犹如一篇古代的小小说，言约意隽，非常生动风趣，情节跌宕起伏，故事有开头、发展和结尾，结构完整，又是一波三折，诱人深入其中。人物形象也很鲜活，心理刻画微妙。孩子忘记老父交待，没做饭待客，这本是一件错事，该受呵责。因为陈寔是官宦人家，并非穷得无法待客吃饭，以烂糜待客，总是不太礼貌；而且所待的还是“贵客”。从客人能和陈寔反复“论议”的情况判断，因为当时陈寔的学识，已是“远近宗师之”的高水平，能和陈寔反复“论议”而又能吸引孩子兴趣，那么其学识自是不同凡响。客人之“贵”，以学识而非官阶。于此可见汉末士人对“论议”的重视。孩子明知犯错，通过“长跪”一个生动细节，把儿童惧怕严父呵斥的战栗心情如画托出。但可贵的是，陈寔不是对孩子非打即骂的俗人，而是先问根由再作处置教育。当他明白了孩子是因好学犯错时，不仅不生气，反而心中暗喜而予以鼓励，为孩子的好学多思而高兴，因此才有下面的“尔颇有所识不”的问话。犹如一个优秀教师的善于启发和提问，从而引出了下面“二子俱说，更相易夺，言无遗失”的一幕生动的儿童剧，把故事推向了高潮，并迎来了喜剧的结果。陈寔和儿子，一善启发，一善学习，可说是古代士人中教学相长的佳话，很有借鉴意义。

另外，可以谈一下汉末“论议”的形式。陈元方兄弟争先“俱说”，实是复述了主客双方的“论议”场面。“更相易夺”，今人或译为“相互补充”，这不太准确。你“易”我“夺”，是论辩过程中主客双方激烈争锋的场面描写。这说明汉末士人“论议”，不仅有个人发言谈感想体会，而且常有继承东汉初儒学家相互“论难”的一面，两三人以上的集体论辩是常有之事。争论中的主客正反双方，各不相让，都把自己的认识和意见尽情发表，从而在论辩中逐渐明辨是非和方向，把人们的学术理性思考步步引向了深入。还有，“言无遗失”，则是“双方所使用的语言，必相当精致，否则是不容易记得清楚的”（见刘季高《东汉三国时期的谈论》，上海古籍出版社1999年版）。其实还应补充，汉末士人“论议”之言，不仅讲究“精致”艺术，美其音制而抑扬浏亮；同时还须讲究逻辑和修辞。设想一下，如果陈寔和客人的“论议”逻辑不清，啰嗦拉扯，没有线索可寻，那么十来岁的儿童又怎能于混乱中理清头绪而复述得“言无遗失”呢？进一步思考，如果“论议”中的主客双方不是运用了生动而形象的修辞譬喻手法，或有具体故事作比拟，孩子们能听得那么津津有味吗？须知，干巴枯燥的说教，儿童很难听进去，更不用说什么复述而“言无遗失”了。在汉末乱世，没有今天的幼儿园和小学，陈纪、谌兄弟不过是十多岁孩童，其智商及其积极修辞文学手法的运用，主要来自家庭教育，偷听父亲与客人

“论议”，也是一种特殊的学习。如《德行》第7则故事记载说：“客有问陈季方：‘足下家君太丘，有何功德而荷天下重名？’季方曰：‘吾家君譬如桂树生泰山之阿，上有万仞之高，下有不测之深；上为甘露所沾，下为渊泉所润。当斯之时，桂树焉知泰山之高、渊泉之深，不知有功德与无也！’”看来，客人所问不太客气，带有某种“挑衅”性，或许是为了考验孩子的本领。类似问题颇难回答，一来孩子对父亲的实际功德所知不多，即使略知一二，也是理解不深，直接夸赞，可能会自吹自擂而难以服人；而如果说父亲缺乏功德，既违事实，又刺痛孩子的孝心，同样处于两难之地。但这没有难住孩子，季方巧妙地运用了修辞譬喻手法来摆脱困难。他所用的犹如今天修辞学所说的直接“譬如”的明譬修辞，“且加上背景作陪衬，盛言其高深莫测。以鲜明的形象，来象征复杂的事物……季方则偏重描叙，富于文学的兴味，所谓‘难兄难弟’，非过誉也”（见刘季高《东汉三国时期的谈论》）。所谓“难兄难弟”的修辞譬喻，正是来自父亲陈寔对元方、季方兄弟俩的评价，事载《德行》第8则。有其父必有其子，信然。于此可见，汉末“论议”，为后来魏晋“清谈”，奏响了一段华美的引子，先行作了铺垫。

(二) 魏晋清谈『四本』论

《文学》第5则故事记载说：

钟会撰《四本论》始毕，甚欲使嵇公一见。置怀中，既定，畏其难，怀不敢出，于户外遥掷，便回急走。

钟会（225—264），字士季。三国魏朝颍川长社（今河南长葛）人。聪明有才，颇善清谈。他是司马师、司马昭集团的重要谋士。后以平蜀功封侯，官至司徒。破蜀国后，又勾结蜀将姜维谋叛以割据自雄，被杀。嵇公，指嵇康，字叔夜，其仕履见前《嵇康》篇。他的妻子是曹操子沛王林之女，因婚曹魏郡主，官中散大夫，人称嵇中散。他是当时名士，与阮籍同为竹林七贤的核心人物。他崇尚庄老之自然，是当时著名的思想家和文学家。后因不与统治者司马集团合作，并有“非汤武而薄周孔”的激烈言辞，因钟会构谗被害。刑杀时，数万太学生向朝廷请愿，求嵇公为师，可见其威望和影响。钟会与嵇康，政治上持敌对的立场。钟会是司马集团要员，嵇康则不与司马氏合作。其斗争从思想理论的批判，发展到武器的批判，刀光剑影，嵇康因此喋血东市刑场。但在此之前，在思想理论的交锋中，党司马与党曹魏两派，唇枪舌剑，各不相让。当时钟会等人有关“四本论”的讨论，就是为日后政治上的流血斗争作思想理论的铺垫。

故事大约发生在曹魏齐王芳嘉平元年（249）高平陵政变事件的前后，因为讨论“四本”的主角之一王广，于嘉平三年（251）被诛。当时魏朝，执政者分为两大集团：一是正迅速失势的曹魏之党，一是正在得势的司马氏集团，两者生死搏杀，并从思想理论斗争领域扩散开来。

所谓“四本”，《世说》刘注引《魏志》曰：“（钟）会论才性同异，传于世。四本者：言才性同，才性异，才性合，才性离也。尚书傅嘏论同，中书令李丰论异，侍郎钟会论合，屯骑校尉王广论离。”所说的“四本”，讨论的是有关人的才与性之间种种错综复杂的关系。为什么当时会讨论这一专门的思想理论课题呢？因为这是时代的需要，同时也是政治斗争的必然延伸。因为不管何朝何代，也不问谁掌政权，统治阶级总要培养自己需要的人才，关键在人才是为谁所用。所谓“才”，指的是人的外现才能；所谓“性”，指的是人的内在思想品性、伦理道德。那么所称有关“四本”问题，实际上就是讨论人的外在之“才”与内在之“性”的错综复杂关系，归根到底，目的仍然是解决国家选拔人才的用人标准的问题。当时魏朝名士有关“四本”的清谈讨论，可依政治立场而有党司马和党曹魏之别，分为两派不同言论：傅嘏与钟会为司马集团骨干，而李丰、王广则偏向曹魏朝廷。当时，司马集团为了对抗曹魏昔日提倡刑名之学的思想，于是以恢复儒家名教为标榜，提倡以“孝”治天下来作为统治思想的核心。于是在这场有关“四本”的讨论中，傅嘏论才与性同，以为人的经邦治国的才能与其内在德性相一致，才是性的表现；钟会对傅氏之论加以发挥，从才与性的关系角度着眼，进一步论才与性会合，认为两者密切相关，德才可以结合而兼备。上述傅、钟两人的讨论，都在思想上以扶持儒家名教为基础，认为才与性当以性为主，评选人才当以名教德性为主。但是，鉴于司马氏提倡名教的虚伪，傅、钟的论德性也难免暴露其伪善面目。当他们还在讨论“四本”之时，司马氏政权尚未完全稳固，钟会个人对于嵇康这一时代巨子，实是仰慕声名，希望能在人前对自己稍加称扬推荐，因此身怀自己的作品《四本论》前去拜访，态度甚为恭敬。但钟会又知道嵇康清高脱俗而不交匪类，怕自己会遭到嵇康的白眼和冷落，这样自己作为名士，也会脸上无光。故事称“既定”——徐震堮校改为“既诣宅”，就是到了嵇家怕嵇瞧不顺眼而刁难，因此而从户外掷进嵇家，便急忙溜走，以避免直接见面受嘲讽的尴尬。刻画入木三分，令人忍俊不禁。故事中的人物形象自然也就凸显了出来，显然，跳在台前表演的是钟会，但读者透过小人的滑稽表演，却又隐隐约约看到了方正刚直的嵇康在幕后直对着钟会冷笑。

而从钟会的论敌方面看，中书令李丰早就不满于司马集团，后来他和正始名士夏侯玄一起被杀。而屯骑校尉王广，是王凌之子，王凌在司马懿废曹魏齐王芳后，密谋于淮南起兵反抗，事败被杀而夷三族。在政治上，李丰、王广属曹魏集团，他们是一代名士，但都成了政治屠刀下的牺牲。在思想理论上，李、王继承的是曹操“唯才是举”的方针，以对抗司马氏提倡的虚伪名教。李丰论才与性异，是说人的才能与德性乖异，本质并非一回事；王广论才与性离，则是就两者的相互关系，来进一步发扬李丰之说，认为对人的才能和道德应加分离，具体对待，两者或难兼美并善。总之，李、王两氏在衡量用人标准时，认为不应苛求，而应以事业为重，先才能而后德性。当时有关“四本”的名士清谈讨论，实际上是司马集团与曹魏集团在思想理论领域的一场激烈交锋论战，其中孕育了即将降临的一场鲜血淋漓的杀机。但如撇开政治因素，则当时的“四本”讨论，成了从汉末士林清议以人物批评为主，开始了向魏晋玄家清谈以理论思考为主自然过渡的一座桥梁。讨论才性问题，与国家用人标准有关，表面与汉末士人清议用心相似。但是，虽然两者议论的对象都是人，汉末清议如“月旦之评”一类，重在具体的道德评价，直接干预政治用人；而魏晋后清谈才性，则更注重理论思辨，辨析人的外在才能及其内在德性的异同离合，为统治阶级确立人才战略寻找理论依据，虽然并不直接干涉国家具体用人，但其思想意义更为深远，一旦用人观念转化，就会产生积极的影响。

参与魏时“四本”清谈的四大名士，除了傅嘏得以善终外，余者皆不得好死。虽然究其死因并非直接由讨论“四本”产生，但是讨论人才问题，多少和国家用人相关，因而充满了陷阱和杀机。此后，为保性命，士人清谈家汲取了历史教训，转向了探索一些高深的学术奥秘，力求攻克艰难的理论问题，比如有关虚与实、动与静、有与无及本体之道的问题，言意之辩、声无哀乐、养生问题，形神问题，其中也包括了本文提到的“四本”论，都成了魏晋玄学清谈中的热门命题。中国思想史上的理论思辨，就此推进到了一个全新的发展阶段。

三 『清谈亡国』说王衍

《轻诋》第11则故事记载说：

> 桓公入洛，过淮、泗，践北境，与僚属登平乘楼，眺瞩中原，慨然曰：“遂使神州陆沉，百年丘墟，王夷甫诸人，不得不任其责！”

有关故事的阐释，可详参前《枭雄篇》中“桓温”一文，此略。桓公指东晋权臣大司马桓温。淮、泗，淮水和泗水。北境，指广大的中原沦陷区。平乘，一种大型楼船，其结构分层设楼，以便登高望远。故事当发生在太和四年（369）北伐鲜卑慕容氏的燕国之时，当时并无入洛之事，枋头大败后狼狈南归。

隐藏在故事中的幕后主角实际是王夷甫，名王衍（256—311），西晋时琅琊王氏家族的代表人物，官至中书令、司空、司徒、太尉，宰辅朝政数十年。他同时又是当时与乐广齐名的玄家清谈领袖。永嘉五年（311）兵败被石勒所杀。西晋一朝覆没，原因很多，但作为门阀世族琅琊王家的宰辅，王衍个人是有罪的。不过桓温指责王衍清谈亡国，这一观点并不符合事实，当时桓温属下的孙盛已有反驳，参前“桓温”一文。后来谢安也反驳了王羲之的说法，有“（秦）二世而亡，岂清言所致邪”的话，证据确凿，有说服力。西晋之亡，不是因为王衍清谈亡国，而是罪在门阀制度所赐予的士族垄断国家政权及其政治权益的贪婪腐败，犹如朽木支撑的华厦，岂有不败之理？但刘孝标注引《八王故事》说：“夷甫虽居台司，不以事物自婴，当世化之，羞言名教。自台郎以下，皆雅崇拱默，以遗事为高。四海尚宁，而识者知其将乱。”又引《晋阳秋》说：“夷甫将为石勒所杀，谓人曰：‘吾等若不祖尚浮虚，不至于此！’”这就是后来桓温疾言厉色斥其清谈亡国的来由，连王衍自己都认了，还有什么话说呢？所以明清之际顾炎武《日知录》卷十三《正始》条正式提出了“魏晋人之清谈何以亡天下”的大问题来。

王衍临死自白，似乎宣示了清谈亡国的事实。其实不然，我们不能只相信他的“宣言”，更应进一步听其言而观其行。王衍之死，直接导因是被“胡”族领袖所杀。史称衍被俘后，石勒问晋亡之故，

“衍为陈祸败之由，云计不在己……衍自说少不豫事，欲求自免，因劝勒称尊号。勒怒，曰：‘君名盖四海，身居重任，少壮登朝，至于白首，何得言不豫世事邪！破坏天下，正是君罪。’……使人夜排墙填杀之。”（《晋书·王衍传》）在未死之前，王衍为求活命而向“胡”人乞饶，并历述朝廷国家的祸败缘由，“云计不在己”，把自己当朝之责，推卸得一干二净，其中并没有说玄家清谈误国之类的话。他胡谈国家祸败，不承认自己的历史罪责；而且“欲求自免”以偷生，进一步又“劝勒称尊号”，其无耻连敌方听了都气愤，这不是丧失民族气节的卖国又是什么？王衍政治本质很坏，是个反复无常的无耻之徒，今天可出卖故国以求生苟活，焉知明天不卖新主以求荣呢？而且，王衍在晋为三公宰辅执政时，并没有整日清谈不理政务。恰恰相反，他是一朝权在握，便把令来行。不过，他首先考虑的并非国家安危和民族命运，而是以一己之私的家族利益来考量国事。世家士族的家族利益重于朝廷国家，这是当时门阀制度的祸根之一。史称“衍虽居宰辅之重，不以经国为念，而思自全之计。说东海王越曰：‘中国已乱，当赖方伯，宜得文武兼资以任之。’乃以弟澄为荆州，族弟敦为青州。因谓澄、敦曰：‘荆州有江、汉之固，青州有负海之险，卿二人在外，而吾留此，足以为三窟矣。’识者鄙之。”（《晋书·王衍传》）在民族危亡的紧急之秋，他处心竭虑的个人安危及其琅琊王氏家族的狡兔三窟自全之计，置国家社稷的存亡于不顾，却自以为立于不败之地。但事实相反，他虽为个人及家族争到了种种利益，但覆巢之下，岂有完卵？朝廷破败，社稷丘墟，作为当政宰辅，又岂能保其身家性命呢？他虽定下了狡兔三窟之计，又何所施其伎俩呢？晋人早已揭开了王衍伪君子的嘴脸，如东晋庾翼给殷浩写信，明确指出：“王夷甫，先朝风流士也，然吾薄其立名非真，而始终莫取。”（《晋书·殷浩传》）一个人非真即伪，作为当政的善自标榜的伪君子，岂能不败而亡？王衍在个人微观思考方面，算计精明，但在国家宏观思维的总体考虑方面，却是弱智之人，因小失大，自取其咎。这与玄学理论相乖背。这正说明了王衍并不是一个货真价实的清谈名士，而是玄家队伍中那大炒特炒的伪劣商品的广告。外表光鲜诱人，内里却尽是虚伪欺诈。至少，玄学清谈家那以“无”和自然为本的理论旨趣，王衍根本就不明白。正始之士和竹林玄家重“无”而不废“有”，他们强调顺应自然规律，探寻世界万“有”的本源。这就要求人们从哲学之道的本体出发，来讨论世间万物纷繁演化的根本所在。宏观俯视，把握根本，则纲举目张，问题迎刃而解。王衍虽然号称是西晋一朝的清谈领袖，但他依靠的主要是琅琊王家高门声望，直取富贵爵禄而夸夸其谈，实际上于玄家清谈的理论本质知之甚少，或是知其然而不知其所以然，根本不明白正始和竹林玄家清谈的思想精华之所在。他的败亡，原因当然很多，但是观念糊涂，理论失据，根本违背了玄家的自然之道，也是思想方面的原因之一。王衍之流，并非真的遗忘世事，而是拔一毛以利天下而不为，不肯出力为国家和百姓办实事，同时又斤斤计较于家族一己之利，拒走正道而往邪路上滑行。桓温痛斥王衍亡国，王衍难辞其咎，但其罪不在于玄理清谈，而在于他依据门阀制度的特权来胡作非为的政治腐败，更在于他最后一心向敌屈膝求生而根本丧失了民族气节。思想卑鄙，品行失德，祸国殃民，只能自取灭亡了。王衍的言行，并非仅是个人行为，而是代表了当时士族门阀中的一大批贵族豪强地主的特权和利益。西晋朝廷，由这批人掌控，国家怎能不亡呢？历史的经验，的确值得借鉴。

㊃ 奋掷麈尾 忘饥食

《文学》第31则故事记载说：

> 孙安国往殷中军许共论，往反精苦，客主无间。左右进食，冷而复暖者数四。彼我奋掷麈尾，悉脱落，满餐饭中，宾主遂至莫（暮）忘食。殷乃语孙曰："卿莫作强口马，我当穿卿鼻！"孙曰："卿不见决鼻牛，人当穿卿颊！"

孙盛（302？—373），字安国，东晋太原中都（今山西平遥）人。曾从桓温征蜀，因功封安怀县侯，官至秘书监，著名历史学家。他笃学不倦，善言名理，与殷浩齐名。殷中军，即殷浩，曾任中军将军，详参前"殷浩"一文。许，住处，处所。无间，没有阻碍隔阂，以形容面对面的直接交锋。麈尾，魏晋人清谈时手拿的一种装饰性的拂子。奋掷，使劲挥甩。强口马，指难驯烈马。决鼻牛，因挣脱穿鼻绳圈而豁缺鼻子的犟头牛。

从文学角度看，这是一则生动的笔记小小说，无论是孙盛、殷浩，都是个性鲜明生动的人物形象。这不是一次偶然的意气之争，而是为了追求清谈之"理源"所在而交锋，也就是说，是为了真理，两位顶级名士，争得面红耳赤，连饭也顾不得吃，各不相让，只要你不能说服我，我就绝不退让一分毫，其为真理奋争的内在心理，刻画得惟妙惟肖。所称“强口马”和“决鼻牛”，两者工整对仗而成文，其譬喻生动，写出了主客双方各自的倔强性格。

故事应当发生在庾亮或庾翼主持荆州的一段时间，地点在武昌。其时间大致在成帝咸康年间（335—342），因为当时孙盛和殷浩同在二庾兄弟幕府共事：亮时，孙盛先为主簿，后转参军；殷浩先为参军，后迁长史。翼时，孙盛迁廷尉正，殷浩任司马。在此期间，孙、殷两人有许多机会见面清谈。此后，桓温主荆之时，孙盛仍在，但殷浩已隐居家乡“称疾不出”，两人失去了见面的机会。在咸康年间，孙、殷两人皆在年轻气盛之年，其争论面红耳赤各不相让，亦是人生的一个自然过程。如果是老年人，可能火气减弱，在坚持各自意见时，表达方式可能会更含蓄而委婉一些，而不会像年轻人把自负自信都写在脸上嘴上。不过，孙盛和殷浩虽是一对争论不休的伙伴，那是因为思想见解不同；但在实际生活中，他们却是友好相处的朋友。如果关系不好，孙盛会主动到殷浩家中拜访吗？而殷浩是名动朝野的名士，他有贵族的自尊，也不会邀请匪类之人同席连榻而放言高论，这在魏晋士族沙龙中是很注意的。于此可见，魏晋清谈时的论争，是百家争鸣的生动展现，在清谈论辩交锋中，只问谁的道理充足和逻辑严密，而不问参与清谈者的身份，既不问其官阶爵位高低，也不管其年资深浅，而是唯学是问，只要你能说服大家，以理服人，你就会受到尊重，就像殷浩盛年之时就成为“风流谈论者所宗”的名士。当时的帝王公侯，一样参加清谈辩论而享受百家争鸣的学术自由。比如简文帝司马昱，以相王之尊，推重玄谈。在讨论《易》理时，他辩不过孙盛，他并没有以势压人，简单粗暴地命令孙盛闭口，而是请出另一位玄谈名士刘惔出场来继续和孙盛辩论。事载

《文学》第56则故事中。以理服人，而非以势压人甚至以权制人，这是魏晋清谈中士人们共同坚守的风度和原则。这对魏晋时代学术“民主”的健康发展，产生了积极的促进作用。当时殷浩也在场，也讲《周易》，但他同样无法以理说服孙盛，殷浩并不因相王司马昱站在自己一边，就借势发力来压服孙盛，而是和司马昱一起，共同等待另一位更高明的清谈玄家刘惔的出场。终于，刘惔以其更为精深微妙的玄家《易》理，终于折服了孙盛所说的儒家《易》论。在理论学识方面，孙盛重儒学，而殷浩明玄学《庄》《老》之言，两人辩论，常是针锋相对而旗鼓相当，谁也说服不了谁，所以才会产生本则故事所描绘的动人画面。这从另一侧面说明了当时清谈生活中的一些问题：一是魏晋名士清谈，当然是以阐发《庄》《老》《易》理为主，但同时也不排斥其他，有清谈就有辩论，有辩论就有矛盾，有矛盾自然就会产生对立面，因此，与玄学相异，甚至是相互批判对立的儒学、佛学诸多内容，也就成了清谈论辩的重要方面。二是在为追求大道真理而互不相让的论辩中，把理论思辨提高到一个新的境界。孙盛是当时著名的史学家，著有《晋阳秋》《魏氏春秋》诸史，同时也是儒玄双修的学者，著有《易象妙于见形论》，是文史兼备的一代名士。他在清谈活动中，基本上坚持儒学传统，和殷浩的玄理清谈，矛盾相对，为追求真理，你来我往，反复论难，以至于废食忘餐，其态度之认真，精神之坚毅，令人敬佩不已。加以作者的形象描绘，声口毕肖而如在目前，终于成了一则千古文坛佳话。这一为追求真理而孜孜不倦的顽强奋斗精神，孙盛一以贯之，老而弥壮。史称“盛笃学不倦，自少至老，手不释卷。著《魏氏春秋》《晋阳秋》，并造诗赋论难复数十篇。《晋阳秋》词直而理正，咸称良史焉”（《晋书·孙盛传》）。对于顶头上司权臣桓温，连谢安等也都畏忌三分；但孙盛却在《晋阳秋》中严厉批判他北伐时的野心和无能，枋头大败，直书无讳。这就大大触怒了桓温，召集了孙盛儿子潜、放之辈，盛气凌人地放出狠话："枋头诚为失利，何至乃如尊君所说！若此史遂行，自是关君门户事。"（《晋书·孙盛传》）声色俱厉，连恐带吓，满门生命，尽操在桓温手中。温连皇帝也敢废，那么他要杀掉孙盛满门，只是一声令下而已，像踩死一只蚂蚁一般。这就吓坏了孙盛的儿子，连忙劝告父亲"删改之"。但孙盛坚持正义，不为所动。儿辈毫无办法，为保百口之家生灵，他们瞒着老父偷偷删改后呈桓温看。不过，孙盛曾手写两本寄存于慕容儁处。因此，《晋阳秋》遂有正本和删改本两种。孙盛那种坚持真理实录的非凡气度和敬业精神，的确令人敬佩。与今天某些人，浅尝辄止，以渲染炒作一些连自己也不太明白的洋装术语沾沾自喜，而一旦受到论难和批评，又不屑论辩，用嘲讽口吻而拒人于千里之外，以高自标持。古今对比，形成了鲜明的反差。历史经验的确启悟后人。事实说明，魏晋清谈中的相互论难，各不相让，每一次的争辩往返，都在向真理靠近了一步，从而促进了名理逻辑的新发展和理论思辨的新开拓。争辩论难，作为魏晋清谈中的一种流行的思想学术方法，值得提倡。因此，本则故事中孙、殷争得面红耳赤，饥而忘食，并非白费力气，而是引人深思的范例，给了我们更多的精神营养。

情爱篇

一 历史回顾说男女

人类社会由男人和女人共同组成。《易·系辞》下说："男女构精，万物化生。"在世界上，没有男就没有女；反过来说，没有女同样不会有男，两者缺一不可。从宇宙化生的自然规律看，男人和女人组成了人类的共同世界，本应该是身份平等的。但如果回顾历史，除原始社会外，男女却总是不平等的，在阶级社会中，女人所受的压迫最为深重而难以翻身。不仅奴隶社会中，就是在汉代大一统的封建文明社会中，妇女的处境也极其可怜。今天的汉墓考古发现，汉江都王的墓中，就有六具妙龄女孩作殉葬。从历史文献角度看，儒家十三经中的《礼记·内则》，对于歧视女人、禁锢妇女，作了许多严苛的礼教规范。如"女子出门必拥蔽其面"，妇女甚至难有面目见于社会。"父母舅姑之……食饮，非馂莫之敢饮食"，"在父母舅姑之所，有命之，应唯敬对……不敢哕噫嚏咳欠伸跛倚睇视，不敢唾洟，寒不敢袭，痒不敢搔"（《礼记·内则》）。妻子侍候公婆丈夫，只能做个逆来顺受的奴隶。"非馂莫之敢饮食"，饭菜馊了变质才敢吃，这比猪狗食都不如，如此不合理、不通人情，却公然记载于礼教经典之上。孔子早有“仁者爱人”之训，《内则》的作者却把圣人教训丢到九霄云外了。而女人中的“圣贤”班昭（按：班固妹，助兄最后写完《汉书》）著有《女诫》，同样给自己的同类套上了新的枷锁，其《专心》第二说：“夫有再娶之义，妇无二适之文，故曰：‘夫者，天也。’天固不可逃，夫固不可违也。”男人是天，是君；女人是地，是奴隶。女人永远不可违背男人意愿，违者则犯“七出”之条，随时会被抛弃。其实，人类文明本来是男女共同创造的，但为什么男女地位却如此悬殊呢？因为封建社会，以男人为中心。在汉代礼法名教的重压下，做一个女人多么辛苦、多么不容易啊！

但时代发展到魏晋，由于玄家名士如嵇康等宣称“非汤武而薄周孔”，提倡道家《庄》《老》之学，随顺自然之道，从而对儒家礼教产生了批判和冲击。由于社会思潮的变化，魏晋对男女关系的认识，也产生了微妙的变化，从而取得了某些进步。这在文学作品中有所反映。如江南丹阳女孟珠写了《阳春歌》，大胆抒写男欢女爱的思春情怀，诗曰：

阳春二三月，草与水同色。攀条摘香花，言是欢气息。
阳春二三月，草与水同色。道逢游冶郎，恨不早相识。
望欢四五年，实情将懊恼。愿得无人处，回身与郎抱。

这是几首热烈奔放、色彩艳丽的情歌。在卫道者看，风格轻佻，思想儇薄，是有违礼教而该放废的淫奔之作。但如果把它安置在魏晋的历史文化背景中，就会发现它是以男女情爱来对抗传统礼教重压的诗作。那久被压抑的人性之情爱，一旦从禁锢禁严的礼教魔瓶中释放出来，就很难加以控制了，其生命活力骚动于内，青春气息洋溢于外，自由自在，以“情”抗“礼”，正是对传统礼教的一种冲击和突破。这一内容，在《世说》故事中，同样有生动的表现。

二 “唯色”至情说荀粲

《惑溺》第2则故事记载说：

> 荀奉倩与妇至笃。冬月妇病热，乃出中庭自取冷，还以身熨之。妇亡，奉倩后少时亦卒，以是获讥于世。奉倩曰：“妇人德不足称，当以色为主。”裴令闻之，曰：“此乃是兴到之事，非盛德言，冀后人未昧此语。”

荀粲，字奉倩，三国魏时颍川颍阴（今河南许昌）人。曹操主要谋士荀彧少子。裴令，裴楷，河东闻喜（今属山西）人，入晋，官至侍中、中书令，故称裴令。至笃，指两情诚挚深厚。熨，熨帖，紧贴。昧，蒙蔽。

荀粲年轻早亡，但他却是魏时正始清谈玄家之一。据《文学》第9则刘注引《荀粲别传》说：“粲诸兄儒术论议各知名。粲能言玄远，常以子贡称‘夫子之言性与天道，不可得而闻也’，然则六籍虽存，固圣人之糠秕。能言者不能屈。”很清楚，荀粲宗奉的是《庄》《老》玄奥幽远的道玄自然之旨，用以指导自己的清谈“论议”和行为实践，并对传统儒家思想进行批评。荀粲去世时仅二十九岁，但他健在时，思想活跃，很有个性特色，不肯随人脚跟。纵是父兄在前，为追求真理，同样毫不避让而高抒己见。他曾论其“父彧不如从兄攸”，以为“彧立德高整，轨仪以训物，而攸不治外形，慎密自居而已。粲以此言善攸，诸兄怒而不能回也”（《三国志·魏书·荀彧传》卷十裴注引何劭《荀粲别传》）。中国古代有“为尊者讳”的传统。批评祖先和父兄，犯了世俗大忌。当时批评自己的父亲，被认忤逆不孝，罪名很重。但荀粲不理这一套，这是因他受到玄学思潮影响而思想日趋开放的结果。从上述故事看，荀粲以玄家思想为指南，敢于公然蔑视儒家的礼法名教，直接和传统习俗相对抗。他对男女关系及婚姻爱情的认识，就充分表达了自己对“情”的独特思考，虽获讥世俗，背悖了传统礼教，但他全然不顾，毅然行之，我行我素而心安理得。他敢于对父兄所坚守的儒教发难批判，当然更不会在乎一般的世俗之见了。

封建礼教要求女人事夫，首先是“德”，具体指顺从男人的三从四德等观念。汉儒《礼记·内则》、班昭《女诫》等伦理规范，就是专吃女人的篇章。荀粲对于以礼法名教之“德”，作为评价女人是非优劣的根本准则，嗤之以鼻。这在当时是一种对抗传统礼法的公开挑战，无怪乎他会得罪名教之徒而“获讥于世”了。刘注曾引《荀粲别传》具体说明：

> 粲常以妇人才智不足论，自宜以色为主。骠骑将军曹洪女有色，粲于是聘焉。容服帷帐甚丽，专房燕婉。历年后，妇病亡。未殡，傅嘏往唁粲，粲不哭而神伤。嘏问曰：“妇人才色

并茂为难。子之聘也，遗才存色，非难遇也，何哀之甚？”粲曰：“佳人难再得。顾逝者不能有倾城之异，然未可易遇也。”痛悼不能已已，岁余亦亡，亡时年二十九。粲简贵，不与常人交接，所交者一时俊杰。至葬夕，赴期者裁（才）十余人，悉同年相知名士也，哭之，感恸路人。粲虽褊狭，以燕婉自丧，然有识者犹惜其能言。

荀粲说“妇人才智不足论，自宜以色为主”，这是冲击传统礼教的石破天惊之言。其是非功过，任人评论。表面上看，这似乎是一种重外貌鲜丽而轻忽内在美德的片面之言。因为人才之尽善尽美者，必然兼修内外，两者缺一则不完美。但外貌妍丽，乃是天生，出于自然，难以强求，即使今天的美容化妆，也只能暂时改善而已；而内质之美，则可通过长期教育、学习来培养和形成。无论古今，如果两者不可兼得，社会舆论一般都是提倡重内轻外之说。当然，这也只是听其宣言而已，若加认真考察，则言不由衷而男盗女娼者大有人在。即在今天的许多选美活动，也是黑幕重重，难以言表。这是由封建礼教的虚伪本质所决定的。礼法名教本是统治者炮制的，它是捆绑被统治阶级的准绳“规范”；而对炮制者而言，则随时可以破坏而无须遵行。看问题必须透过现象看本质。如果我们思考故事发生的历史背景，考虑汉代以来封建礼教给予妇女的如山重压，那就在荀粲的激烈言辞中听出其弦外之音，愤怒的批判与抗争的激情喷薄而出，从而刺痛了封建卫道者的神经，受到了世俗的讥评和贬斥。在男女关系中，汉儒礼教首冠以“德”字，这实在是套在广大妇女脖子上的沉重枷锁；男人是女人的主子，统治者又怎会把锁链刑具转移到自己的项上呢？于此可见，礼法之士表面称“德”，但内实缺德。这种礼法规范，明显是男女不平等的。为了不让女人觉悟，于是名教之人又宣扬什么“女子无才便是德”加以愚弄。他们只要求女人守节禁欲，却无视统治者的纵欲淫乱。这就是封建礼教所苛求于女人的“德”的实质，它并非真指妇女的内在资质之美，而是三从四德这套杀人于无形的沉重精神镣铐。因此，在评价女人时，封建卫道者的“唯德论”，和荀粲一类玄家名士的“唯色论”，虽然各具片面性，但若从历史角度来加以比较，则魏晋名士的“唯色论”，要比礼法之士的“唯德论”进步一些，因它多了一点人性味道。“唯德论”者表面冠冕堂皇，内里却大多虚伪而令人作呕。反之，“唯色论”者外表违俗乖戾，但却显其内在那一颗毫无矫饰的自然真心。至少，它在一定程度上流露了对于所爱女人的一片真情，表现了对于妇女做人权利的某种肯定和尊重。传统名教的“唯德论”和荀粲的“唯色论”，前者主张禁锢妇女，而后者则要求身心相对的开放和自由，两者性质判然有别。

其实，夫妇家庭，以情为主。如果依照封建之“德”，女人完全丧失了自我个性，成了被动的男人泄欲和传宗接代的生育工具，夫妻之间还有什么感情交流和生活情趣可言呢？这样，不仅女人不是人，就是男人也不会有什么爱情和幸福可言。相反，荀粲“唯色论”，实际上并非否定一切道德标准，而是以真率自然一颗赤子之心为基础，来思考两性阴阳和谐的关系。荀粲对自己那美丽妻子是很有感情的，他是色动其外，情动于中。他把“色”作为女人本性的一种表现来加以欣赏和肯定，这和今人所说“爱美是女人的天性”意思相近。当妻生病发高热时，他想到的是丈夫爱护妻子的责任，寒冬腊月，居然跑到冰天雪地的庭院中去挨冻取寒，然后用自己冰冷的身体熨贴妻子，希望为她祛热降温，驱逐病魔。方法虽非科学，但却从精神上给予了所爱以安慰，从感情上完成了青年男女两颗真心至情的心灵交流，双方都获得了内在心理的满足。荀粲对妻子的一片痴心真爱，是那些不断弃故迎新的世俗礼法之士做得到的吗？荀粲之“色”，是与其至情真爱相联系的。当爱妻病故，他悲恸欲绝，感天动地，欲哭无泪，终因悲伤过度，一年多后，随其所爱而骑鹤西归。如果夫妻间缺乏诚挚真爱，装得像吗？荀粲为真挚情爱献出了生命，他是魏晋名士才子中一个不折不扣的情种，犹如后来《红楼梦》中的贾宝玉。今天某些人，以为有了权和钱，腰缠万贯，酒食征逐，秦楼楚馆，渔猎女色，自以为是在享受人生，若与古昔情种荀粲相比，能无愧乎！

㈡ 偷香窃玉两情通

《惑溺》第5则故事记载说：

韩寿美姿容，贾充辟以为掾。充每聚会，贾女于青琐中看。见寿，说（悦）之，恒怀存想，发于吟咏。后婢往寿家，具述如此，并言女光丽。寿闻之心动，遂请婢潜修音问，及期往宿。寿跻捷绝人，逾墙而入，家中莫知。自是充觉女盛自拂拭，说畅有异于常。后会诸吏，闻寿有奇香之气，是外国所贡，一著人则历月不歇。充计武帝唯赐己及陈骞，余家无此香，疑寿与女通，而垣墙重密，门阁急峻，何由得尔？乃托言有盗，令人修墙。使反，曰："其余无异，唯东北角如有人迹，而墙高非人所逾。"充乃取女左右婢考（拷）问，即以状对。充秘之，以女妻寿。

人类社会，由男人和女人共同组成。但进入封建社会后，形成了以男性为中心的社会：男人是天，是君；女人是地，是臣，甚至是奴隶。如前所述，传统礼教对妇女的禁锢和压迫尤为深重。不过，在儒学式微而玄学发展的魏晋时代，情况有变，因观念改变，青年男女冲破传统礼教堤防的事，时有发生。如晋葛洪《抱朴子》外篇《疾谬》所描绘："今俗妇女……舍中馈之事，修周旋之好。更相从诣，之适亲戚，承星举火，不已于行。多将侍从，暐晔盈路。婢使吏卒，错杂如市。寻道亵谑，可憎可恶。或宿于他门，或冒夜而返。游戏佛寺，观视渔畋。登高临水，去境庆吊。开车褰帏，周章城邑。杯觞路酌，弦歌行奏。转相高尚，习非成俗。生致因缘，无所不肯。"当时礼法之士疾之如仇，要求严加禁绝。但事实也从反面说明当时的贵族妇女，比较汉代的礼法禁锢，相对已有了某种程度的"开放"和"自由"。本文故事，封建卫道者认为是属于风格轻佻、思想恶俗的作品。但如安置在魏晋这一特殊的历史文化环境中，就会发现它是以男欢女爱之情愫，来对抗传统礼教的重压。那久被压抑的人性情欲，一旦从禁锢的魔瓶中释放了出来，就很难加以控制，它自由自在，汹涌澎湃，生命活力骚动于内，青春气息洋溢于外。"偷香窃玉"的故事由此而化为成语典故，它提倡"情"来对抗"礼"，正是对传统思想的一种冲击和突破。

贾充（217—282），字公闾，魏晋间平阳襄陵（今山西襄汾）人。

魏朝时是权臣司马氏心腹，入晋后开国有功，官至尚书令、司空，位至宰辅，权倾朝野。其女一为齐王妃，一为太子妃，其所婚嫁皆是皇家王室，贵不可言。贾充是把儿女婚姻当作政治资本来经营的。但偏是小女儿贾午不听他的安排，属于另类。魏晋是门阀社会，婚姻讲究门当户对。在一般情况下，贾充绝不会把小女贾午下嫁自己的属吏的。但是面对现实和出于无奈，贾充没有采取棒打鸳鸯的绝情手段，而是尊重小女贾午自己的选择，“以女妻寿”，没有再把她当作政治商品来射利，总算还多少保存了一丁点儿为人父的人性味道。

而从男女青年的角度看，韩寿和贾午，敢于排拒父母之命、媒妁之言，由自己来挑选婚姻对象，虽在魏晋较为思想开放的时代，也仍然属于大胆越礼的行为。韩、贾两人，开始只是被“色”——即外貌的光丽所打动，但两人也并非全然不了解对方，有了解就有相思，进一步因“色”动于外而“情”慕于内。比如贾午之于韩寿，《太平御览》卷三九二称引，于“贾女”两句之下，还有“乃问其婢识此人否，婢说是其先主”之言，与《晋书·贾谧传》相符。于此可见，贾午并非全是盲动的爱欲，而是曾经对韩寿其人下了一番调查研究的功夫，这比那一见钟情，进了一步，具有了初步的感情基础。在少女青春期中，由于有了男女关系，进入了一个新世界，贾午在生理和心理上获得某种满足，阴阳和谐，所以会“悦畅异于常日”。由此可见，男大当婚，女大当嫁，食色是人的本性之一，应加以正确引导，而不可以封建礼教加以禁欲。禁而不止，反取其乱。相反，正常的男女婚姻生活，利于身心健康。可贵的是，作为相府千金贾午，为追求自己的幸福，她不愿像两个姐姐一样，顺从父母的政治婚姻安排，什么王妃、太子妃，甚至是将来的一国之母，她统统遗忘。二姐贾南风嫁给了白痴的太子，即后来的晋惠帝，除了玩弄政治外，岂有个人幸福生活可言？贾午所追求的，另有自我的标准，既非门当户对，也非官高爵显，而是郎才女貌两情相悦的感情满足。贾午在窗隙中所窥视的韩寿，不仅是他的英俊面貌，而且还有他那风度翩翩的才情谈吐。少女所选择的不仅是能供养自己的丈夫，更是能引起自己性感追求和感情满足的爱人。在封建时代，女人对丈夫只是尽其生儿育女传宗接代的任务，夫妻是否有感情则很难说。丈夫是主人，妻子是奴婢，地位悬隔，诚惶诚恐。在这样的心理障碍中，女人对丈夫很难产生真正幸福的感情交流。因此，作为贵族少女，由丈夫供养，也可能尽情享用鸡鸭鱼肉、绫罗绸缎的富贵，但却毫无愉悦和幸福可言。二姐贾南风成了欠缺情感的政治动物，即是前车之鉴。经过思想斗争，怀春少女贾午，虽知书达礼，但终于舍弃虚荣，勇敢地挣脱了父母为她安排的政治婚姻的束缚，大胆而主动地追求自己朝思暮想的男人来做爱人，在封建卫道者看来，男人调戏女人，尚可原谅；而女人主动追求男人，则是不知羞耻而罪可沉江。这样鲜血淋漓的残酷教训，令人不寒而栗。贾午知书识礼，能够“发于吟咏”，具有一定文化素养，能不知此中的利害吗？但她为情所动，主动追求，一切可能的严重后果都置之脑后。如果不是因其父亲人性尚未全然泯灭，一旦偷情事败露，苦头还会少吗？所以，贾午那“女挑男”的主动行为，正是在追求朦胧爱情幸福生活的感情波澜激荡下，忘记了危险的逼近，在潜意识的驱使下，不自觉向那禁锢男女的传统礼教发起了挑战。这种惊世骇俗的主动言行，出自贵族少女，在魏晋之前或之后的漫长封建社会中，实属罕见，因而很有意义。

再从男性角度看。韩寿面对怀春少女的主动追求，作出了积极的反响。无可讳言，贾午“光丽”外貌，也是引发韩寿激动的原因之一。但当他从婢女口中，知道了贾午那“恒怀存想，发于吟咏”的内心秘密后，那青春少女的深情挚爱也深深打动了他。这就引发了韩寿的兴奋和激动。一个待字深闺的相府千金，尚且敢于披露心扉，表达爱情。而当时韩寿只是一个相府属吏，门第悬殊，贾午追他，图的是什么呢？精诚所至，金石为开，韩寿堂堂须眉，能不感动吗？贾家是皇亲国戚，宰相府第，高墙深院，门禁森严，两情阻隔，又将如何得通呢？于是韩寿投桃报李，“逾墙而入”，用更大胆的实际行动来回报少女的爱情挑逗。相府巡查严密，一旦翻墙被发现，还会有好果子吃吗？因为韩、贾幽会，并非一夕，世上没有不透风的墙，天长日久，总会露出蛛丝马迹的。贾午因深爱韩寿，把晋武帝特赐贾家的名贵外国贡香赠给情郎，终于彻底败露。试想，贾充连魏朝皇帝都敢弑杀，要取韩寿性命，轻如蝼蚁。于此可见，韩、贾的爱情与幸福生活，实是用无形的生命代价冒险换来的，实属侥幸。

㊃ 临终忏悔驸马爷

《德行》第39则故事记载说：

王子敬病笃，道家上章，应首过，问子敬：“由来有何异同得失？”子敬云：“不觉有余事，唯忆与郗家离婚。”

王子敬，即王献之（344—388），羲之少子。出身于琅琊王家。官至尚书令，世称“王令”或“大令”。他工丹青，书法与父羲之并称“二王”，可见其成就。病笃，病重垂危。道家，这里不是指先秦诸子的老、庄之徒，而是实指世俗道教的道士。据《晋书·王羲之传》附子凝之传载：“王氏世事张氏五斗米道。”羲之父子一家相传信奉天师道，所以才会在献之病重时，有道士替病人烧符箓上奏章向天帝悔过而祈求原谅的迷信场面。这大概与西方天主教、基督教徒向神甫忏悔一般，为的是求得内在的心理平衡。人之将死，其言亦善，王献之的临终忏悔，展示了他的真实内心世界。他深感自己有负前妻郗道茂的一片真情，所以在死前什么事都不说，而单提到了和前妻离婚的事。因为王献之的离婚和再婚，是被迫的政治婚配，而不是出于感情的自愿。将心比心，前妻将作何感想呢？

原来，王献之前妻是郗昙的女儿道茂。高平郗家在东晋也是名门望族。献之外祖郗鉴及舅父愔，都曾出任司空、太傅之类的三公宰辅之职。其岳夫昙，字重熙，累迁丹阳尹、北中郎将、徐兖两州刺史，官职也不低。以此，当时琅琊王家，多与高平郗家婚配，可称门当户对了。王羲之娶郗鉴女璿为妻，又为儿子献之娶了外甥女郗道茂，亲上加亲。两人从小青梅竹马，感情甚笃而婚姻美满，是生活幸福的一对小两口。但在封建社会中，感情婚姻敌不过政治婚姻。特别是皇家贵族，更是以儿女婚姻作为一种有效的政治交换。王献之小两口虽沉浸在幸福甜蜜之中，但却有一个可怕的阴影悄然袭来。当时的皇帝也看上了这个琅琊王家的贵少，下诏命王献之婚配公主。不言而喻，在王献之尚主成驸马郎后，同时意味着很快升迁，前途似锦。据刘注引《献之别传》说：“咸宁中，诏尚余姚公主，迁中书令。”按：咸宁（275—279）是晋武帝灭吴前年号，当时羲之、献之尚未出生，又何来婚配公主之事呢？明显有误。而据《晋书·后妃传·安僖王皇后》，安帝王皇后名神爱，“父献之，见别传。母新安愍公主”。则献之所娶的是简文帝女新安公主。据此，则“咸宁”为简文帝“咸安”年号之讹。时王献之二十八九的青春年华。《晋书》本传称献之“少有盛名……风流为一时之冠”，因此被皇家看上，诏尚公主，自是可能。虽然献之已婚，但既然被皇帝看上了，自然成了禁脔，谁敢染指呢？就是高平郗家抗议，又能奈何！再说王家，父羲之虽然已亡，但母郗璿仍健在，她明知献之和道茂小两口感情甚笃，但面对朝廷的皇家诏令，又当如何呢？她明知献之离婚、“尚主”，是以牺牲儿女感情幸福为代价的，但她也只能面对皇家诏令叩首遵行。这样，母亲郗璿亲眼看到了献之以灸脚自伤的方式逃婚而不成的一场人生悲剧。

我们这样说有事实依据。刘宋时代，宋文帝下诏令江敩尚临汝公主，但江敩上表让婚，他在奏表中言及“子敬灸足以违诏”的史实，来作为自己不敢接旨做驸马爷的顾忌和根据。江敩的时代，与王献之相距不远，所言必有所据，才会载入史册。现在人似乎想不通，做皇家驸马爷，何等光耀，令人歆羡，荣华富贵源源而来，为什么王献之却宁愿以灸烧其脚的自残自伤的方式，来逃避与皇家的联婚呢？个中必有原因，而非历史的偶然：一是献之已婚，夫妻卿卿我我，感情甚笃；二是皇家高贵，凌压士夫，公主大都生于深宫，娇生惯养，骄傲使性，岂多真情！这就让门阀社会中第一贵族王家贵少，失去心理平衡而难以承受。琅琊王家子弟，处处受人尊重，现在反而要忍气吞声。三是缺乏感情基础的政治婚姻，夫妻间过什么日子，可以想象。新安公主婚后的具体表现，史上失载。但后来江敩上表对当时尚主的情况作了概括和描述，说：“自晋氏以来，尚王姬者，虽累经美胄，亟有才名……而势屈于崇贵，事隔于览闻，吞悲茹气，无所逃诉。制勒甚于仆隶，防闲过于婢妾。往来出入，人理之常，当宾待客，朋从之义。而令扫辙息驾，无窥门之期；废筵抽席，绝接对之理。非唯交友离异，乃亦兄弟疏阔。”江敩表章，明载于《宋书》卷四一《后妃列传》，并非杜撰。于此可见，诏尚公主，做驸马爷，在政治上虽然可能一时飞黄腾升；但在感情生活方面，却是自找罪受，岂是自愿？王献之为人，重玄理之自然，企盼的是自由而无拘束的生活，岂是甘心受人羁囚之人？但迫于政治压力，却也逃遁无门。作为一代精英名士，王献之除了以灸脚自伤自残的笨办法外别无他法，又能起什么作用呢？从当时的礼仪制度看，公主是君，献之出身再高，也属于臣，丈夫臣子命运，操控于妻子公主之手，这岂是簪缨世家贵少子弟的自愿？因此，王献之在临终前，别的什么事都不后悔，但是对于和郗道茂的离婚，却在意识深处萌生悔意，这是出自内心真实的自然流露，没有丝毫的虚伪和矫饰之态。人生的悲剧很多，并非只有下层的老百姓才有，就是那出身于名门望族的高傲士人，亦同样难逃厄运，这是时代和制度使然。佛门所说的人生苦海，应寻解脱，想来也能给人点醒启悟。

军事篇

一　南征北伐说东晋

东晋时期，中国南北分裂。经过“永嘉之乱”“五胡乱华”，少数民族的武装力量占据了中原广大地区，并纷纷建立了自己的政权，于是历史上有“五胡十六国”之称。所称“五胡”，据《晋书·载记·刘曜传》，刘曜于渭城置单于台，拜大单于，置左右贤王已下，“皆以胡（匈奴）、羯、鲜卑、氐、羌豪杰为之”，这就是后来秦帝苻坚所说的“五胡次序”。而西晋亡后，司马南渡，在江左地区建立了东晋政权，以与“五胡十六国”少数民族政权对抗。从此，中国南、北分裂，开始了长期的军事对抗，你南侵，我北伐，颇为热闹。但军事斗争，实质是政治、经济、文化斗争的自然延伸。如陈寅恪先生在《魏晋南北朝史讲演录》中分析，从地域、人口、经济及武备各方面比较，当时出现了“北强而南弱的形势”：

在军事上，北朝亦胜于南朝。南北军事的分别，为胡汉之别……北朝战争的主力均为胡人，胡人为部落兵制，领兵酋长与他的部属情谊如父子，所以组织严密。兵种以骑兵为主，战斗力很强。骑兵要用斥候（按：即前线侦察兵）……北朝军事胜于南朝，可用组织之密、骑术之精、斥候之明三语来概括。

但这是就一般情况而言，北强南弱，北攻南守的总体军事态势如此。所以，东晋开国名相王导面对过江士人新亭对泣时，发过狠话，宣称："当共勠力王室，克复神州，何至作楚囚相对？"（见《言语》第31则）

但是真正付诸实践时，作为一位政治家，他必须全面考虑南北对立的力量对比和形势，而不敢贸然北伐。所以当祖逖率师北伐时，他就不敢大力支持，以致祖家军北伐虽取得暂时的胜利，但最后因孤军深入，功亏一篑。这是为什么？实际上，当时北强南弱的军事形势很严峻，东晋政权只有先求生存，然后才有机会去图收复。刚立足于江东的东晋王朝，如果倾全力出师北伐，企望一战而"克复神州"，胜败不难预料，最后的结果必然是鸡飞蛋打，事与愿违，不但无望恢复，而且很可能真是要相对作楚囚泣了。

对于祖逖北伐，琅琊王家另一掌兵大将军王敦，则没有王导的善心，他故意阻挠、破坏祖逖北伐，不仅不派一兵一卒加以支援，甚至连最必要的后勤供应也没有一丝一毫，这样让祖家军饿着肚子上战场，在敌人重兵屯集之地孤军奋战，岂不危乎殆哉！相比较而言，王导对祖逖并非使坏心眼，而是看清南北力量不平衡的形势，力求借长江天险来抗击强敌，以便保有江南一隅的一线生机和希望。这是东晋的战略决策，建国大纲，不能因小失大。因此，东晋士人虽然嘴上以恢复中原相号召，但实际行动很少，原因即在客观形势的不便。不过，历史是发展变化的，在个别的特殊环境中，也可能产生攻防转换。发生在东晋孝武帝太元八年（383）的秦晋淝水之战，就是一个决战之役，影响了南北对峙的军事态势，从而延长了东晋国家的数十年生命。

但是，人们不会忘记，西晋之亡，主要不在“胡”人强大，而在内部腐朽与倾轧，“八王之乱”的内战，即严重消耗国家实力，直接导致了国家的灭亡。

㈡ 陆机追悔河桥败

《尤悔》第3则故事记载说：

> 陆平原河桥败，为卢志所谗，被诛。临刑叹曰：“欲闻华亭鹤唳，可复得乎！”

这则故事入《尤悔》门。尤，过错；悔，悔恨。《尤悔》门大多记载士人因其言行过失所生的悔恨，以此警醒世人。陆机作为统军大将，河桥一役大败，若按军法，理应严惩，又何悔之有呢？但这是从纯军事眼光看问题。如果拓宽视野，深入其中，就会发现河桥兵败，实是存在了许多非军事的原因。作为当事人陆机，思之能无怨无悔吗？但当他参透了人生奥秘时，为时已晚，早已人头落地，不仅自家性命难保，而且累及了陆云、陆耽两位弟弟，被夷三族，满门老小，随着陆机功名梦碎，一道血溅刑场了。人生至此，能无悔乎？

故事发生在晋惠帝太安二年（303）。当时八王之乱的灾祸降临中华大地，战争魔鬼正在吞噬着人类生灵。此时，陆机不仅没有接受友人劝告，急流勇退而洁身自保，反而投身于漩涡中心而被无情斩杀。这是为什么？我想，这与陆机那内在的建功立业以光宗耀祖的思想抱负有关，他不看形势，一心追求功名，能不败乎！

陆机河桥兵败时的官职，史书记载或有不同。《晋书》本传称："（成都王）颖以机参大将军军事……假机后将军、河北大都督"，率领二十万诸侯联军进攻驻节京师洛阳的长沙王乂。而《晋书·成都王传》则称"以平原内史陆机为前锋都督、前将军、假节"。《世说》刘注引王隐《晋书》亦称成都王颖"使陆为都督前锋诸军事"。后来司马光《资治通鉴》卷八五即取《成都王颖传》所说。

河桥战役大致经过如下：陆机作为成都王颖的前线总指挥，督北中郎将王粹、冠军将军牵秀、中护军石超等，率二十万大军，旌旗蔽日，一路鼓行，"南向洛阳"，与河间王颙派出的张方率领的七万精甲合兵，从东、西两个方向，合围驻军京师、掌控朝政的长沙王乂。在清除洛阳外围的战斗中，双方互有胜负。从兵力看，攻方占优，"颖列军自朝歌至河桥，鼓声闻数百里"，声威甚盛。但守方挟天子以令诸侯，声势非凡，京师禁卫军又训练有素，骁勇善战，战斗力不可低估。是年九月，成都王颖军扎河南，阻清、洛之水为阵。长沙王乂则奉惠帝御驾亲征，双方在洛东一带反复厮杀。十月，攻防双方主力决战于洛阳建春门。成都王派将军马咸增援陆机。而长沙王则派王瑚率数千铁骑系戟于马，冲击咸军，咸军大乱，马咸被斩杀于阵。败兵如潮而不可控抑，冲击了陆机的中军大营，于是“机军大败，赴七里涧，死者如积，水为之不流”。成都王属下十六位将军被杀。此次会战，双方死伤惨重，以陆机溃不成军而失败收局。河桥，桥名，在孟县南的黄河渡口富平津上，是事关京师洛阳安危的军事要地。七里涧，水名，在洛阳城东一带。

值得陆机后悔的不仅是军事的失利，更有许多非军事的原因。首先，他不听友人劝告，盲目地投入了八王之乱这架无情的绞肉机中。据《晋书》机本传，“时中国多难，顾荣、戴若思等咸劝机还吴。机负其才望，而志匡世难，故不从”。当时的八王之乱，借《孟子》所称，实是一场无义战，为了自己争名夺利，掌握政权，而不顾及国家安危和人民的生命。但陆机不作此想，史称他一生“伏膺儒术”，想要积极追随先祖以取功名事业。他接受成都王的任命，说得好听是“负其才望而志匡世难”，实际却是只拉车而不看路，功名心重而自投罗网。成都王颖以功名富贵来诱惑他，对陆机说：“若功成事定，当爵为郡公，位以台司，将军勉之矣！”（《晋书·陆机传》）这可说是两厢情愿。陆机之死，和他错误判断形势的名利心有关。所以他在临刑前，发出了“欲闻华亭鹤唳，可复得乎”的浩叹。他年轻在家乡华亭（今上海松江）读书时，时听九天鹤鸣，何其清雅之事。现在却因利欲萌发而不保首级，与传统观念中高雅白鹤的自由展翅高翔太空，相去岂能以道里计！此其所以自悔自责也。

其次，陆机对于成都王司马颖的信任过于天真，而对他的昏庸一面缺乏清醒的认识。陆机自以为聪明地“谓颖必能康隆晋室，遂委身焉”（《晋书·陆机传》）。在复杂的政治斗争中，在投机心理的驱使下，一旦判断失误，后果严重。陆机自己能无责任吗？以此死前自悔，实属自然。

第三，是中原士族对于江南士族的歧视和偏见。这一方面的原因，主要责任不在陆机，而在于当时门阀制度中的南、北之争。如前所述，卢志于众座辱及陆机父祖之事，见《方正》第18则。陆机难忍一时之忿，立刻针锋相对痛加反击，为后来被卢志谗杀埋下了祸根。即使陆机没有河桥之败，卢志等中原士人也会寻找其他机会来加以报复的。陆机为人性格倔强躁急，慷慨任气，他痛斥卢志是“鬼子敢尔”。作为中原士人精英，卢志岂能眼看这批“亡国之余”飞黄腾达而不加报复呢？南北士人的对抗，已由文攻转为武斗，陆机兄弟血溅当场。作为江南士人英杰，思之能无悔乎？

第四，陆机之败，并非因缺少军事才干，而是麾下诸将不听指挥所致。中原士人出身的将军，猜忌陆机，不听调遣，并时常和他这个主帅冲突对抗。军队不团结，消耗内力，成了一盘散沙，能不败乎！陆机应该明白，自己是一介江南士人，“羁旅入宦，顿居群士之右”，成了主帅，中原出身的将军能服气吗？如北中郎将王粹、冠军将军牵秀等，史称“皆有怨心”。其政敌孟玖，成都王颖的嬖宠，其弟孟超为万人小都督，“未战，纵兵大掠”，已失军心民心，能不危及战局吗？陆机作为主帅，“录其主者”，准备处分，以整肃军纪。但孟超仗势“将铁骑百余人，直入机麾下夺之，顾谓机曰：‘貉奴能作督不？’机司马孙拯劝机杀之，机不能用。超宣言于众曰：‘陆机将反。’又还书与玖，言机持两端，军不速决。及战，超不受机节度，轻兵独进而没。玖疑机杀之，遂谗机于颖，言其有异志。将军王阐、郝昌、公师藩等皆玖所用，与牵秀等共证之。颖大怒，遂使秀密收机”（《晋书·陆机传》）。陆机战败是实，但谗说他有反心，却是诬蔑害人的致命之辞。胜败兵家常事，吸取教训，焉知下次不会反败为胜呢？但成都王颖昏庸，听信谗言，立刻诛杀陆机。作为前线主帅，陆机率领了一大批不合作而把自己当寇仇的中原将军，又将如何行军布阵、指挥作战呢？陆机纵有军事天才，无人响应，也是枉然。

第五，敌方行反间计，引诱成都王颖上当犯错。交战之际，长沙王乂致信成都王颖，说："卿所遣陆机不乐受卿节钺，将其所领，私通国家。想来逆者，当前行一尺，却行一丈。"成都王颖复信，虽无明言，但其内心早已半信半疑，更因众将共证其"反心"，杀心顿起。司马颖之昏庸无能，可见一端。陆机临刑前，思及忠而见疑，受诬而没，余恨绵绵，能无悔乎！

总之，陆机作为一个忠心国家，勤于理想事业的传统士人，稍一不慎，立即死无葬身之地。做人难，做名人更难。陆机临终的尤悔浩叹，是用其鲜血生命换来的经验教训，实在是值得人们玩味深思。

三 淝水之战谢家军

《雅量》第35则故事记载说：

谢公与人围棋，俄而谢玄淮上信至。看书竟，默然无言，徐向局。客问淮上利害，答曰："小儿辈大破贼。"意色举止，不异于常。

谢公，指谢安，其生平仕履见前“谢安”一篇。谢玄（343—388），字幼度，小名遏。安长兄奕之子，其姐名道韫，当时著名才女。谢安辅政时，知玄之能，举贤不避亲，荐任建武将军、兖州刺史，训练了一支精锐的北府兵，为保家卫国作贡献。太元八年（383），前秦皇帝苻坚率领号称“百万”的大军，大举南下，企图一举灭亡晋国。当时宰相谢安作为抗敌的全国军队总司令，命谢玄为前锋都督（即前敌总指挥），与叔石、堂弟琰等率领八万北府精兵在前线抗敌，经过大战，大破秦军于淝水一带，史称淝水之战，是我国古代以少胜多的著名战役。谢玄乘胜挥师北伐，收复了徐、兖、青、豫诸州广大沦陷的失土。后因朝廷权臣司马道子专国擅政，谢玄北伐功亏一篑而未能窥河北故土。玄因功封康乐县公，卒赠车骑将军。

故事发生在孝武帝太元八年冬十一月，淝水战役大获全胜之时。当时谢玄诸军大破敌军的书信火急送达宰辅谢安手上。在淝水战役前，前秦与东晋政权对垒，史称“苻坚强盛，率众号百万次于淮、肥，京师震恐”（《晋书·谢安传》）。而东晋除荆襄上游的西线军队被动防御外，倾其全力，“遣诸军距（拒）之，凡八万”（见《世说》刘注引《谢车骑传》）。双方兵力悬殊，因此而朝野震恐，亦在料中。东晋的谢家军，以少击多，大获全胜，使淝水之战成为东晋转危为安的一大关键战役。取得了如此巨大的胜利，创造了惊世的辉煌业绩，作为宰辅、军队司令的谢安并没表现出欢欣雀跃的激动，相反，他在客人面前仍“徐向局”——照样下围棋而意色自若，“举止不异于常”。不过，一旦客人走了，谢安“既罢还内，过户限，心喜甚，不觉屐齿之折”（《晋书·谢安传》）。史家因此讥评谢安说：“其矫情镇物如此！”给予了否定的批评。言外之意，谢安谢玄的谢家军能战胜强敌，并非必然，而是如今日购彩票获千百万大奖一样，是偶然和侥幸，所以应在大庭广众中欢欣发狂才算是内心真实的自然流露。因此，谢安在获知大胜时在人前下棋而“举止不异于常”，但回内室过门槛时，又因内心喜甚不注意脚下而屐齿折断，就是一种“矫情镇物”的虚伪表现。这一讥评写在正史本传中广为流传，是不公平的。后来胡三省《资治通鉴注》就加以反驳说：“史言安矫情镇物。人臣以安社稷为悦者，大敌压境，一战而破之，安得不喜乎？屐齿之折，亦非安之訾也。”所论甚是。

战争极为复杂，其胜败牵涉了敌我双方诸多条件的变化。战争本身具有一定的冒险性，两雄相争，很难说有百分之百的必胜把握，但只要有百分之五六十以上的胜算，聪明的军事家就会果断“冒险”。对于淝水之战，谢安作为东晋主帅，虽然没有百分之百的胜算，但在充分地分析了敌我动态及诸条件后，他的内心明显增加了必胜的信心，因而能够运筹帷幄而从容部署。东晋取得了淝水战役的胜利，并非只是偶然和侥幸。

一、 心理战的胜利。大敌当前，敌我兵力悬殊，而前秦苻坚早就运用了心理战术，一方面鼓舞士气，一方面企望迅速瓦解东晋朝廷的信心和斗志。苻坚公开说：“有众百万，资仗如山……以累捷之威，击垂亡之寇，何不克之有乎？”并再三说明自己并非好战，而是“思混一六合，以济苍生”，抢占道德的制高点，制造舆论，堂而皇之。他又下诏，说是胜利之后，将以晋孝武帝作自己的“尚书左仆射，谢安为吏部尚书，桓冲为侍中，并立第以待”（《晋书·载记·苻坚传》）。在这样强大的心理攻势下，如果东晋君臣惊慌失措，心理堤防自行崩溃，则前秦可收“不战而屈人兵”的战略效果。面对这一严重的心理前哨战，谢安作为执政的宰辅和总司令，如果也和世俗之人一样惊慌，则是尚未开战就自露败象。当时百万敌军逾淮逼江，“京师震恐”，连主将谢玄也很紧张，入京问计，谢安则“夷然无惧色，答曰：‘已别有旨。’既而寂然。玄不敢复言，乃命张玄重请。安遂命驾出山墅，亲朋毕集，方与玄围棋赌别墅……至夜乃还，指授将帅，各当其任”（《晋书·谢安传》）。作为国之将相，谢安“夷然无惧色”，甚至是照样围棋赌别墅，表现了惊人的镇定，作用很大：一方面稳定自己阵脚，坚决团结抗敌；一方面击破前秦苻坚的心理恐吓，反过来引发了敌方君臣将相的不和与争吵。试想，谢安是人，是人就会紧张，这是可以理解的，但作为一国主帅，如果在诸将面前显得心慌意乱，没有主张，这样不就会引起前线将士更加紧张慌乱吗？一个将领若内怀恐惧，外露惊慌，又将如何率师破敌去夺取胜利呢？因此，面对百万敌军，谢安“故作镇定”，很有必要，既显现了宽阔的宰相胸怀，实际上也收到了很好的战略效果。谢安及东晋的抗战决心传到了长安，苻坚的重要谋士左仆射权翼在朝廷的战略讨论会上，明确对苻坚说“晋未可伐”的理由：“今晋道虽微，未闻丧德，君臣和睦，上下一心。谢安、桓冲，江表伟才，可谓晋有人矣。臣闻师克在和，今晋和矣，未可图也。”（《晋书·载记·苻坚传》）敌方权翼的分析很到位，他不会去故意美化东晋和谢安。

二、大战之前，谢安指挥若定，统筹大计，建立东、西两线，双翼齐飞，又分别轻重主次，处置得当，合于实情。当时，朝廷倚为柱石者两人：一是东面京师的宰辅谢安，一是西面荆州刺史桓冲，两人同心，将相和睦。桓冲是桓温之弟，曾多次随温北伐冲锋破阵，是个久历沙场有战争经历的将军。但他与乃兄桓温不同的是，他没有政治野心，他曾自解扬州刺史要职，泰然处之而不以为恨，其“忠言嘉谋，每尽心力”（《晋书·桓冲传》）。不过，他在淝水之战前，因心理过于紧张，匆忙从西线抽调三千精锐支援京师建康。其实当时西线的荆襄同样吃紧，因此，这三千精锐，尽被谢安遣还西线。“谢安谓三千人不足为损益，而欲外示闲暇，闻军在近，固不听。报云：‘朝廷处分已定，兵革无阙，西藩宜以为防。’”（《晋书·桓冲传》）谢安所指示的“西藩宜以为防”，就是要求桓冲巩固西线建设，不让敌人有空子可钻。在这事上，桓冲以为谢安“不闲将略”，批评说：“今大敌垂至，方游谈不暇，虽遣诸不经事少年，众又寡弱，天下事可知，吾其左衽矣！”（《晋书·桓冲传》）连老将桓冲都如此紧张，更何况是一般人呢！如果主帅谢安不故作镇定，外示闲暇以围棋赌别墅，而是随朝野浮动的人心，惊慌失措，那仗还用打吗？即从纯军事角度看，谢安辞谢桓冲西线三千精兵也是正确的。因为西线荆襄同样备受强敌压迫，桓冲多有败绩。而且，两军主力在淝水进行决战，面对强敌铁骑百万，区区三千精锐，杯水车薪，何济于事！而桓冲用之加固西边防线，则可牵制敌人兵力，减少东线主战场的压力。于此可见，谢安这一处置，无论是从心理战线，还是从具体的战略攻防，都可说是成竹在胸的统筹规划。

三、深谋远虑，早作战备。战前，谢安举贤不避亲，推荐了亲侄谢玄任兖州刺史，连谢家政敌郗超也称合理公正，谢玄必能胜利完成任务。在兖州刺史任上，由朝廷拨款调人，集中精力训练了一支纪律严明、军容整齐的精锐北府兵，士卒好中选优，军官必经考验。这就锤炼出了一支军纪严明、能征惯战的队伍，在两晋军事史上，实属罕见而有创意。这是准备抗击强敌的一着好棋。事实证明谢安和郗超是正确的。谢玄的确有军事天才，堪为前锋都督重任。发现天才，正确使用，为未来的胜利创造条件，说来容易，实行却难。因为身为丞相，谢安必须瞻前顾后，照顾各种关系的平衡，不落旁人议论的口实。但为了抗击强敌，他坚决举拔子侄谢玄，时人以为这是公忠体国的正确举措。谢玄也真堪重任。史称“谢玄北镇广陵，时苻坚方盛，玄多募劲勇，（刘）牢之与东海何谦……及晋陵孙无终等以骁勇应选。玄以牢之为参军，领精锐为前锋，百战百胜，号为北府兵”（《晋书·刘牢之传》）。为保家卫国，北府兵奋勇争先，以一当十。八万北府兵，以其优质抵消了前秦大军数量上的优势。谁能说谢安没准备而行侥幸呢？

四、知己知彼，百战百胜。当时前秦大军号称百万，实际八十余万。但苻坚以武力削平北方各民族的反抗而建立起来的大军，其内部既不团结，很难协调一致，加以各少数民族之间的仇恨，内心常想伺机报复。史称平阳公苻融在战前忠谏苻坚说：“陛下宠育鲜卑、羌、羯，布诸畿甸……今倾国而去，如有风尘之变者，其如宗庙何！……鲜卑、羌、羯攒聚如林，此皆国贼也，我之仇也。”（《晋书·载记·苻坚传》）这些朝廷战略讨论，早经降官细作，报给东晋谢安。前秦号称百万大军，其内部各族力量，彼此提防，相互抵耗，并非多多益善。一旦了解内情，就知这是泥足巨人，并不足惧。另外，前秦大军中还有许多汉官汉兵，他们思念故国，心向东晋，于是暗中通消息、订计划、出主意，从内部杀出，更是厉害的一招。如降官朱序，在前秦任尚书，曾受命南下劝谢石、谢玄投降，但朱序明一套暗一套，他在私下却为东晋出谋划策，说：“若秦百万之众尽至，诚难与为敌。今乘诸军未集，宜速击之；若败其前锋，则彼已夺气，可遂破也。”谢玄当下拍板，采用朱序之策，写战书主动邀战。就在秦军移阵后撤之时，朱序率人大呼“秦兵败矣”，从心理上摧毁了秦军防线，造成了秦军“众遂大奔”的大溃败，奔逃人马，自相践踏，死伤不可胜计。同时，前锋谢玄统率北府兵渡河冲击，人人奋勇，个个争先，斩杀敌军前线统帅苻融于马下，射伤了皇帝苻坚，大获全胜。类似的情况，作为军队统帅，谢安很快了若指掌，可称是运筹帷幄之中，决胜千里之外，一切都按其战略决策步步推进，因此，胜负结局亦早在料中。他在战争最紧张的时刻，示以闲暇淡定，这份镇静并非全是矫饰，而是战略的需要和自信的表现。至于胜利后，还内过门槛折断屐齿，是欢喜之极的内在感情流露，这说明作为统帅的谢安，同时也是一个有血有肉有丰富感情的凡人。闲暇镇定和屐齿折断，矛盾相反，实是同一事物的两个方面，合而观之，才能看到一个生动鲜活的一代名相谢安。

审美篇

一 不交一言 演专场

魏晋是一个文学走向自觉的时代，同时又是诗、书、画各类艺术高度发展的时代，魏晋士人，似乎天生富有审美的艺术精神。《世说》有许多故事生动地说明了这个问题。如《任诞》第49则故事说：

> 王子猷出都，尚在诸下。旧闻桓子野善吹笛，而不相识。遇桓于岸上过，王在船中，客有识之者，云是桓子野。王便令人与相闻，云："闻君善吹笛，试为我一奏。"桓时已贵显，素闻王名，即便回下车，踞胡床，为作三调。弄毕，便上车去，客主不交一言。

王子猷，即王徽之（？—388），羲之第五子，献之兄，官至黄门侍郎，后弃官卒于家。渚，水中小洲，据《晋书·桓伊传》，是在青溪岸侧。胡床，坐具，如今之折叠交椅。调，曲调。弄，这里指演奏。子野，桓伊字，曾在淝水之战中与谢玄并肩奋战共破秦军，因功封侯，进号右军将军，后都督江州荆州兼任江州刺史、拜护军将军。

这一故事生动地描绘了魏晋名士的风神。王徽之出身于琅琊王家，羲之公子，是东晋时王谢家族中的代表人物，以言行“怪诞”而被《世说》所重。簪缨世家出身，是他恃以傲人的资本。与诸兄弟比，他不如王献之在书法艺术上有很高造诣；但其率性任诞之自然，却比乃弟更胜一筹。作为魏晋名士，徽之确是性情中人，情之所至，自然流露而绝无虚饰，而从不考虑世俗之人的感受。他的心思如水晶般透亮，不问光彩或瑕疵，都可看得一清二楚。就是这个王家贵少，有时又狂得可爱，他不掩藏内心所想，更不会虚伪矫饰，他怎么想就怎么做，内外相符，表里如一，优点或缺点，尽皆倾泻而下。他曾在车骑将军桓冲幕府任骑兵参军，桓冲问他“管几马”时，他竟然回答上司说：“不知马，何由知数！”桓冲又问：“马匹死多少？”他立即顶撞说：“未知生，焉知死！”事载《晋书·王徽之传》。作为职事官吏，如此回答当然不合格；但从另一角度看，其半痴半呆的神态，却也具有某种艺术的审美精神。这种特殊的魏晋风度，今天的人要学也学不来。

故事中，王徽之的率真很可爱，而桓伊的表现也同样可爱。从王的角度看，他和桓并不认识，而且桓伊并非普通的人，是在淝水之役战功赫赫而封侯拜将的封疆大吏，从官本位的封建社会看，其地位远比徽之高出了许多。但可贵的是，徽之毫无低人一等的感觉，他不问你官高爵显，我都是与你平等对话，而绝无在大官面前低三下四、嗫嚅而不敢言，趑趄而不敢进的畏缩心理表现。他简直就是一个不懂世事的大男孩，思想单纯，言行天真，想什么就说什么，根本就不像是一个厮混官场、寄食幕府的小官僚。情真与自然，是他的可爱之处，正合乎艺术精神。他根本不认识桓伊，只是在旅途上偶然相遇而已。而且桓伊是当朝名流，他的故事传说，战功政绩等，在徽之看来，尽是渣滓俗物，怎么可以留存在庄士雅人心田以污其高洁之志呢？因此，有关桓伊，他只认定了其“善吹笛”的风流雅事。据《晋书·桓伊传》称，桓伊“善音乐，尽一时之妙，为江左第一。有蔡邕柯亭笛，常自吹之。”于此可见，桓伊具有很高的音乐艺术素养，他是东晋的笛王——权威演奏家。桓伊善吹笛，而徽之喜音乐，两者自然凑泊，相遇知音，说明了当时魏晋名士在艺术化的人生中具有了很高的审美能力，艺术观赏已化为人生世界的一种风流雅事，是一种味之不尽的精神享受。

而从桓伊的角度看，对于王徽之似乎无礼的不情之求，他不仅没有感到如受侮辱而断然拒绝，相反，他也“素闻王名”，知道他是一个风流雅士，对其率真的怪诞也早有了解。因此，他很理解徽之的精神需求和审美鉴赏能力。一个高明的艺术家，能遇到一个真正的知音，也是一种幸福。因此，他二话没说，回马下车，为徽之表演了吹笛艺术“专场”。据音乐史家考证，当时桓伊吹奏的乐曲是《梅花三弄》。它记录在《神奇秘谱》的古琴曲中，后又演变为琴、箫合奏或古筝曲、笛子曲中。认真聆听《梅花三弄》，相信会如醉如痴，被其芳香高洁的艺术品格带到飘飘欲仙的审美境界中去。所谓“三弄”，代表乐曲的主旋律（主题）展现了三次，演奏时又加上了前引和尾声，构成了结构完整的乐曲艺术。全曲描写了傲斗霜雪的梅花。引子一吹，即把听众引入到冰天雪地中的梅花世界。接着，第一弄描绘梅花傲对风霜压迫，玉然挺立在白皑皑的一片冰雪世界中，含苞待放；第二弄进一步写梅花在冰霜风雪中全面绽放，在严寒中获得新生；第三弄更深入一层，写梅花清香四溢，永存人间，在凋谢的花片纷飞中，透露了一丝春的气息和新生希望。人与梅花，合二为一，进入了超凡脱俗冰清玉洁的新世界。理解了乐曲的艺术精神，那么对于桓、王两人在演奏结束后为什么会“不交一言”，就会有更深的体悟。桓、王两人，只因共同的艺术情趣而偶然走到一起，有的只是审美精神的相通相感，而没有一丁点儿追求功利的实用目的。这样的艺坛佳话，如在今天金钱商海大潮的冲击下，是很难存在的。但魏晋风流韵士做到了。桓伊应请演奏完毕后，随即调转马头，登车远去，因而主客始终是“不交一言”。一个是专心演奏，并不因只有一个听众就马虎了事，而是一连三叠，力求把笛曲艺术完美展现；而从听众方面看，专场为王徽之个人演奏，他沉醉在芳香高洁艺术世界的美好想象之中，正尽情地享受人生，如痴如狂，似乎忘却了其他的一切，所以他什么也没说没问，更不会再三再四地去道谢，因为这“不交一言”的沉迷，正说明了他是真正知音者的欣赏。而真正的艺术，在高人雅士之间，有的只是互通的审美交流，而无须具体言辞作中介。客主“不交一言”，世俗视为怪诞，实是一种对魏晋名士审美精神的误解。在实际生活中，王徽之超脱世俗之累，如《任诞》第26则故事说：“王子猷尝暂寄人空宅住，但令种竹。或问：‘暂住何烦尔？’王啸咏良久，直指竹曰：‘何可一日无此君！’”在传统文化中，竹子已成超凡脱俗、高风亮节的一种精神象征，所以徽之会说不可一日无此君。魏晋风度，更重视的是精神世界的内在气韵。而艺术审美修养，就是一种高雅风度的表现。他要求桓伊吹笛，曲终却连说一声谢谢都忘却了，因为他不在世俗界，而是进入了美的世界还未曾回转。至于桓伊，其性谦素，虽立大功却从不炫耀。他在音乐艺术方面的高超造诣，锤炼了他的精神风度。对于音乐，他是乐则欢之，悲则怨之，为情造文，随其自然而抒情达意，虽然他并没有以音乐来宣扬教化的思想，但是他一旦进入了艺术世界，就自然忘我地全身心地投入其中。因此，他的吹笛演奏，已入“至情”之境而忘却一切的事功利害。《晋书》卷八一《桓伊传》称，孝武帝时，在王国宝的谗害下，帝与会稽王司马道子猜忌宰辅谢安，这对国家不利。一次，孝武帝命桓伊吹笛弹筝，“伊便抚筝而歌《怨诗》曰：‘为君既不易，为臣良独难。忠信事不显，乃有见疑患。周旦佐文武，金縢功不刊。推心辅王政，二叔反流言。’声节慷慨，俯仰可观。（谢）安泣下沾衿……帝甚有愧色。”桓伊歌《怨诗》，冲口而出，纯是一片至情至性的自然抒泻，更无一点虚伪矫饰，因而更富于感人的艺术力量。当时谢安在场，就越席就之，“捋其须曰：‘使君于此不凡！’”桓伊的音乐已入神境，加之王徽之、谢安的知音，两相凑泊，自是天籁之音而非世俗之乐了。

（二）山川映发 难为怀

《言语》第91则故事说：

> 王子敬：“从山阴道上行，山川自相映发，使人应接不暇。若秋冬之际，尤难为怀。”

王子敬，献之字，羲之幼子。父子两人都是杰出的书法家，世称“二王”。其生平仕履见前。山阴，县名，东晋时属扬州会稽郡。

魏晋名士所具的魏晋风度，在中国古代的精神文明发展中，占了重要的一页。富有审美眼光来观察自然，是魏晋风度的一个重要方面。艺术化的人生态度，是一种很高的文化修养。魏晋士人，其中如王谢家族等鼎甲之门，由于从小受到良好的家学教育，因此而为其人生态度的艺术化准备了必要条件。魏晋时战乱很多，政权更迭如走马灯。在这难保朝夕的社会环境中，市朝宦途，犹如洪水猛兽，吞噬了众多士人精英，所以有识之士纷纷避之以远祸。有家境有庄园有条件有思想的士人是如此，就是没有条件离开官场的士人，也有许多人把自己的注意目光逐渐从繁华闹市转向了山水自然，淡泊功名，以求自适，成了一种新的时髦而受世人赞赏。《识鉴》第10则故事说："张季鹰辟齐王东曹掾，在洛，见秋风起，因思吴中菰菜羹、鲈鱼脍，曰：'人生贵得适意尔，安能羁宦数千里以要名爵！'遂命驾便归。俄而齐王败，时人皆谓为见机。"所谓思念故乡的菰菜羹鲈鱼脍，不过是个借口，其真正原因是为了避祸远害，进一步张扬个性，实现自由的人生。这是当时乱世中士人的一种普遍心理和人生态度。他们无力回天，于是从积极干预社会政治的态度，逐步转向了哲思冥想。他们不仅研究社会，更热心于人和自然关系和谐的探秘。在当时士人"玄对山水"（孙绰《庾亮碑文》）文化精神的熏染下，与当时玄学思潮发展同步，士人所面对的自然山水，不再是客体对象，而是有声有色有感情有个性的人化之自然。这一全新风貌，为我国古代山水诗的诞生，打开了一条通往艺术殿堂的门路。后来刘宋初年谢灵运山水诗的繁荣，与当时魏晋名士的审美眼光及其艺术化的人生态度，具有内在的联系。

山水自然之美，成为魏晋名士人生的有机组成部分，对士人的审美意识及文艺的发展，起了积极的促进作用。正是这股人化自然的活力，催化了山水艺术的诞生，无论是诗歌绘画，都是如此。上述故事中，王献之眼中的山阴道上的山水变幻，本身就是一首动人的诗篇。它不仅从听觉、视角方面给人以美感，更重要的是，四候景物的变迁，犹如人生历程，令人生于斯死于斯，因而“尤难为怀”，一刻也无法忘记而令人悠然神往感念不已。王献之是书法大师，故乡山阴山水之美，早已融入其艺术精神之中。余嘉锡《世说新语笺疏》引王献之书法《杂帖》说：“镜湖澄澈，清流写（泻）注，山川之美，使人应接不暇。”《杂帖》的描绘形象生动，具阴柔纯净之美。当时对于山水自然富有艺术审美眼光者，不在少数。如《巧艺》第12则说：“顾长康画谢幼舆在岩石里。人问其所以，顾曰：‘谢云一丘一壑，自谓过之。此子宜置丘壑中。’”顾长康，顾恺之字，其生平仕履见前“顾恺之”一篇。其人博学多才，时有“三绝”之名，即才绝、画绝、痴绝。谢幼舆，谢鲲字，出于陈郡阳夏谢氏家族，当时清谈名士，纵酒放达，能歌善音，官至豫章太守。一次，晋明帝问他和庾亮相比较如何？谢回答说，治国安邦，端坐庙堂，我不如庾亮；但自问探幽寻胜，在山光水色之中，自具高情雅致，在精神境界上又有超越庾亮的地方。事见《晋书·谢鲲传》卷四九。顾恺之是大画家，他很欣赏谢鲲之言，两人在审美的艺术情趣方面，引发了共鸣呼应。因此，顾氏画谢，特地把他安置在山岩嶙峋的自然山水中，以衬托其精神风貌，很有见地。昔日儒者，多通经饱学之士，重在伦理教化的“端坐庙堂”。但魏晋士人更加重视的是“纵意丘壑”而寄情山水的审美情趣。作为一个完整的人，不是政治教化的工具，同时更是有情有义有鲜明个性的活人。人是社会群体和生动个性的完美统一，两者缺一则人性残损。当时顾恺之欣赏谢鲲以“一丘一壑”傲俗，并非矫饰，而是当时魏晋士人心态的自然流露。寄情于山水胜境，享受自然之美，是魏晋士人内在人性的一种形象外现。游山玩水，已不仅是一种物质享受，更是一种宝贵的精神财富。能否领略山水之美，是一种重要的文化修养，顾恺之本人的艺术成就，也充分说明了这一点。如《言语》第88则说："顾长康从会稽还，人问山川之美，顾云：'千岩竞秀，万壑争流，草木蒙笼其上，若云兴霞蔚。'"画家对山川自然之美的体悟和描绘，比王献之更美更形象，既是一首诗，同时也是一幅山水画，令人读来如醉如痴。这一千古佳句，具有很高的美学价值。大概因为他是丹青妙手，因此他常以艺术家特有的审美眼光来体悟山水自然，他那深厚的美学修养，常在不知不觉时化为艺术的智慧。如《言语》第85则故事记载："桓征西治江陵城，甚丽，会宾僚出江津望之，云：'若能目此城者，有赏。'顾长康时为客在座，目曰：'遥望层城，丹楼如霞。'桓即赏以二婢。"桓征西，即征西将军桓温。目，品题、形容。时顾恺之作为客人在座，应声而出，一语惊人，以彩霞万千、金光闪烁来形容江陵城的宏伟壮丽，气象阔大，色彩鲜明如画，令人如望半天仙境，这就引发了满座的叹赏了。文学艺术家一旦以极大的兴趣和热情来关注大自然，大自然也会赋予文学艺术家以创作灵感和艺术活力。

王献之和顾恺之，一书绝，一画绝，并非偶然。魏晋名士对于山水自然的审美情趣和艺术活力，在魏晋风度中获得了精神的升华，提升到一个全新境界，从而为后人留下了一笔极其丰厚的文化精神财富。

图书在版编目(CIP)数据

蒋凡讲世说新语 / 蒋凡著. —上海 : 东方出版中心, 2019.5

ISBN 978-7-5473-1452-4

Ⅰ. ①蒋…　Ⅱ. ①蒋…　Ⅲ. ①《世说新语》- 小说研究　Ⅳ. ①I207.419

中国版本图书馆CIP数据核字(2019)第072424号

蒋凡讲世说新语

出版发行: 东方出版中心
地　　址: 上海市仙霞路345号
电　　话: (021) 62417400
邮政编码: 200336
印　　刷: 上海盛通时代印刷有限公司
开　　本: 710 mm × 1000 mm　1/16
字　　数: 202千字
印　　张: 17.25
版　　次: 2019年5月第1版第1次印刷
ISBN　978-7-5473-1452-4
定　　价: 58.00元

版权所有,侵权必究
如图书有印装质量问题,请寄回本社出版部调换或电话021-62597596联系。